Brütende Hitze. Die halbe Stadt ist im Freibad. Da ist Kiontke, der Bademeister, der noch immer am Beckenrand steht, auch wenn die Leute meinen, dass es ihn eigentlich hätte umhauen müssen, dieses Unglück damals. Da ist Renate, die hinter der Kasse sitzt und zu viel raucht und die zwei, vier, acht Sachen an Kiontke mag, was sie natürlich niemals zugeben würde. Joe wiederum versucht anzuschwimmen gegen das Loch in ihrem Leben und die ungebetenen Erinnerungen. Lennart hat es aus der großen Welt hierher zurückverschlagen, zurück zu den Anfängen und zu Joe. Da ist Isobel, die das Freibad schon kannte, als es das Freibad noch gar nicht gab, und da ist ein Mädchen, das den Seemann machen will, erst vom Dreier, dann vom Fünfer, und schließlich vom Siebener – aber der ist gesperrt, seit Jahren schon, seit dieser Katastrophe damals, die wie ein fernes Donnergrollen unter diesem flirrenden Sommertag liegt.

Arno Frank, geboren 1971, ist Publizist und arbeitet als freier Journalist vor allem für den *SPIEGEL*, die *taz* und den *Deutschlandfunk*. Er lebt in Wiesbaden. Zuletzt erschien von ihm der Roman *So, und jetzt kommst du* (2017).

Arno Frank

Seemann vom Siebener

Roman

TROPEN

MIX
Papier | Fördert gute Waldnutzung
FSC® C104608

Tropen
www.tropen.de

Cover: Zero-Media.net, München
unter Verwendung zweier Abbildungen von © David Matthew Lyons/
Arcangel (Schwimmbad) und © mauritius images/Jochen Tack/Alamy/
Alamy Stock Photos (Sprungturm)
Gesetzt von C.H.Beck.Media.Solutions, Nördlingen
Gedruckt und gebunden von Nørhaven A/S, Viborg, DK
Lektorat: Johanna Schwering
ISBN 978-3-608-50250-3
E-Book ISBN 978-3-608-12074-5

Es gab mal eine Zeit, da wurde im Ort viel über den Kiontke geredet. Als diese Geschichte passiert ist. Nicht gleich danach, als die Leute noch wie betäubt waren. Aber nach einer Weile, als das Leben sich wieder zurechtgeruckelt hatte, wie es das immer tut, früher oder später – und als auch der Kiontke wieder am Beckenrand stand. Als wäre nichts gewesen. Obwohl es gerade ihn doch aus den Badelatschen, aus dem Freibad, aus seinem Leben hätte pusten müssen. Das fanden die Leute unheimlich. Gerade so, als ginge die Katastrophe den Kiontke überhaupt nichts an, die ganze Sauerei. Es war zwar nicht seine Schuld, schon klar.

Aber was, wenn doch?

Wenn ein Grauen in der Welt ist, dann braucht es eine Ursache. Das macht es leichter zu ertragen. Wo eine Ursache ist, ist auch Schuld. Und Schuld darf in der Welt nicht bleiben, sie muss irgendwo hin. Warum also nicht auf die Schultern des einzigen Menschen, der so seltsam unberührt wirkte von der ganzen Scheiße?

Damit begann das Gerede. War er denn nicht der Wächter? Hätte er es nicht verhindern können? Hatte er vielleicht nicht genug auf die Füchse geachtet und auf jene, die es machen wie die Füchse? Warum bloß Maschendraht, warum nicht Stahl? Stacheldraht, sagten die Leute, das hätte doch geholfen! Und war der Kiontke nicht auch verantwortlich für die Pfütze, wo ein Meer hätte sein sollen? Und wenn es ihn schon nicht umgeworfen hatte, warum suchte er sich keine

Hilfe? Das fanden die Leute besonders verdächtig. Einmal hatte ihn der Lutz sogar ins Auto gelockt und war mit ihm unter einem Vorwand in die Stadt gefahren. Weit sind sie aber nicht gekommen. Unterwegs hat der Kiontke die Lunte gerochen. Und als ihm der Lutz von dem Termin erzählt, den er für ihn beim Therapeuten gemacht hat, da sagt der Kiontke nur ganz ruhig: »Fahr rechts ran!« Und dann ist der Lutz rechts rangefahren, und der Kiontke ist ausgestiegen und zu Fuß nach Hause gelaufen. Danach war erst mal Funkstille zwischen dem Kiontke und dem Lutz. Dabei hatte der das doch nur gut gemeint.

Und später wurde das Gerede erst richtig garstig. Es soll Leute geben, sagten damals die Leute, die lassen nach so einer Geschichte in der Garage den Motor laufen. Hocken sich hinters Steuer und bleiben einfach sitzen, bis es vorbei ist. Wie im Fernsehen, da sieht man das doch auch immer. Mit runtergekurbelten Scheiben, damit's einen Tick schneller geht, wenn das überhaupt noch geht mit diesen sauberen Autos heute. Oder halt der Strick. Vor die Bahn hätte der Kiontke sich nie geworfen, da waren die Leute sich einig, nie hätte der solche Scherereien verursacht und den Fahrplan durcheinandergebracht. Ertränken können hätte er sich allerdings durchaus. Steine in die Taschen und ab ins Wasser, wie das früher die Leute machten, wenn sie nicht mehr weiterwussten. Das wäre natürlich auch fürchterlich und wirklich schade um den Kiontke gewesen, dem ein solches Schicksal in Wahrheit niemand wünschte. Aber offensichtlich wusste er weiter, anstatt nicht mehr weiterzuwissen, und das ließ den Leuten lange keine Ruhe.

Das sagten sie dem Kiontke aber nicht ins Gesicht. So was sagten sie nur hinter seinem Rücken, der auf rätselhafte Weise breiter sein musste, als die Leute mit bloßem Auge sehen konnten. Sie sagten es auch nur, wenn sie zu viel Bürgerbräu oder Riesling getrunken hatten und selbst ganz schwermütig wurden. Wegen ihrer eigenen

Katastrophen oder der Angst davor. Schwermütig und übermütig genug, sich mit dem Handrücken den Schaum von den Lippen zu wischen und zur Frau oder der Schwester oder den Skatbrüdern, in Gesellschaft also, zu sagen, »wie's ist«.

Alle miteinander hätten sie verstehen können, wenn der Kiontke sich danach was angetan hätte, wenn's schlecht ausgegangen wäre mit dem Kiontke. Weil, in Therapie wollte der ja nicht. Dabei steckt so was doch kein normaler Mensch einfach so weg. Sachen gibt's, sagen die Leute, Anblicke, die gehen dir wie eine Kettensäge durch die Seele, und die bekommst du danach nie wieder richtig vernäht.

Irgendwann sagt dann immer der Lutz: »Jetzt lasst mir den Kiontke in Frieden, der kommt schon wieder auf die Beine«, und das sagt er in einem Ton, der die Leute für eine Weile zum Schweigen bringt.

Aber wirklich keiner kann verstehen, dass der Kiontke seinen Job behalten hat, damals. Ganz egal, ob es nun seine Schuld war oder nicht. Aber dort weiterarbeiten, als wäre nichts gewesen? Nach allem, was er hat sehen müssen? Wo ihm doch sogar der Brinkmann angeboten hat, wieder für ihn zu fahren. Schwertransporte diesmal, da war gerade der Auftrag für die Rotorblätter der neuen Windräder reingekommen. »Convoi exceptionnel«, lange Nachtschichten, Zuschläge. Gutes Geld. Aber der Kiontke wollte nicht wieder hinters Steuer. Und Stütze wollte er erst recht nicht. Deshalb steht er heute noch jeden Tag im Freibad.

Und so haben die Leute irgendwann ihren Frieden machen müssen mit dem Kiontke. Manchmal hilft es, sagen sie, wenn einer einen Vogel hat. Um Trost zu finden, muss man vielleicht manchmal nicht ganz bei Trost sein.

Und außerdem hat der überhaupt gar kein Auto.

I

Schwer wie ein Revolver liegt der Rasierapparat in meiner Hand. Zumindest stelle ich mir einen Revolver so schwer vor. Mein Gesicht im Spiegel sieht fürchterlich aus. Gespenstisch, würde mein Bruder sagen – und hätte ausnahmsweise mal recht. Ein leichenblasses Oval mit dunklen Rändern unter den dunklen Höhlen meiner dunklen Augen. Die Wangenknochen treten hervor, aber nicht auf diese exotische Weise, wo die Leute sagen: »Oh, was für definierte Wangenknochen!«, eher so krankhaft. Als käme da etwas zum Vorschein, was nicht zum Vorschein kommen sollte. Ich weiß noch, wie meine Haare länger waren und über der Schulter eine Welle bildeten. Jetzt stehen sie strohig vom Kopf ab. Immerhin dagegen kann ich etwas tun. Ich setze den Rasierapparat an und ziehe mir einen drei Zentimeter breiten Mittelscheitel. Das tut gut. Als würde ich mit dem Radiergummi ein schlecht gezeichnetes Gesicht korrigieren.

Der Rasierer gehört Papa, er hat ihn hiergelassen. Lange habe ich mir vorgestellt, wie er langsam immer zotteliger wird. Wie jemand, der einer Sekte beigetreten ist oder einen Flugzeugabsturz überlebt hat und sich nun alleine durch die Wildnis schlagen muss. Dabei gibt es in der Stadt, in die er gezogen ist, vermutlich auch Friseure. Oder Läden mit Rasierapparaten. Das Vibrieren des Geräts hallt dröhnend in meinem Schädel nach, weil es direkt auf dem Knochen sitzt. Hoffentlich wird die Mama davon nicht wach, die schläft auch so schlecht. Wenn überhaupt, was weiß ich. Oder, schlimmer noch, mein Bruder!

»Cool, Küken, Glatze!«

Zu spät. Da ist er schon. Hätte ich mir denken können, dass der sich das nicht entgehen lässt. Im Spiegel sehe ich ihn an der Tür stehen, im Zwielicht kaum zu unterscheiden von dem Bademantel, der dort am Haken hängt. Als wäre er schon vor mir im Raum gewesen. Ich verdrehe die Augen, extra für ihn. In meinem Schädel dröhnt es, die Strähnen fallen.

»Du musst fester aufdrücken«, sagt er jetzt, »sonst sieht das schwach aus!«

Ich zucke mit den Schultern. Ich *bin* schwach. Und vermutlich mache ich das auch ein bisschen, um ihn zu ärgern. Was schleicht der auch so durch die Wohnung, zu jeder Tages- und Nachtzeit? Das ist doch total krank! Der Typ ist wirklich ein Opfer, das ist mal klar. Ein Idiot, ein Spast, ein Penner und ein Arschloch.

»Soll ich dir hinten helfen?«

Ich senke den Kopf, und mein Bruder rasiert mir den Nacken aus. Danach zupfe ich die Stoppeln vom T-Shirt und spüle das Becken aus.

~

Die Fernsehzeitschrift ist ihm von den Knien gerutscht und auf dem Teppich gelandet, gleich neben der leeren Pizzaschachtel. Fruchtfliegen zirkeln um die beiden leeren Bierdosen wie Schwalben um zwei Getreidesilos. Auf dem Bildschirm wühlen lautlose Nordseewellen gegen die Stützpfeiler einer Bohrinsel. Unter den Wogen schreiten die Aktienwerte deutscher Unternehmen auf ihrer ewigen Wanderung in die Zukunft. Darüber die Uhrzeit.

So spät? Er muss also doch abgerutscht sein in einen kurzen Schlaf.

Kiontke ertastet die Kerben auf seinen Fingerknöcheln, das Blut ist schon halbmondförmig getrocknet. Hat er sich also wieder angeknabbert, ist aber ausnahmsweise nicht davon aufgewacht. Da waren wieder diese Träume, ein hellrotes Plätschern, ein heiseres Flüstern, aber auch davon ist er nicht aufgewacht, diesmal. Das ist gut.

Das Sofa schmatzt, als Kiontke sich von den Polstern wuchtet und im Schritt kratzt. Dann schiebt er seinen mächtigen Bauch ins Badezimmer, um sich direktemang über die Kloschüssel zu beugen, zwei Finger schon auf dem Wipphebel der Spülung. Sofort schießen, zusammen mit dem Dosenbier und der noch späteren Thunfischpizza von gestern, die Nachbilder seines Traums in bröckeligem Strahl in das Becken aus Emaille. Gleichzeitig drückt er den Wipphebel nach unten.

Schlorch, alles weg. Kein Problem für Kiontke.

Er hievt sich wieder hoch und wischt sich mit dem Handrücken den Mund ab. Streckt sich, dass die Gelenke knacken.

Wie das Wetter wird, weiß der Kiontke schon aus der Zeitung. Trotzdem lässt er es sich gerne vom Radio erzählen, während er sich die Zähne putzt. »Hoch Hildegard hat seinen Schwerpunkt nach Osteuropa verlagert. Seinen Einfluss auf Deutschland behält es aber bis Sonntag. Die herangeführte südeuropäische Warmluft bleibt beständig und trocken. Erst zum Wochenende wird es feuchter und damit schwüler. Für den heutigen Freitag ist im Südwesten noch mit Temperaturen von bis zu 30 Grad zu rechnen. An den Küsten bleibt es böig, dort klettert das Thermometer nicht über 25 Grad. Gewitter und eine deutliche Abkühlung sind erst ab Montag zu erwarten.«

Kiontke gurgelt und ruft über die Schulter: »Guten Morgen!«, weil er gerne die Initiative ergreift. Keine Reaktion. Kiontke hält inne und lauscht. Die Kirchturmglocke schlägt zur Viertelstunde.

»Komm her, du geiler Bock!«, krächzt es schließlich aus der Küche zurück.

Kiontke schüttelt den Kopf, wäscht sich das Gesicht und lächelt seinem bärtigen Spiegelbild zu, bevor er es zaghaft aufs Neue versucht. »Guten Morgen?«

»Du geiler Bock! Komm heeer! Bin schon ganz feucht. Ganz feucht. Feucht!«

»Ach«, sagt Kiontke matt, »halt doch einfach den Schnabel, Heinrich.«

~

Renate mag's ordentlich, und deswegen geht ihr das schon wieder auf die Nerven mit dem Schlüssel, der immer so tut, als würde er nicht passen, bis sie die Tür am Knauf leicht anhebt, und dann passt er eben doch. Sie tritt in die Kabine und in den vertrauten Geruch von kaltem Rauch. Seltsam, denkt sie, dass Kippen zwar stinken, aber schmecken, wobei Kaffee zwar duftet, aber, Hand aufs Herz, eher gewöhnungsbedürftig ist. Renate hat sich daran gewöhnt, sie mag ihn schwarz und möglichst bitter. Nur dann macht er wach. Sie schaltet die vorbereitete Kaffeemaschine ein und lauscht ihrem Röcheln, während sie das Puddingteilchen verputzt, das sie sich aus der Bäckerei am Markt mitgebracht hat. Sie leckt alle Finger sauber danach, das Zeug klebt wie verrückt. Dann zieht sie die klemmende Jalousie vor dem Fenster zum Kassenhäuschen hoch und wirft dem Radio einen kritischen Blick zu. Der Kasten ist auch so ein Kandidat. Sie schaltet ihn ein und … war ja klar. Finster lauscht sie dem Fiepen zwischen den Frequenzen.

Es wird ihr immer ein Rätsel bleiben, wie dieses Gerät sich jede Nacht von selbst verstellen kann.

Sie dreht am ausgeleierten Knopf, nur ein paar Millimeter, und sofort ist ihr Sender wieder da. Um diese Uhrzeit befrotzeln sich immer ein Mann und eine Frau, und deren gute Laune findet Renate einfach ansteckend. Die Frau liest sogar die Nachrichten so vor, als müsste sie ein Kichern unterdrücken, als hätte sie sich die ganzen Katastrophen und die Wirtschaftsprognosen gerade eben ausgedacht. Am liebsten hört Renate, wenn der Mann danach vergnügt die Staus, Sperrungen und Umleitungen aufzählt. Er hat so ein warmes Glucksen in der Stimme und zwischen den Sätzen immer ein leichtes Schnaufen, als säße er neben ihr am Steuer, in einem Cabrio auf dem Weg in den Süden, und das Cabrio wäre rot und der Süden noch weit. All die Staus und Sperrungen und Umleitungen würden ihm, anders als damals dem Ludger, aber gar nichts ausmachen. Und ihr auch nicht. Er würde nicht einmal seine Hand auf ihr Knie legen, das fände Renate auch unangemessen. Er hätte beide Hände am Steuer, wie sich das gehört. Liegen beim Verkehr »keine weiteren Meldungen« vor, ist sie ein wenig enttäuscht.

Seufzend lässt sie sich auf dem Drehstuhl nieder, stutzt, wippt, verlagert das Gewicht … Nicht zu fassen. Kein Quietschen! Da hat der Kiontke doch glatt die Feder geschmiert. Ein Lächeln schleicht sich auf Renates Gesicht. Der Kiontke mag's auch ordentlich. Gehört zu den zwei, vier, acht Sachen, die Renate an ihm mag. Wird aber den Teufel tun, ihm das auf die Nase zu binden. Der soll sich bloß nichts einbilden. Sagt man so was einem Mann, ist der eh gleich weg.

Sie schenkt sich den Kaffee in die rote Tasse mit dem Sparkassen-Logo, nippt und verzieht das Gesicht. Er schmeckt schwarz, aber nicht schwarz genug. Das wird schon noch, sie lässt ihn auf der Warmhalteplatte gerne eindicken. Am Nachmittag ist er dann ganz sämig, fast wie bitterer Karamell. Sie hebt die Geldkassette aus ihrem Fach, schließt sie mit diesem kleinen Schlüssel auf, der immer passt, zerbricht eine Geldrolle, lässt die Münzen in die Lade klimpern und zündet sich dann erst mal eine Zigarette an. Gezählt wird erst am Abend, wie in der Kreissparkasse.

Dort saß sie beinahe dreißig Jahre am Schalter, ohne dass je mal etwas passierte. Ihr Ludger meinte immer, sie solle doch froh sein, dass nie etwas passiert, aber Renate sah das anders. Die Leute hoben ab, zahlten ein, eröffneten Sparbücher, schimpften auf den Automaten im Vorraum und waren, wie Leute nun einmal sind – außer, wenn sie einen Kredit wollten. Dann kamen selbst die Bauern im Sonntagsstaat in die Bank, drehten ihre altmodischen Hüte in den Händen, schlugen die Beine übereinander und warteten mit wippenden Fußspitzen darauf, dass der Herr Kreissparkassendirektor sie in sein Büro bat, die Tür gleich neben der Trockenpflanze unter der Uhr, deren … Zeiger … so … entsetzlich … langsam, und dann stellte Renate sich manchmal eben vor, dass – »Überfall, Hände hoch, keine Mucken!« – etwas passiert, ein muskulöser Mann mit Schrotflinte und Strumpfmaske, und sie hebt die Hände mit einem prickelnden Gefühl im Bauch, keine Mucken, das Geld in kleinen Scheinen, und der Herr Kreissparkassendirektor geht bleich in die schlotternden Knie, manchmal auch mit Bauchschuss neben der Trockenpflanze zu Boden, meistens aber verschont, denn der Mann würde ihr die Hand reichen, und sie würde seine Hand ergreifen, sich aus freien Stücken dafür hergeben, seine Geisel zu sein und in das rote Cabrio mit den weißen Ledersitzen draußen zu steigen, die Plastiktüte mit dem Geld auf ihren Knien, und vorbei an allen Staus, Sperrungen und Umleitungen, vermutlich ins südliche Ausland – viel weiter als bis zu einer Villa mit Garten, Pool und Meerblick kam sie meistens nicht, weil wieder Kunden einzahlten oder ausbezahlt bekommen wollten, und dann begannen Renates Träumereien wieder von vorne.

Sind natürlich nie wahr geworden, nicht in dreißig Jahren. Dafür ist ihr vor lauter Träumerei erst der Ludger weggelaufen, noch bevor sie ihm hat sagen können, was sie an ihm mochte oder auch nicht mochte, beispielsweise die Haare auf seinem Bauch oder seinen Jähzorn. Und dann, es gab solche Phasen, mochte Renate sich eine Zeitlang selbst nicht mehr so gerne. Halb so wild. Irgendwer will dann aber etwas gerochen haben, und dann hat der Herr Kreissparkassendirektor eines Tages die Renate in sein Büro gebeten. Nicht vorwurfsvoll, eher enttäuscht und mit seinem »Bei den Einkünften sehe ich da leider keinen Spielraum für einen Kredit«-Blick. Da wusste sie schon Bescheid, noch bevor er die Flasche Klosterfrau Melissengeist vor sich auf den Schreibtisch stellte, die sie immer hinter dem Putzeimer in der Abstellkammer versteckt hatte. Damit war auch dieser Zug abgefahren, und deshalb zählt Renate heute nur noch kleine Münzen, keine Scheine mehr.

Immerhin darf sie hier rauchen und in Ruhe ihre Kreuzworträtsel lösen. Trinken muss sie nun tagsüber gar nicht mehr, komisch. Vielleicht will sie einfach nie wieder so mitleidig angeguckt werden, jedenfalls ganz sicher nicht vom Kiontke.

Im Radio macht das Moderatorenpaar gerade Witze übers Wetter. Er fragt: »Willst du meine Sonne sein?«, und sie schnurrt: »Jaaaa!«, darauf er: »Dann bleib bitte 150 Millionen Kilometer von mir weg!«, und Renate kommt aus dem Kichern gar nicht mehr raus, 150 Millionen Kilometer, wo nehmen die das nur immer her?

Sie legt das Kreuzworträtselheft auf den Tisch und den Kugelschreiber daneben. Entriegelt die Durchreiche und horcht genau hin, kein Quietschen. Sie verschränkt die Arme hinter dem Kopf, um den Moment für fünf Sekunden zu genießen. Lehnt sich vor, um auf den Parkplatz zu spähen. Niemand da, zu früh.

Nur der Saugroboter stöhnt in der Ferne.

Im Schatten ist es noch kühl, Renate zieht die Strickweste fester um ihre Schultern und schlendert nach vorne zur Terrasse. Sie steht mit vor der Brust verschränkten Armen, die Hand mit der Zigarette aufgestützt und angewinkelt direkt vor dem Mund, und raucht, wie sie schwimmen würde, wenn sie denn schwimmen könnte. In ruhigen, gleichmäßigen Zügen. So früh am Morgen, menschenleer, glitzerndes Wasser, grüne Wiese, ist das hier eigentlich so gut wie eine Villa mit Garten und Pool.

Da kommt der Kiontke die Treppe vom Becken hoch. Schnauft ganz schön auf den Stufen, wird auch nicht jünger. Immerhin ein ganzer Kerl, nicht so ein Handtuch wie der Ludger. Renate würde ihn, denkt sie, auch mit Strumpfmaske erkennen. Was fummelt er denn da in seiner Hosentasche? Ach ja, die Kreide.

Unter »Wassertemperatur« schreibt er jetzt »18,5 Grad« auf die Schiefertafel. Ordentlich. Stutzt kurz, dann wischt er die Zahl mit dem Handballen wieder weg und ersetzt sie durch »20«. So ein Schlitzohr, also wirklich! Jetzt müsste ihr eigentlich eine passende Bemerkung einfallen, denkt sie.

Und dann fällt sie ihr tatsächlich ein.

~

»Was machen wir heute?«

Ich schrecke hoch und schaue mich um. Verdammte Scheiße, was macht der Psycho schon wieder in meinem Zimmer? Hängt da im Sitzsack, in der Ecke, weil man in einem Sitzsack überhaupt nicht anders kann als hängen. Sein Gesicht kann ich vor lauter Knien gar nicht sehen. Rechts hat er eine hellrosa Schürfwunde von gestern, das muss doch gestern gewesen sein, als ich nach ihm getreten habe, weil er mich kitzeln wollte, aber ich wollte nicht gekitzelt werden und hatte meine klobigen Schuhe an, also. Pech. Auf dem linken Knie liegt seine Hand. Ich sehe, wie er träge mit den Fingern trommelt, der Trottel.

»Will das Küken ausfliegen? Oder bleiben wir im Nest, wie immer?«

Boah, was geht der mir auf die Nerven mit dieser Fragerei und dem albernen Kükenquatsch immer. Außerdem hat er in meinem Zimmer überhaupt gar nichts zu suchen. Da hat niemand etwas zu suchen, und Mama sucht hier auch schon seit Ewigkeiten nichts mehr, sie klopft nicht einmal mehr an die Tür, weil sie mit ihrem eigenen Kram beschäftigt ist. Wenn ich ganz leise bin, kann ich sie drüben in der Küche wieder den Tabak stopfen hören, ritsch, klack, ritsch, klack, so geht es den ganzen Morgen zum Geplapper der Leute aus dem Frühstücksfernsehen, da hat sie wenigstens Gesellschaft.

Ich will keine Gesellschaft, schon gar nicht die von meinem Bruder. Ich rede kein Wort mit ihm. Kein einziges Wort, aber das schreckt ihn nicht ab. Der rafft gar nichts. Ich an seiner Stelle würde das irgendwann mal checken. Er sollte, statt seiner kleinen Schwester auf den Sack zu gehen, in seinem eigenen Zimmer abhängen. Wobei, wenn er wirklich nur in seinem Zimmer hockt und diesen Quatsch hört, den ich schon früher nicht leiden konnte, das regt mich dann auch wieder auf, irgendein ethischer oder ethnischer oder estnischer Komponist mit Vollbart, was weiß denn ich, und dann geht's die ganze Zeit so bimmel, bimmel, kling, klong, mit endlosen Pausen dazwischen, und er sitzt in seinem Scheißsack und hört sich das bloß an, ganz still, obwohl man dazu noch nicht einmal mit den Fingern auf dem Knie herumtrommeln kann, jedenfalls hört man so ein Zeug nicht in seinem

Alter, auch dann nicht, wenn man sich »konzentrieren« will, das hört überhaupt niemand außer meinem Bruder, und der lernt nebenbei noch fürs Abi, seit Jahren schon, damit er danach »was mit Philosophie« studieren kann, dabei …

»Das Teil hier ist gefüllt mit den Kügelchen des Bösen«, sagt er plötzlich und ruckelt dazu mit dem Hintern. Die Bewegung erzeugt ein weiches Mahlen, und davon wird mir schlecht. Ich stehe auf und öffne die Vorhänge. Die Mietshäuser gegenüber stehen schon voll in der Sonne, auf unserer Seite leuchtet diese kaputte Straßenlaterne, die seit Wochen nicht mehr ausgehen will, auch tagsüber nicht. Ein LKW von Brinkmann donnert vorbei, unter den Fußsohlen spüre ich ein Rumoren. Ich drehe mich um.

»Was suchst du da?«, fragt mein Bruder.

Ich taste oben auf dem Schrank nach der Sporttasche, die mit dem klemmenden Reißverschluss, und als ich sie gefunden habe, lege ich sie aufs Bett. Sie riecht nach Medizinball und Bundesjugendspielen, dem Schweiß vergangener Sommer. Hinter mir höre ich es wieder mahlen, da guckt er wohl, das verwirrt ihn, das gefällt ihm nicht, was ich hier mache. Was mache ich hier eigentlich?

»Wozu brauchst du denn die Tasche?«

Ich ignoriere ihn weiter, darin habe ich Übung. Meistens wird er dann sauer, seltener still, sprachlos nie.

»Vielleicht willst du dich mal wieder ritzen? Das hast du schon lange nicht mehr gemacht«, sagt er. Weil er ganz genau weiß, was mir peinlich ist und wie er mich piesacken kann. Auf welchen Knopf er drücken muss, damit ich wütend werde. Und wenn ich ihm nicht den Gefallen einer Reaktion erweise, drückt er einfach noch mal auf den gleichen Knopf.

»Soll ich dir vielleicht die Rasierklingen aus dem Bad holen?«

Okay. Jetzt beispielsweise sollte ich ihm sagen, dass er wirklich ein Arschloch ist. Aber das will er ja nur. Stattdessen klatsche ich mir den Staub von den Händen und werfe Sachen in die Tasche. Handtuch, Sonnenbrille, Flipflops. Das Tagebuch, in das ich täglich nur einen einzigen Satz schreibe. Aus Gewohnheit greife ich nach dem Handy, lege es aber wieder zurück auf den Schreibtisch. Hinter mir höre ich wieder dieses fiese Mahlen. Klingt, als würde er sich aus dem Sitzsack stemmen.

»Was wird denn das, wenn's fertig ist?«

Wonach sieht's denn aus, Vollpfosten?

»Sieht aus, als wolltest du ins Freibad!«

Ja. Ich bin selbst ein bisschen überrumpelt. Will ich wirklich hier raus, erstmals seit … wie lange? Und dann ausgerechnet ins Freibad? Habe ich mir das auch gut überlegt?

»Ich komme mit!«, sagt mein Bruder.

~

Als Lennart zu sich kommt, überfällt ihn sofort diese milde Panik, die er von weiten Reisen gewohnt ist. Er überlässt sich ihr gerne.

Einmal hat dieser Zustand märchenhafter Verwirrung besonders lange angehalten. Da wusste er erst nach einem Blick auf sein Flugticket, dass er in Syrien und nicht im Irak aufgewacht war.

Dieses Zimmer hier stellt ihn vor ein besonderes Rätsel. An der Decke eine kugelrunde Lampe aus Milchglas, hinter dem er ein paar tote Fliegen liegen sehen kann. Über dem Bett ein Kreuz mit einem Messias aus Messing. An den Wänden bis auf Hüfthöhe dunkelbraune Holzpaneele. Ein wuchtiger Schrank, auch aus dunklem Holz, vermutlich Eiche, die Türen bunt bemalt mit einer bäuerlichen Szene, vermutlich Ernte. Da kommen wir der Sache schon näher. Lennart dreht sich zur Seite und entdeckt ein schmales Büchlein auf dem Nachttisch. Er greift danach, schlägt es auf, sieht die Frakturschrift.

»Do werd die Weltachs ingeschmeert
Un uffgebaßt, daß nix baseert
Was in de Weltelaaf am End
E kleeni Sterung bringe kennt.«

Er liest halblaut, lächelnd, alles klar. Fast schade, dass es so schnell ging. Es ist aber auch ein exotischer, ungewöhnlicher Ort, dieses Zimmer im Ochsen in Ottersweiler, gleich am Bahnhof.

Er schlägt die schwere Decke beiseite, setzt sich auf und erinnert sich an seine Ankunft, gestern am späten Abend. An seine Ratlosigkeit, wo er eigentlich unterkommen sollte im Ort. Jetzt, wo er fast niemanden hier mehr kennt. Er konnte ja schlecht zum Gestüt hochfahren und dort Steinchen gegen das Fenster werfen. Und dann war sein Blick auf den »Ochsen« gefallen, den gab's früher auch schon. Aus der Gaststube nebenan angetrunkenes Gelächter und Zigarren, und wie er ein paar dumme Minuten gewartet hatte, bis er endlich die Rezeptionsglocke auf dem Tresen entdeckte – und noch eine weitere Minute, bis er sich entschließen konnte, diese antike Bimmel tatsächlich zu benutzen. Die Wirtin kam von nebenan hereingehumpelt, am Schlüsselkasten konnte er sehen, dass er der einzige Gast war.

Das Humpeln der Wirtin hatte ihn angerührt, aber vor allem ihr Gesicht war ihm jetzt wieder vollkommen präsent. Kreisrund mit heller Haut, auf den Wangen ein zartes Rosa. Kein Muttermal, keine Falte, nichts. Ein weißes Blatt, nur die geröteten Wangen erzählten eine Geschichte, die ihn als Fremden nichts anging, möglicherweise aus dem Schankraum nebenan. Die Augenbrauen zusammengewachsen und nicht gezupft, über den schmalen Lippen ein zarter Flaum. Eine dralle Mädchenhaftigkeit, gewohnt, scherzhafte Schläge auf den Hintern mit einem bewährten Spruch zu kontern. Frech, aber nicht *zu* frech. Wie der Spruch im blattgoldenen Rahmen hinter ihrem Rezeptionstresen, dessen Urheberin sie hätte sein können: »Bevor isch misch uffresch, isses mer liewer egal!«

Fast hatte er sich ein wenig seiner Weltläufigkeit geschämt, als er auf ihren Versuch, ein routiniertes Gespräch mit einem späten Gast zu beginnen, auf Hochdeutsch geantwortet hatte.

»Wo kummschen du her?«

»Eigentlich von hier! Haben Sie ein Zimmer nach hinten raus?«

Eischendlisch wäre richtig gewesen, denkt er beim Zähneputzen, und *hinne naus*. Vermutlich. Den Dialekt hat er sich nicht nur abgewöhnt, er hat ihn sich förmlich ausgebrannt. Wenn er ihn jetzt zu verwenden versucht, kommt Lennart sich wie ein Hochstapler vor, anbiedernd und herablassend zugleich.

Der Vorhang im Badezimmer ist aus Kunststoff, bedruckt mit Gänseblümchen. Er schiebt ihn beiseite, wieder Milchglas. Der Griff klemmt, und als er ihn endlich geöffnet bekommt, liegt dort der Bahnhofsvorplatz, wie er ihn in Erinnerung hat. Hier die Parkbucht (»Nur zum Be- und Entladen!«), dort der Brunnen aus Sandstein (»Kein Trinkwasser!«). Die Telefonzelle von früher (»Ich habe den Bus verpasst, kannst du mich abholen?«) ist einem Geldautomaten gewichen. Ein einsames Taxi wartet auf die nächste Bahn, der Fahrer lehnt an der Motorhaube und ist in ein Gemurmel mit sich selbst versunken. Wunderliche Leute hier. Die Ampel an der Kreuzung vorne ist noch ausgeschaltet. Und über allem spannt sich das makellose Blau des Himmels, beinahe kalifornisch. Was Lennart irritiert, das passt irgendwie nicht. Ottersweiler, das hatte er immer nebeltrüb in Erinnerung, mit Dauerdunst über den feuchten Wäldern unter bleigrauen Wolken. Glocken rufen zur Morgenmesse, auch das ein ungewohntes Geräusch, dieses zudringliche Geläut immer in Deutschland. Das Gebimmel erinnert ihn an die Beerdigung. Vielleicht hat er auch deshalb Nieselregen erwartet, Nieselregen und leichten Wind aus südwestlicher Richtung.

Was tun? Sein großer Koffer mit der kompletten Ausrüstung ist in Heathrow verloren gegangen. Auf der Kommode liegt nur seine Sporttasche, Handgepäck. Er zieht das Handy heraus und sieht, dass Bruce ihm eine Sprachnachricht geschickt hat. Sprachnachrichten, auch so ein Quatsch! Die Leute sind zu faul, ein paar Worte zu tippen, und dann muss man sich dieses Geschwafel anhören, weil ja niemand ins Wort fallen kann, und das Geschwafel artet deshalb meistens ins Epische aus, sogar bei Bruce, *gerade* bei Bruce. In diesem Zimmer klingt seine Stimme, als läge eine falsche Tonspur über einem leicht bedrückenden Heimatfilm: »Lenny, it's Bruce, how was your trip? I'm here with Susan«, und jetzt übernimmt Susan mit ihrem näselnden Singsang und der Angewohnheit, jeden Satz wie eine Frage klingen zu lassen: »Listen, Lenny. The reporter had some questions? Concerning your pictures from Greece? Nothing serious, but maybe you can provide her with additonal information this evening? Please …«, er wirft das Handy zurück in die Tasche.

Draußen wartet geduldig dieser Tag, leer und blau und jung. Mit einem finsteren und magnetischen Monolithen am späten Nachmittag. Die Beerdigung.

Lennart sitzt einfach nur auf der Bettkante, beide Hände auf den Knien, und denkt nach. Ist er wirklich um die halbe Welt geflogen, um eine Handvoll Erde in ein offenes Grab rieseln zu lassen? Um schweißfeuchte Hände zu schütteln und in tränenfeuchte Gesichter zu sehen? Um Menschen, die er nicht mehr kennt und auch damals nicht gut kannte, sein Beileid auszusprechen? Und warum klingt er jetzt schon beim Nachdenken so wie Susan beim Reden? Er nimmt die Hände von den Knien und massiert sich die Schläfen.

Was würde Max tun? Max würde ihn auslachen, wenn er ihn so sehen könnte.

Und Joe? Was wird Joe tun, heute?

Das ist, dämmert ihm, die wirklich spannende Frage, und vermutlich war es von Anfang an genau so gemeint. Als zweistufige Prüfung, ob er das Rätsel wohl erstens richtig beantworten und zweitens daraus die richtigen Schlüsse ziehen kann.

»Scheiß drauf …«, sagt Lennart halblaut und erinnert sich mit einem Mal, dass das viel befriedigender klingt als »Fuck it!«, und darum sagt er es ein zweites Mal. »Scheiß drauf!«

Dann ist er eben um die halbe Welt geflogen, um ins Freibad zu gehen.

~

Bevor er seine Runde angetreten ist, »Klarschiff machen«, hat Kiontke sich seinen Kapuzenpulli um die Hüften gebunden. Mit Seemannsknoten, weil von Hüften nun wirklich keine Rede mehr sein kann.

Er hat die Sprinkler eingeschaltet. Er hat die Drehtür an der Kasse geschmiert mit »dem Öl, das alles kann«, hat kurz überlegt, ob er dem Unkraut zwischen den Platten oben an der Terrasse zu Leibe rücken soll. Auch dafür hat er Mittel und Wege, drüben im Schuppen. Aber das Kraut ist ihm eindeutig sympathischer als dieses weiße Pulver, also lässt er es einen weiteren Gnadentag wuchern. Soll es doch, solange es ihm nicht die Platten auseinanderstemmt. Nur die Läuse kann er nicht leiden, die der alten Linde zu schaffen machen. Die Linde ist wichtig. Sie stand schon hier, da gab es das Freibad noch gar nicht.

Mit dem langen Kescher hat er die Blätter von der Wasseroberfläche gefischt und den Matsch im Eimer runter zum Komposthaufen getragen. Es ist ein verwunschener Winkel, immer schattig, der Rasen weich von Moos selbst dann noch, wenn er anderswo schon großflächig vertrocknet ist. An warmen Abenden tanzen hier unten, weit nach Schließung des Bades und pünktlich zur Geisterstunde, die Glühwürmchen. Ein zaghaft hellgrünes Auf und Ab vor nachtblauem Hintergrund. Kiontke schaut dann gerne zu, bis ihm die Stechmücken zu viel werden.

Heute hat er gleich mal wieder den Maschendrahtzaun am Wäldchen kontrolliert, wo manchmal die Jugendlichen einsteigen. Um nachts ihre Feste zu feiern. An manchen Stellen dort unten ist die Erde so weich, dass, wer es darauf anlegt, sich in wenigen Minuten drunter durchbuddeln kann. Er hat nur eine schmale Vertiefung gefunden, die sich wohl eher der Fuchs gegraben hat, Furchen und rotes Haar am Zaun.

Auf dem Spielplatz hat er noch den Sand gerecht, ist dabei in Kreisen rückwärts um das hölzerne Piratenschiff herumgelaufen. Das müsste er nicht tun, aber er mag es ordentlich, also tut er's.

Das Kinderbecken ist so flach, dass der Saugroboter wie ein Amphibienfahrzeug aussieht. Er hat das Gerät abgeschaltet, es aus dem Wasser gezogen, den Schlauch aufgerollt und das kleine Rüsselding zum Schuppen geschleppt. Dort hat er das Tauchthermometer vom Haken genommen und neben den Startblöcken ins Wasser gehalten, eine Armlänge tief. Blau ist das Wasser nicht nur, hat er da gedacht, weil die Kacheln blau sind. Mein Wasser *will* blau sein, denkt er immer.

Eine Amsel ist auf dem Einmeterbrett gelandet und hat sich dort das Gefieder geputzt. Beim Losfliegen hat sie sich abgestoßen, da hat das Brett tatsächlich ein wenig nachgewippt und Kiontke sich gemerkt, dass er das wieder ein bisschen härter einstellen muss. Er hat dann das Thermometer herausgezogen, abgeschüttelt und wieder auf den Haken gehängt. Unter »Wassertemperatur« hat er mit Kreide auf die Schiefertafel drüben am Kiosk die Gradzahl geschrieben. Ist kein Warmfreibad. Kurz hat er überlegt, die Zahl mit dem Handballen fortgewischt und es ein bisschen angenehmer gemacht. Wird schon noch.

»Könntest auch reinpinkeln, Kiontke. Dann stimmt's wieder!«

Kiontke grunzt überrascht auf. »Renate! Pünktlich wie die Maurer!«

Sie trägt ihre weiße Strickjacke, zwischen den Fingern ihrer abgespreizten Hand eine Zigarette, und hat ihn wohl schon eine Weile beobachtet. Also auch sein kleines Temperaturmanöver. Er stemmt die Hände in die Hüften.

»Wird schon noch wärmer heute, wart nur ab!«

Renate macht eine wegwerfende Handbewegung und nimmt einen tiefen Zug von der Zigarette. Es ist so windstill, dass der Rauch senkrecht nach oben steigt. Kiontke findet, dass Renate hin und wieder durchaus das absolute Rauchverbot beachten könnte. Immerhin hockt sie stundenlang direkt neben dem Schild mit der durchgestrichenen Zigarette. Wenn sie draußen raucht, beschweren sich manche Eltern, sie sei ein schlechtes Vorbild. Wenn sie drinnen raucht, ist das denkbar schlecht für ihre Gesundheit. Rauchen mit Kompressor, denkt er, da wird die Kabine zur Druckkammer mit einer lebensfeindlichen Atmosphäre wie auf einem anderen Planeten. Kiontke konnte schon beim Brinkmann nicht verstehen, dass manche Kollegen von Rostock bis Genua quasi durchqualmten. Außerdem vertritt er, ganz für sich, die gerade vor Renate sorgsam gehütete Privatmeinung, dass sie ruhig mal öfter lächeln könnte. Es muss ja kein Wiehern sein. Aber ein leises Lächeln, vielleicht ein Mal in der Saison, das wäre doch was. Das stünde ihr gut. Besser jedenfalls, als mit verschränkten Armen dort oben auf der Terrasse zu stehen und ihn so anzustarren, direkt unheimlich ist das.

»Musst mal wieder chloren, Kiontke!«, ruft sie jetzt. »Oder soll ich das machen?«

»Reicht schon, wenn du keine Kippen reinschnipst«, ruft er zurück. Dann dreht er sich um und sieht drei Schwalben, wie sie gerade aufs Wasser einschwenken. Beinahe gleichzeitig berühren sie mit ihren Schnäbeln die Oberfläche. Seitlich wischen sie davon und hinterlassen drei Kreise, die sich zart ausbreiten. Kiontke kratzt sich am Kopf. Könnte recht haben, die Renate. Wenn schon die Vögel ans Wasser gehen, ist es vielleicht nicht mehr giftig genug. Er lauscht ihrem heiseren Sirren. Gut, dass die Viecher so klein sind, das wäre sonst vermutlich infernalisch. Er dreht die Sprinkler ab und löst den Seemannsknoten, um sich den Pulli anzuziehen.

Dann erst macht er sich auf den Weg ins U-Boot. Es ist kalt dort unten.

~

Ich schwinge mir die Tasche über die Schulter und werfe einen Blick in die Küche. Mama sitzt am Tisch und nestelt an der kleinen Zigarettenmaschine, ritsch, klack, ritsch, daneben, säuberlich geschichtet, ein Stapel frischer Zigaretten. Ich lehne den Kopf gegen den Rahmen und schaue ihr eine Weile zu, wie sie den Tabak aus der Dose nachstreuselt, das Papier einlegt, den Filter dazu. Ich sollte ihr gönnen, dass sie etwas hat, womit sie sich beschäftigen kann, aber irgendwie macht es mich auch traurig. Sie raucht nicht einmal. Im Frühstücksfernsehen sitzt eine dieser Frauen, die sich noch zusätzlich auf »Frau« geschminkt haben, als wären sie nicht schon Frau genug, und ist schrecklich wach für einen so frühen Morgen. Gerade erklärt sie, warum ihr das Küssen im Film gar nicht schwerfällt.

Draußen poltert noch ein Brinkmann vorbei. Er wirft kurz

einen Schatten über die Küche, wie ein Blinzeln. Mein Bruder schiebt sich an mir vorbei und legt Mama von hinten seine Hand auf die Schulter.

»Wir gehen schwimmen!«

Er spricht lauter, als er müsste. Mama ist schwer zu erreichen seit einer Weile, schwerer als sonst. Sie stiert weiter auf den Fernseher. Die Frau dort hat ganz weiße Zähne und fährt sich mit der Zunge über die Lippen.

»Wo geht's hin?«, fragt Mama matt, ohne aufzusehen.

»Ins Schwimmbad«, wiederhole ich leise. »Wird nicht spät, versprochen!«

Jetzt löst sich ihr Blick vom Bildschirm und schwankt durch den Raum, bis er mich erfasst. Sie runzelt die Stirn.

»Kind, was hast du mit deinen Haaren gemacht?«

»Abgeschnitten. Gefällt es dir?«

Okay, das war gemein. Natürlich gefällt es ihr nicht.

»Mir gefällt das nicht«, sagt sie matt und schüttelt den Kopf. »Mir gefällt das gar nicht mit dem Schwimmbad.« Ihr Blick wird wieder vom Bildschirm angezogen, dann setzt sie träge nach: »Muss das sein?«

Mir versetzt das einen Stich. In einer normalen Familie wäre das die normalste Sache der Welt, am letzten Freitag der Sommerferien ins Freibad zu gehen. In einer normalen Familie würde die Mutter aber auch nicht schon in aller Herrgottsfrühe vor der Glotze hocken. Warum bitte freut sie sich nicht einfach, dass ich mal wieder was machen will? Die Frau im Fernsehen gestikuliert wild herum und lacht schrill auf.

»Nicht ins Schwimmbad«, wiederholt Mama mit dieser Schläfrigkeit, der bereits ein kleines Schluchzen untergemischt ist – und wedelt uns weg, bevor wir sie weinen sehen. Ich weiß, gleich verzieht sie wieder das Gesicht zu einer Grimasse und weint trocken in sich hinein. Wer sie nicht kennt, könnte meinen, dass sie nach Luft schnappt. Oder nach Hilfe, irgendwie. Ich verstehe das schon. Aber aushalten kann ich es nicht, sie so zu sehen, weil ich ihr auch nicht helfen kann. Manchmal glaube ich sogar, ich mache für sie alles nur noch schlimmer. Ich ziehe die Tür hinter mir zu und achte darauf, dabei kein Geräusch zu machen.

Ich schleppe mein Fahrrad aus dem Hausflur die Treppe runter auf die Straße. Dort erst fällt mir auf, dass beide Reifen platt sind. Natürlich sind sie das. Mein Bruder hat eine Luftpumpe dabei. Natürlich hat er das.

»Du darfst ... ihr ... nicht ... böse sein«, sagt er pumpend und pustet seine Locke hoch, »die Mama ... hat's ... nicht leicht.«

Sieh an, jetzt belehrt er mich auch noch. Ausgerechnet! Warum hat sie es denn nicht leicht? Wer hat denn gemeint, etwas total Irres tun zu müssen? Wer hat ihr denn diesen Schlag versetzt? Und mir auch, hm? Wer?

»Ich hab's«, sagt er jetzt und stellt den Sattel höher. Keine Ahnung, wann ich das Ding zuletzt benutzt habe. Es ist so früh am Morgen schon so warm, dass mir allein vom Zugucken der Schweiß über die Stirn läuft. Kein Wunder, wenn keine Haare ihn aufhalten können. Jetzt erst fällt mir auf, dass wir gar kein Fahrrad für meinen Bruder haben, weil Mama das neulich verschenkt hat. Ihn hat es nicht gestört. Er zieht bald zum Studieren weg, dann kauft er sich ein neues. Oder er klaut sich eins, hat er schon gesagt, aber so ironisch.

Mist. Zum Laufen ist das Freibad viel zu weit weg.

Mein Bruder schiebt mein Rad in die Einfahrt und deutet mit großer Geste auf den Gepäckträger.

»Darf ich bitten?«

~

Nebenfluss des Ob, fünf Buchstaben senkrecht. Österreichischer Politiker, acht Buchstaben waagerecht. Chemisches Element, fünf Buchstaben waagerecht. Französischer Schriftsteller, sechs Buchstaben waagerecht. Stadt am Neckar, zehn Buchstaben senkrecht.

Aus Gewohnheit lutscht sie halbherzig auf dem Kugelschreiber herum. Nebenfluss des Ob, wer weiß denn so was? Russischer Fluss mit zwei Buchstaben, das wäre leicht. Aber Nebenfluss? Geht's noch? Und österreichische Politiker, woher soll sie die kennen? Da wird sie bis zum Ende warten müssen, bis da etwas rauskommt. Chemische Elemente gibt es allerhand, dazu braucht sie erst mehr Buchstaben, um das erraten zu können. Eisen vielleicht? Was gibt's denn sonst noch? Helfen würde die verdammte Stadt am Neckar mit ihren immerhin zehn Buchstaben. Oder der französische Schriftsteller. Französische Schriftsteller sind immer hilfreich. Wenn man sie kennt.

Sie nimmt den Kugelschreiber aus dem Mund und notiert sich »F L O B E R« auf den weißen Rand neben dem Rätsel, versuchsweise, das hat sie mal gehört. Vermutlich gehört auf das E noch einer dieser drolligen Akzente. Abwarten. Und hier? Italienischer Schauspieler mit sieben Buchstaben, waagerecht? Bingo! Zwei italienische Schauspieler kennt sie, einen mit elf und einen mit genau sieben Buchstaben, den kennt sie besonders gut, da ist sie Fan von. Sie schreibt »S P E N C E R« und denkt, dass nur wenige Leute wissen, dass das ein Italiener war. War er aber, glaubt man gar nicht. Ein echter Kerl. Schwimmer gewesen, hat sie mal gelesen.

Aus den Augenwinkeln sieht Renate die Trautheimer heranwackeln und steckt sich noch eine Zigarette an, das kann dauern. Die Trautheimer kommt schon seit Jahren jeden Morgen, früher immer zusammen mit der alten Kiontke, heute allein, und jeden Tag dauert's ein bisschen länger, die Hüfte, die Knie oder was auch immer halt Scherereien macht in diesem Alter. Im Wasser bewegt sie sich aber noch immer wie ein junger Fisch, oder eher wie ein Schwan. Außerdem hat der Kiontke ein besonderes Auge auf die Dame. Muss ja. Ginge es nach Renate, dann gäbe es aber eine Altershöchstgrenze fürs Freibad. Ist ja schließlich kein betreutes Schwimmen hier.

Renate überfliegt die Spalten, alles klar, SPENCER hilft, wie immer. Da haben wir dann auch die Stadt am Neckar, Neckarsulm, war leicht.

»Einmal für alte Leute wie mich, bitte!«, sagt die Trautheimer, als sie endlich das Kassenfenster erreicht hat. Ihr Spruch, jedes Mal. Renate sieht auf und fragt streng: »Französischer Schriftsteller mit sechs Buchstaben?«

~

Josefine macht den Elefanten. So nennt sie das, wenn sie zu schnell durch das Neubaugebiet fährt. Vor jeder Temposchwelle bremst sie ab, hinter jeder Temposchwelle gibt sie Gas. Elefanten ziehen mitten durch Siedlungen hindurch, über Supermarktparkplätze hinweg und über Hauptstraßen, wenn die Zivilisation sich in ihr Territorium gefressen hat und einen Raum einnimmt, den die Herden schon seit Jahrhunderten durchquert haben von Wasserloch zu Wasserloch. Das ist ihre Form von Protest. Still, aber schnell. Früher lagen rechts Wiesen und links Wiesen, und ganz oben am Waldrand das Gestüt. So gehörte sich das. So war das auch noch, als sie zum Studium weggezogen ist. Dann war sie wiedergekommen, und nur sechs Jahre später erstreckten sich plötzlich rechts Häuser und links Häuser. Hindemithstraße, Schönbergstraße, Wagnerstraße, Schubertstraße. Neubau an Neubau, effizient gedämmte Fertighäuser mit Erdwärme und Solardächern und allem Pipapo. Hypothek an Hypothek, Mausoleum an Mausoleum. Sie sehen alle irgendwie nach Kreissparkasse aus, mit ihren Rollrasen, bei denen man noch die Naht sieht, und den frisch gepflanzten Ziersträuchern, meistens verwirrter Kirschlorbeer, der sich fragt, ob er hier und jetzt wirklich loslegen soll mit dem Wachsen. Kaum ein Garten ohne diese schwarzen Trampoline, die aussehen, als hätten riesige Spinnen sie gesponnen, um darin Kinder oder Enkel zu fangen. Aber Kinder oder Enkel sieht man darin nie. Überhaupt hat Josefine von der Nachbarschaft wenig gesehen, seit sie wieder im Ort wohnt. Sie kennt auch kaum mehr jemanden von früher. Alle weggezogen, wie es auch sie weggezogen hatte. Wer bleibt, fährt hochbeinige Autos mit großflächigen Folien hinter der Heckscheibe. Böhse Onkelz, Rammstein, Depeche Mode, Unheilig, Wacken. Automobile Arschgeweihe.

Ganz früher stand am Ortsausgang manchmal der alte Schröder und drohte Autofahrern, die zu früh beschleunigten, mit dem Finger. Halb im Ernst, halb aus Spaß, so genau wusste Josefine das nicht. Als Kind war sie dann immer tiefer in den Sitz gerutscht, weil ihr diese Gestalt auf der Streuobstwiese mulmig war. Aber ihr Vater am Steuer hatte nur noch mehr Gas gegeben, dem Schröder gewunken und über die Schulter gelacht: »Komm wieder hoch, kleine Piratin! Das ist nur der Schröder, nicht die Polizei!«

Irgendwann hatte die Kreisverwaltung an dieser Stelle vor dem gelben Ortsausgangsschild einen Kasten installiert, vor dessen regengrauer Wachsamkeit Josefine sich als Kind noch mehr gefürchtet hatte als vor dem inzwischen verstorbenen Schröder und seinem Zeigefinger. Dabei war der alte Schröder nur der alte Schröder gewesen und der Kasten meistens außer Betrieb.

»Wir lassen uns doch von einem Automaten nicht einschüchtern!«, hatte ihr Vater verkündet – und doch erst wieder Gas gegeben, wenn sie schon vorbei waren. Heute wacht dort am Straßenrand eine schlechtgelaunte Säule mit rotem Zyklopenauge. Die funktioniert immer. So geht die Zeit ins Land und frisst es dabei auf.

Kaum hatte der junge Schröder die Streuobstwiesen verkauft, wurden die Flächen versiegelt und erschlossen. Nun erstreckt sich dort in geduckter Sachlichkeit das Gewerbegebiet mit seinen Parkplätzen, das moderne Logistikzentrum der Spedition, der Baumarkt, der Gartenmarkt und die Vertretung für Subaru, Hyundai und Landmaschinen. Wo einst der Schröder fuchtelte, thront nun der jeweils prachtvollste Ackerschlepper von John Deere.

Normalerweise fürchtet Josefine den Zyklopen. Heute nicht. Ihr Respekt vor Regeln ist einer aufregenden Fahrlässigkeit gewichen. Sie tritt das Gaspedal durch. Warm föhnt der Fahrtwind durchs offene Fenster, kurz leuchtet das rote Auge. Sofort folgt der Blitz. Gleich danach geht sie wieder vom Gas, seltsam befriedigt.

Josefine fährt ins Freibad.

Das ist jetzt sozusagen amtlich. Es wird ein Foto geben, Josefine mit verwirbelten Haaren hinterm Steuer, und dazu das Datum. Der Tag der Beerdigung. Gut. Können ruhig alle wissen.

Sie hat nicht mehr die Absicht, sich zu verstecken.

Sie hat die Absicht, ein paar Runden zu schwimmen und in der Sonne zu liegen.

Sie setzt den Blinker und lässt noch einen LKW von Brinkmann durch. Den Fahrer kann sie nicht erkennen, winkt aber trotzdem. Vermutlich kennt sie ihn, sie kennt eigentlich alle Fahrer. Am Kennzeichen des Lastwagens sieht sie, dass der alte Brinkmann seine Flotte offenbar nun doch in Bulgarien anmeldet. Sieh an, sieh an. Genau so, wie Max es ihm schon seit Jahren geraten hatte.

»Ist billiger!«, hatte Max gesagt. »Ist doch Quatsch, es nicht zu tun!«

»Wir sind ein *deutsches* Speditionsunternehmen«, hatte der

Alte darauf immer geantwortet, »nicht irgend so eine Klitsche aus der Walachei.«

Sieh an. Ob Max noch erlebt hat, dass der Alte seine Ratschläge beherzigt? Muss ja. Was konnte er sich früher aufregen über die innere Mechanik des Familienbetriebs, den Mehltau des »Das haben wir schon immer so gemacht«. Er hatte sich den Mund fusselig geredet mit seinen Vorschlägen für mehr Effizienz und Wachstum, den nötigen Gang mit der Zeit – und war immer wieder nur auf Granit gestoßen. Eigentlich war er wirklich überqualifiziert, der Max. Geld war ja da, also studierte er Betriebswirtschaftslehre nicht irgendwo, sondern in England. Aber was er von dort mitbrachte an Wissen und englischen Fachbegriffen, das war viel zu groß für eine Spedition in der Pfalz. Wirklich glücklich hat Josefine ihn nur damals erlebt, als er dieses Start-up in Berlin leitete, in dieser Fabriketage im nördlichen Neukölln. Wo irgendwelche Nerds »smart solutions« für Probleme programmierten, von denen Josefine keine Ahnung hatte. Dort wäre er vermutlich glücklich geworden. Vielleicht hätte es auch mit ihnen beiden geklappt, wenn Josefine diese Professur bekommen hätte. Die Fernbeziehung hatte ihnen gutgetan, Abstand bringt Bewegung. Aber wer bekommt denn heute noch eine Professur? Und dann hatte Max seine Firma verkauft, »abgestoßen«, wie er sagte, und war nach Ottersweiler zurückgekommen. In einem Porsche, den er sich von seinem eigenen Geld gekauft hatte. Und mit »smart solutions« für die Spedition im Kopf.

Die Unfallstelle ist weiter vorne, da will Josefine nicht vorbeifahren. Rechts geht es hinauf zum »Walderlebnispfad«, der früher ein »Trimm-dich-Pfad« und ganz früher einfach nur ein Wald gewesen ist.

Links runter geht es zum Freibad.

~

»Rechts geht's hoch zum Freibad! Rechts! Hallo?«

Natürlich habe ich mich nicht auf den Gepäckträger gesetzt. Mein Bruder soll ruhig mal zur Kenntnis nehmen, dass die Verhältnisse sich langsam umkehren. Oder wenigstens angleichen. Obwohl er ganz schön viel wiegt, wie ich auf dem Waldweg gemerkt habe. Da ist er abgestiegen, und ich hab geschoben. Jetzt sind wir schon oben auf dem Feldweg. Kein Schotter mehr, sondern so grober Beton für die Treckerfahrer, und eigentlich könnten wir jetzt wieder aufsteigen. Mein Bruder hat es aber nicht eilig, also habe ich es auch nicht eilig. Eine aufgeschreckte Eidechse huscht vor uns über den Weg. Sie ist so schnell, dass ich sie den Weg von A nach B gar nicht zurücklegen sehe. Erst ist sie hier, dann ist sie dort. Und dann auch schon wieder weg.

Es ist lange her, dass wir zusammen im Freibad waren. Und noch länger, dass wir zusammen hingeradelt sind, durch den grünen Wald einem goldenen Sommertag entgegen. Manchmal hat es nachmittags gewittert, dann haben wir auf dem Rückweg den schlimmsten Guss in der Schutzhütte abgewartet. Meistens sind wir am Forellenteich abgebogen, an dessen Ufer so gerne die Reiher stehen, und rechts hoch zur Landstraße. Normalerweise lässt es sich da oben bequemer radeln. Aber die Landstraße will ich heute nicht nehmen, weil es da vor ein paar Tagen ganz übel geknallt hat. Von meinem Zimmer aus konnte ich die Rauchwolke sehen, buchstabenschwarz. Und zur Abwechslung ist da mal kein Sattelschlepper von Brinkmann, sondern die Feuerwehr durch den Ort gedonnert. Um die Unfallstelle mache ich lieber einen Bogen. Der Asphalt dort soll noch ganz schwarz sein, irgendwie fettig, sogar die Sträucher auf der Böschung an der Straße haben wohl Feuer gefangen. Inzwischen, das sehe ich von hier unten, hat jemand ein Holzkreuz am Straßenrand aufgestellt.

»Sag mal, Glatzi, wieso willst du denn heute ins Schwimmbad? Hast du was vor?«

Tja, das würdest du wohl gerne wissen, was? Den Teufel werde ich tun, ihm das jetzt schon auf die Nase zu binden. Mein Bruder wird noch früh genug versuchen, es mir auszureden. Und ganz geheuer ist es mir selbst nicht. Er ahnt etwas, das merke ich schon. Wir sind wieder aufgestiegen und fahren die letzten Meter.

Moment mal. Hat er mich gerade wirklich »Glatzi« genannt? Ich steuere ein Schlagloch an und höre ihn fluchen.

»Leute wirst du wohl kaum treffen wollen. Und Bahnen ziehen auch nicht, wie ich dich kenne. Vom Sonnenbaden rate ich ab, so blass wie du bist. Also, sag, was willst du machen?«

Je näher wir dem Bad kommen, desto schwerer scheint mein Bruder zu werden. Typisch.

~

»Proust«, sagt Isobel sofort, »das ist immer Proust.«

»Nicht Flober?«, fragt Renate misstrauisch.

»Nein, Flaubert hat …«, sie zählt stumm an den Fingern ab, »… acht Buchstaben.«

»Acht?«, fragt Renate und runzelt die Stirn.

»Gewiss! Sollten es nicht sechs sein?«

»Jepp.«

»Dann Proust. Das ist eigentlich immer Proust. Mit O und U, sechs Buchstaben.«

Isobel stochert mit spitzen Fingern in ihrem Geldbeutel. Das Kleingeld wird offenbar auch immer kleiner. Sie kneift die Augen zusammen und ertastet nacheinander Nutzloses. Den Plastikchip für den Einkaufswagen bei REWE. Den Schlüssel für ihr elektrisches Fahrrad. Den ovalen Ohrring, ein Jadetropfen, verloren und wiedergefunden und dann hier reingesteckt. Mehrere leere Batterien für ihr Hörgerät, das sie ebenfalls verloren und noch nicht wiedergefunden hat. Die Herztabletten, zumindest ihre scharfkantig ausgestanzte Plastikverpackung. Endlich bekommt sie eine Münze zu fassen und legt sie in die Schublade unter dem Schlitz im Glas der Kassenkabine.

Renate zieht die Lade zu sich heran, um die Münze mit maliziösem Blick zwischen Daumen und Zeigefinger zu nehmen. Eine Seite zeigt ein Frauengesicht im Profil, die andere ein Pferd vor einer Palme. Renate seufzt, legt die Münze wieder in die Lade und schiebt sie zurück.

»Ausweis genügt, Frau Trautheimer. Sie haben doch einen Ausweis. Und lassen Sie endlich mal Ihren hübschen Taler zu Hause! Sonst stecke ich den eines Tages noch ein …«

»Und dann ist er weg?«

»Dann ist er weg, genau. Das Ding sieht aus, als gehöre es in ein Museum. Ist bestimmt viel wert, oder?«

Isobel lächelt und nimmt die Münze wieder entgegen. Sowas aber auch. Jetzt hätte sie ihren Glückstaler doch beinahe schon wieder ausgegeben. Wie zuvor schon in der Apotheke. Oder beim Bäcker neulich. Wie ein Kind, das mit Spielgeld bezahlen will. Dabei hat sie die Münze nur dabei, um das Flatterhafte all der Karten in ihrem Geldbeutel auszugleichen. Eine Karte für den Buchladen, eine für die Apotheke, eine für die Bahn, eine für die Ärztin und eine für die Bank. Ein paar Gramm antikes Gold als Gegengewicht zur Leichtigkeit der Moderne. Sie zückt die laminierte Saisonkarte und hält sie gegen die Scheibe. Renate hat sich wieder ihrem Rätsel zugewendet und macht eine scheuchende Bewegung aus dem Handgelenk. Isobel bleibt abwartend stehen. Renate sieht wieder auf und seufzt.

»Herzlichwillkommenimfreibadfrautrautheimer. Ichwünscheinenwunderschönentag! Gut so?«

Isobel nickt und tritt in die Drehtür. Sie liebt die spielerische Kreiselbewegung, zu der die Drehtür einlädt, wie eine stumme Einladung zum Tanz, lange her. Sie drückt ihre Tasche gegen die Hüfte, damit sie sich nicht irgendwo verhakt, und geht im Kreis. Freut sich, wie das armdicke Gestell, von dem schon die rote Farbe abflockt, wie dieses massive Eisen geschmeidig vor ihr zurückweicht. Gehen, ohne irgendwo anzukommen. Immer geradeaus im Grunde, und doch nur rundherum. Um dann, wenn sie endlich aus dem Kreislauf ausbricht, was früher oder später der Fall sein wird, mit einem leichten Schwindel in die Welt des Freibads einzutreten. Das ist schön, denkt Isobel. Und auch das übliche Quietschen fehlt heute. Wird der Kiontke mit seinem Ölkännchen am Werk gewesen sein. Guter Junge, denkt sie, guter Junge, und geht weiter im Kreis, immer geradeaus und doch rundherum, mit kleinen Schritten und einem leisen Lächeln. Irgendwer ruft ihren Namen, aber so, wie das ihr Vater getan hat: »Isobelchen!«, ruft er sie, als die gläserne Drehtür des Hotels sich zur Lobby hin öffnet, wo ganz hinten ein Mann im Frack am Flügel sitzt und Zarah Leander spielt, ganz langsam, »Eine Frau wird erst schön durch die Liebe«, und jetzt wieder: »Isobelchen!«, da steht er schon auf dem Teppich, ein wahrer Riese unter den glitzernden Lichtreflexen des Kronleuchters an der Decke, und sie sieht seine goldenen Backenzähne aufblitzen, wenn er lacht, ein wenig verlegen, weil seine Tochter »die Karusselltür« gar nicht mehr verlassen will und er sie förmlich herausziehen muss, weil die Leute in der Lobby schon schauen in ihren duftenden Wolken aus Rasierwasser und Tabakqualm, und wie sie allein das Wort »Karusselltür« in Entzücken versetzt, der Umstand, dass jemand sich eine *Tür* ausdenken kann, wo es doch Türen schon gibt seit Menschengedenken, dann aber ein Ding erfindet, wie es die Welt noch nicht gesehen und bis dahin auch nicht gebraucht hat, ein horizontales Schaufelrad in beständiger Bewegung, immer hinein in sich erneuernde Welten, seit sie das Reich verlassen mussten, aber irgendwas klappert da, was klappert denn da?

Es macht *tock, tock, tock*, weil Renate gegen die Scheibe ihrer Kabine klopft, bis Isobel endlich zu sich kommt.

»Frau Trautheimer? Frau Trautheimer. Da sind wir ja wieder. Dort geht's lang!«, sagt Renate mit mildem Tadel und deutet mit dem Kugelschreiber freibadwärts.

~

Der Taxifahrer hat gar kein Selbstgespräch geführt. Er hat Knöpfe im Ohr und redet mit irgendeiner Verwandtschaft, ohne Unterbrechung. Lennarts Arabisch ist rudimentär, er versteht nur einzelne Begriffe. Liebe, Frühstück, Schwester, Tee, Feierabend, Bahnhof. Gelernt hat er, auf alarmierendere Begriffe zu achten, und so schaut er gelassen aus dem Fenster. Deutschland, nicht zu fassen.

Erwartet hatte er, dass alles *kleiner* erscheinen würde. Sagt man doch so, dass die Orte in der Erinnerung größer erscheinen, als sie es beim Wiedersehen sind. Schon der Flughafen in Frankfurt war ihm funktional vorgekommen, aber nicht provinziell. Über den ICE südwärts hatte er sich gefreut und gewundert – über dieses satte Glück aus Autobahnen, Zubringern, Auen, Wäldern und Kühen, Hochsitzen, Burgen, Schrebergärten und Windrädern. Und in gewisser Weise auch darüber, dass alle Schienen und Stromleitungen, überhaupt die komplette Infrastruktur in seiner Abwesenheit nicht abgebaut und entsorgt worden ist.

Zugfahren überhaupt, auch der Umstieg in die Regionalbahn, und dann durch eine modelleisenbahnhafte Landschaft bis zum

Umstieg in die Bimmelbahn. Überraschend groß sogar der Bahnhof von Ottersweiler, wo er als einziger Fahrgast ausgestiegen war. Eine wilhelminische Trutzburg mit Erkern und Zinnen, als wäre es eine Wartehalle für Ritter. Aus der ehemaligen Wartehalle war im Laufe der Zeit eine gutbürgerliche Gaststätte geworden, aus der Gaststätte ein »Wienerwald«, aus dem »Wienerwald« eine Diskothek, aus der Diskothek eine Spielothek und aus der Spielothek ein mit Brettern vernagelter Leerstand. Aber die Burg steht noch.

Es geht die Hauptstraße hinunter und dann ins Gewerbegebiet hinaus. Hier sieht es ein wenig so aus wie in Los Angeles, denkt Lennart. Als hätte ein Kind versucht, die endlosen Ausfallstraßen zu malen, und dann wäre ihm der Spaß daran abhandengekommen. Das Taxi fährt so langsam, dass Lennart sich fragt, ob der Fahrer nach Strecke oder nach Zeit abrechnet. Wie war das doch gleich in Deutschland?

Gerade als er das arabische Wort für Begräbnis gehört zu haben glaubt, ganz sicher ist er sich nicht, der Klang hat ihn nur aufschrecken lassen, blickt der Fahrer über die Schulter, deutet vage nach vorne.

»Unfall, tot«, sagt er, vielleicht auch »Unfalltod«.

Lennart nickt. »Max Brinkmann, oder?«

»Kennst du?«

Lennart winkt ab: »Kannte ich mal, ja …«, aber schon redet der Fahrer wieder in seine Freisprechanlage und erklärt, dass sein Fahrgast den jungen Brinkmann gekannt haben, aber nicht in den Ruhewald chauffiert werden will. Wenn Lennart seine Tonlage richtig deutet, findet der Fahrer sein Verhalten verdächtig.

Redend und gestikulierend biegt er links ab.

Lennart fährt seine Scheibe herunter und atmet den Wald ein, die Felder, eine Ahnung von Mist. Und hierher hat es den Max zurückgezogen? Er versucht, sich an den Freund zu erinnern, den er kannte. Aber immer wieder schiebt sich das Gesicht davor, das er zuletzt vor zehn Jahren gesehen hat. Da war Max nach Kalifornien gekommen, irgendwelche Leute im Silicon Valley treffen. Zu diesem Zweck hatte er sich eine Corvette gemietet, sie waren bei einem Mexikaner am Sunset Boulevard essen, und danach hatte Max sich Lennarts Atelier in Oakwood angesehen, das er sich »größer« vorgestellt hatte.

Lennart hatte diese Bemerkung gekränkt, aber bald bemerkt, dass Max sich offenbar alles »größer« vorgestellt hatte in Los Angeles. Also Los Angeles selbst (»Geht ja noch!«), den Himmel über Los Angeles (»Wie Berlin!«), die »Hollywood«-Buchstaben in den Hügeln (»Das ist alles?«), die mehrspurigen Highways (»Auch nicht anders als am Frankfurter Kreuz!«), den Strand (»Sylt!«), den Pazifik (»Ostsee!«). Das war albern und vielleicht auch so gemeint, als Witz. Und doch wurde Lennart das Gefühl nicht mehr los, dass Max sich auch ihre Freundschaft irgendwie größer vorgestellt hatte.

Älter schien Max nicht geworden zu sein, eher sehniger, auch härter im Gesicht, trotz dieses Dreitagebartes, und die blauen Augen kälter. Er sah nicht mehr so sehr nach Surfer aus, eher wie ein alternder Schauspieler, der einen Surfer spielt. Lennart glaubte damals trotz der noch immer schulterlangen Haare zum ersten Mal den alten Brinkmann erkannt zu haben, wie er langsam in seinem Sohn zum Vorschein kam. Es gibt da eine Wasserscheide in den Gesichtern, denkt Lennart jetzt. Am Anfang und dann jahrelang ist alles möglich und offen in alle Richtungen, wie das Leben selbst. Aber irgendwann, von einem Jahr aufs nächste, erzählt so ein Gesicht plötzlich recht zuverlässig davon, was sich Geltung verschaffen wollte in den Zügen, wie ein Mensch wirklich ist und auch künftig sein wird, bis zum Ende hin.

Komischerweise kann er sich Joe nicht mit zweiundzwanzig

vorstellen, nicht mit zweiunddreißig, erst recht nicht mit zweiundvierzig. In seiner Erinnerung ist sie immer sechzehn, so, wie er sie auf dem Schulhof mit der Polaroid fotografiert hat. Als hätte sich ihr Abbild in seinem Gehirn belichtet und würde dort bleiben, für immer. Unwirklich blass, schwarz das Haar, ein neckischer Höcker auf der Nase, schmale Lippen, immer ein wenig rau, als blättere dort die Haut ab. Eines dieser Polaroidbilder hat er noch, aufgehellt mit der Zeit, es hängt in seinem Atelier neben anderen Fotografien über dem Schreibtisch. Mit dieser fragezeichenförmigen Locke vor der Stirn und nur der Andeutung eines Lächelns wirkt ihr Gesicht gleichzeitig spitz und rund; je nachdem, in welcher Laune sein Blick darauf fällt. Es ist das Kippbildhafte, weniger die Erinnerung, die ihn daran fasziniert. Wobei, die Erinnerung dann schon doch auch. Deshalb hatte Lennart es nicht abgenommen, als Max damals zu Besuch kam, es darauf ankommen lassen. Aber der hatte nur gemurmelt: »Hübsch war sie damals, oder?«, und dann auf das Porträt von Hillary Clinton gedeutet, das als *Vogue*-Titelbild erschienen war, und gesagt: »Lustig, die Tante daneben sieht exakt aus wie Hillary Clinton!«

Nachher wird er sehen, was ein Vierteljahrhundert mit Joe angestellt hat. Nicht, dass das eine sonderliche Bedeutung hätte. Für ihn wird sie immer sechzehn bleiben, ertappt von seiner Kamera in der Pause zwischen Mathematik und Geschichte. Entscheiden wird sich aber später, ob ihr Gesicht eher spitz oder rund ist. Dann kann er das Kippbild endlich abnehmen.

»Da!«, sagt der Fahrer und rollt auf dem Parkplatz aus.

Lennart zieht einen Schein aus seiner Hosentasche und reicht ihn nach vorne.

»Dollar! Nix gut!«, sagt der Fahrer, und Lennart findet dann doch noch einen der Euroscheine, die er vorhin aus dem Bankautomaten gezogen hat.

»Iilaa alliqa!«, sagt er, greift sich die Sporttasche und steigt aus.

»Ja, ja«, stammelt der Fahrer verdutzt. »Auf Wiedersehen!«

Ganz still ist es, Lennart hört nur das Zwitschern früher Vögel und das Stöhnen verborgener Pumpen, nicht einmal ein Plätschern. Als wäre das Bad selbst ein heiliger Bezirk, nur Eingeweihten vorbehalten. Drei Fahrräder in einem silbernen Spiralständer, der ist neu. Die Peitschenlampen oben auf der Zufahrtsstraße, neu. Ein paar magere Bäumchen auf dem Parkplatz, ebenfalls neu.

Ringsum der Wald, wie er immer war, und die leichte Morgenbrise in seinen Wipfeln erinnert Lennart an die Klassenfahrt nach Rom. Da hatten Max und er sich von der Gruppe abgesetzt und waren, statt den Petersdom zu besichtigen, mit gemieteten Geländemopeds nach Lido di Ostia Antica gefahren, an den Strand. Es hat schon alles seine Richtigkeit, denkt er jetzt. Max hätte, wenn er könnte, vermutlich auch seine eigene Beerdigung geschwänzt.

So schlendert er auf den Eingang zu, nicht der erste Badegast an diesem Morgen. Als er ankommt, schwingt die rote Drehtür noch gemächlich um sich selbst und bleibt dann stehen.

~

»Mein lieber Scholli«, sagt Renate halblaut, nachdem sie nebenbei noch einen langhaarigen Hungerhaken mit alberner Sonnenbrille abkassiert hat. Die Trautheimer baut ganz schön ab. Flober hin, Proust her. Wunderlich war sie schon früher. Renate kennt sie noch als Kundin der Kreissparkasse, da hatte die Trautheimer ein Schließfach. Darin bewahrte sie nur ein Sparbuch auf, diese blödsinnige Münze und eine Sektflöte. »Dafür müssen Sie doch kein Schließfach mieten!«, hatte Renate ihr gesagt: »Wissen Sie, was das kostet?« Aber die Trautheimer hatte nur gelächelt, den Krempel wieder zurückgelegt und das Fach abgeschlossen. Wusste sie, war ihr egal. Damals war die Trautheimer noch eine richtige Dame gewesen, so richtig mit Kostüm und Hut. Erst als sie sich mit Gerda angefreundet hatte, ausgerechnet die Trautheimer mit diesem Drachen, da war es mit dieser Damenhaftigkeit irgendwann vorbei, da trug sie dann die Haare offen und die Kleider weit. Täglich kam sie damals mit der Gerda ins Schwimmbad, in einer Tour schnatternd, die beiden, egal bei welchem Wetter, und schnatternd zogen sie auch ihre Bahnen. Da war der Kiontke noch nicht Bademeister.

Und jetzt war die Gerda längst tot, und die Trautheimer spazierte mit dieser Münze durch die Gegend und versuchte überall, damit zu bezahlen. Sollte man mal schätzen lassen, das Ding. Eines Tages würde jemand diese Münze einfach einkassieren und dann selbst schätzen lassen. Wusste die Trautheimer vermutlich auch, war ihr wohl egal. Nächstes Mal, denkt Renate, nehme *ich* sie einfach entgegen und gut. Am Anfang hat sie damit auch für Gerda bezahlen wollen, die müsste gleich kommen, die hätte sich nur verspätet, aber da war die Gerda schon ein paar Wochen tot.

»Pipi!«

Renate schreckt aus ihren Gedanken, beugt sich vor. Da steht ein kleines Mädchen am Schalter und schaut finster.

»Was?«, fragt Renate.

»Muss Pipi«, erklärt das Mädchen mit bedauerndem Unterton. Renate wirft einen Blick auf den Kalender. Logisch, heute ist die Bärengruppe wieder dran. Aber so früh? Und da kommt auch schon Melanie, die einen Bollerwagen hinter sich herzieht.

»Maja? Maja, wir gehen gleich. Hältst du's noch ein paar Sekunden aus?«

»Habe euch erst gegen halb zehn erwartet«, sagt Renate. »Warum so früh?«

»Frag ned!«, sagt Melanie.

»Ich frag aber!«

»Pipi!«, sagt Maja.

»Es geht drunter und drüber!«, sagt Melanie und wischt sich den Schweiß von der Stirn.

»Na, dann mal reinspaziert!«

Wenn sie die Melanie so vor sich sieht mit ihren breiten Hüften und dem zufriedenen Gesicht, dann muss Renate an Ludger denken. War nett mit dem Ludger im Schwarzwald und auf dem Campingplatz und so, nur getrunken hat er zu viel. Getrunken, aber nichts Hartes. Getrunken, aber nicht geschlagen. Getrunken hat er und ist dann einfach in Selbstmitleid ersoffen, da hat Renate ihm irgendwann mal eine Ansage machen müssen. Und dann ist der Ludger halt weitergezogen zur Doris, Melanies Tante und Pflegemutter, und ganz ledrig und braun geworden im Sun-O-Matic. Aber gekümmert hat er sich um das Kind, aus der Melanie ist was geworden, das gibt sie gerne zu. Hat er also alles richtig gemacht, der Ludger, denkt Renate.

»Hast du den ganzen Verein vom Kindergarten bis hierher gezogen?«

»So weit ist das gar ned«, sagt Melanie und drückt den Rücken durch, »aber der Bus ist in der Werkstatt, was willsche mache?«

Die Kinder drängen sich jetzt unter dem Fenster und äugen in die Kabine. Dieses Geäuge immer, denkt Renate.

»Du stinkst«, sagt Maja.

Melanie schiebt sie sanft beiseite und zieht den Brustbeutel unter ihrem schwarzen T-Shirt hervor. Das Leder ist schon ganz dunkelgeschwitzt.

»Ei, wo hann isch dann jetzt die blöde Jahreskarte?«

»Lass stecken, Melli«, sagt Renate. »Heute Seepferdchen?«

Melanie schiebt den Beutel zurück zwischen ihre Brüste und

wischt sich mit dem Handrücken den Schweiß von der Stirn. »Wenn's dem Kiontke passt, ja.«

»Wüsste nicht, was der sonst zu tun hätte«, sagt Renate und lächelt in sich hinein, weil ihr in den Sinn gekommen ist, dass sie im Grunde die Einzige ist, die weiß, was der Kiontke zu tun hat. Und das ist nun wirklich nicht die Welt.

Melanie lotst ihre plappernden Schützlinge paarweise durch die Drehtür. Renate drückt den Summer, damit sie den Bollerwagen durch das Tor schieben kann.

»Ist der krank oder was?«, fragt sie und deutet auf einen kleinen Jungen, der reglos im Wagen sitzen geblieben ist.

»Das ist der Ali«, erklärt Melanie, »stimmt's, Ali? Der versteht kein Wort und hat einfach nur Schiss. Es gibt nix, wovor der keine Angst hat.«

Renate wirft dem Jungen einen aufmunternden Blick zu: »Keine Sorge, wir haben hier den Kiontke, der passt auf alle auf, besonders auf so Knirpse wie dich!«

So ausdruckslos erwidert der Junge ihren Blick, dass es Renate ganz anders wird.

Melanie winkt ab: »Unser klenner Problemfall, gell? Araber halt!«

~

Ein warmer, wunderbarer Tag wird das. So hat der Kiontke es in der Zeitung gelesen, so hat er es im Radio gehört, so hat er es in den Knochen, ohne auf das Barometer zu gucken. Er holt die Post aus dem Briefkasten, legt sie auf seinen Schreibtisch und setzt sich für einen Moment dazu.

Bezirksamt, Werbung, Werbung, DLRG, sozialpsychiatrischer Dienst, Wasserwerke, Werbung, Versicherung, Werbung für eine Versicherung.

Er lehnt sich zurück und faltet die Hände über dem Bauch. In den Tisch eingelassen sind Knöpfe für die Lautsprecheranlage, mit der der Bademeister seine freibadweiten Durchsagen machen kann. Theoretisch. Praktisch sind ihm die Knöpfe und Drehregler viel zu frickelig, er kommt damit einfach nicht zurecht. Wann immer mal wieder eine Emma ihre Mama verloren hat, greift Kiontke zum blauen Megaphon, das griffbereit auf der Fensterbank steht. Das Ding benutzt er auch nicht gerne, weil er dann immer das Gefühl hat, unter einer Lupe zu stehen und plötzlich riesig zu wirken, nur halt akustisch. Außerdem fräst sich seine verstärkte Stimme, findet er, dann immer wie eine verzerrte E-Gitarre in das friedliche Klavierkonzert eines Freibadnachmittags.

Von seinem Bürostuhl aus kann er erste Gäste am Fenster vorbeiflanieren sehen, außerdem ein gutes Stück vom Himmel. Und den Siebener.

Früher, als er noch für Brinkmann gefahren ist, hat er aus seinem Fenster ganz Europa sehen können. Von Valencia bis Minsk, von Helsinki bis Thessaloniki, von Istanbul bis Glasgow. Überall nur die Gewerbegebiete, dazwischen viel Nacht, aber immerhin. Hat sich sattgesehen, so sieht er das. Nicht mehr lange, dann wird er die Gardinen zuziehen und gar nicht mehr aus dem Fenster gucken.

So wie seine Mutter, wenn sie nicht mal wieder mit Isobel durch die Weltgeschichte gegondelt ist. Immer im Zwielicht, Licht aus, Roth-Händle an. Immer im Sessel, daneben auf einem Tischchen mit Häkeldeckchen das Telefon wie ein kleiner elektronischer Götze. In ihrem Sessel hat sie sogar geschlafen, und dort wäre sie vermutlich auch gestorben, wenn Isobel Trautheimer sie nicht zuletzt doch noch in die Klinik gelockt hätte. Auf diesem Foto schaut sie finster in die Kamera. Sie mochte es nicht, fotografiert zu werden, und deshalb hat auch der Kiontke kaum Bilder von ihr. Isobel hat ihm diesen einen Abzug förmlich aufgedrängt, er hat ihn mit einer Reißzwecke ans Schwarze Brett geheftet. Da sitzt sie jetzt für immer in ihrem Sessel, im Zwielicht, dahinter Heinrich auf seiner Stange. Das Bild hat er selbst mal gemacht, bei einem seiner seltenen Besuche. Könnte ihr Sechzigster gewesen sein. Keine Gäste, Marmorkuchen, schwarzer Kaffee. Ständig klingelte das Telefon, aber sie war nicht rangegangen. Hatte ihn bequatscht, mit dem Fahren aufzuhören. Immer hatte sie ihn so bequatscht. Wollte nicht, dass er aufs Gymnasium geht. Wollte dann aber, dass er dort als Hausmeister anfängt. Aber der Kiontke hatte andere Pläne, immer andere Pläne als seine Mutter. Zur Feuerwehr? Zum Bund! Eine Lehre als Gärtner? LKW-Führerschein! In den Keller der Schule? Ins Schwimmbad! Leben musste er noch keine retten, auch wenn er es könnte und anfangs sogar davon tagträumte. Die Else aus dem Sekretariat von Brinkmann. Die Doris vom Sun-O-Matic. Ganz egal. Damen, die Wasser schlucken, nach Luft schnappen. Er eilt ihnen zu Hilfe, so hat er sich das vorgestellt. Und dann sehen sie ihn mit anderen Augen, dann sehen ihn *alle* mit anderen Augen.

Als aber dann wirklich mal etwas passierte, konnte er nichts tun. Weil, wenn wirklich etwas passiert, man einfach nichts tun *kann.*

Also hält er den Laden am Laufen und die Anlagen in Gang, wirft Tauchringe ins Wasser, kontrolliert den Chlorgehalt, pfeift Halbstarke zurück, hütet die »Seepferdchen« und schneidet die Hagebutten zurück. Seine Mutter hat es zwar nicht mehr erleben dürfen, die schaut sich, wie sie selbst so gerne sagte, seit sieben Jahren »die Radieschen von unten an«. Tatsächlich ist dann aber doch noch so etwas wie ein hausmeisternder Gärtner aus ihm geworden. Hätte ihr bestimmt gefallen. Hat ihm die Trautheimer auch gesagt, als er im Frühling die Geranien in die Blumenkästen auf der Terrasse gesetzt und danach die Linde ein wenig zurückgeschnitten hat: »Schade, dass die Gerda das nicht mehr erleben kann!«

Er zieht den Brief vom sozialpsychiatrischen Dienst aus dem Stapel und fächelt sich damit Luft zu. Das wird ein warmer Tag. Er wirft den Brief in den Papierkorb und steht auf. Ein warmer, wunderbarer Tag wird das.

~

Was machen die Pferde?

Wenn Josefine mal ins Freibad kommt, fragt Renate immer nach den Pferden. Weil es das ist, was sie mit Josefine verbindet. Manchmal fragt sie nach Duplo und sonst möglichst allgemein, weil sie im Grunde gar nicht weiß, was die dort oben auf dem Gestüt eigentlich den lieben langen Tag so machen. Mit Reitstunden allein, wie Renate sie selbst einmal genommen hat, werden Josefine und ihr Vater wohl kaum über die Runden kommen. Einmal, da hat Renate in einer ihrer Frauenzeitschriften einen Witz gelesen und sich extra das Wort »Margeriten« notiert, um den Witz nicht zu vergessen und ihn Josefine erzählen zu können. Kommt ein Pferd in den Blumenladen und fragt: »Haben Sie Margeriten?« Renate fand das sehr lustig. Josefine hatte aber überhaupt nicht verstanden, dass das ein Witz sein sollte. Passiert Renate häufiger, dass sie einen Witz macht, den niemand verstehen *will*, so sieht's nämlich aus.

Heute allerdings hätte sie eher den Papst erwartet als Josefine.

»Was machst *du* denn hier?«, fragt sie, drückt hastig ihre Zigarette aus und senkt die Stimme auf Vertraulichkeitslautstärke: »Heute?«

»Ich weiß nicht«, sagt Josefine und steckt sich einen Kaugummi in den Mund. »Was macht man denn an einem so schönen Tag im Freibad? Was würdest du vorschlagen?«

»Ich mein ja nur …«, stottert Renate und verschränkt die Arme, weil sie merkt, dass sie das nichts angeht, dabei würde sie eigentlich gerne »Das geht doch nicht!« sagen, weil das doch wirklich nicht geht.

»Wegen Max, meinst du?«

Renate findet das jetzt ein bisschen schnippisch, auch wenn sie das natürlich nichts angeht. Aber mal im Ernst. Der ganze Ort redet über nichts anderes. Und hier steht die Witwe und will ins Schwimmbad.

»Herrgott!«, sagt Renate, »Wegen Max, ja! Das ist doch heute?«

Josefine beugt sich zur Scheibe hinunter: »Ich glaube, ich stehe noch unter Schock, Renate. Mein *Mann* ist verunglückt. Hast du eine Ahnung, wie lange wir zusammen waren?«

»Lange!«, sagt Renate und hält Josefines intensivem Blick stand. Ihr gefällt nicht, wie Josefine »Mann« sagt. Irgendwas stimmt doch nicht mit der.

»Eine Ewigkeit, Renate. Eine Ewigkeit. Und jetzt ist er nicht mehr da. Von heute auf morgen«, sie schnippt mit den Fingern, »einfach weg. Und das muss ich jetzt erst mal … wie sagt man?«

»Verarbeiten?«

»Genau. Verarbeiten. Da gehen einem viele Dinge durch den Kopf, Renate. Ich frage mich zum Beispiel, welche Qualität diese Ewigkeit hatte. Ob das eine gute Ewigkeit war oder eine schlechte. Wann genau *man* es auch mal hätte gut sein lassen können mit der Ewigkeit? Wer genau eigentlich dieses *man* ist, nach dem sich alle immer richten? Fragst du dich das nicht auch manchmal?«

Renate rollt mit ihrem Bürostuhl ein wenig auf Abstand und hebt beide Hände: »Damit kenne ich mich nicht aus, Fine, tut mir leid.«

»Ich auch nicht«, sagt Josefine und legt einen Schein in die Schublade.

Renate rückt wieder näher, um das Ticket abzureißen. Lockere Schrauben, denkt sie, was will man da machen? Steckt man nicht drin. Normal ist das jedenfalls nicht. Was sollen denn die Leute denken? Wortlos schiebt sie Josefine das Wechselgeld und das Ticket hin.

»Wann kommst du denn mal wieder reiten?«, fragt Josefine. »Duplo wird in seiner Box ganz depressiv, der möchte nicht immer nur von kleinen Mädchen auf Trab gehalten werden.«

Renate ist erleichtert, das Gespräch wieder auf gewohntem Gleis zu wissen: »Ich vermisse ihn doch auch! Aber die Chiropraktikerin sagt, mit meinem Rücken kann ich frühestens im Herbst wieder Sport machen …«

»Geh doch mal schwimmen!«, rät Josefine und schiebt die Drehtür an.

»Sehr witzig!«, ruft ihr Renate hinterher.

Sie nimmt eine weitere Zigarette aus der Schachtel: »Sehr witzig«, wiederholt sie leise und schaut Josefine hinterher. Trägt nicht einmal Schwarz. Das macht man doch nicht, also wirklich nicht. Sie lässt sich auf ihrem Drehstuhl zurücksinken. Plemplem, völlig plemplem.

~

Isobel schlüpft aus ihren Sandalen, angelt sie mit einem zierlichen Knicks auf und lässt sie in der Tasche verschwinden. Dann erst tritt sie unter dem Vordach mit seinen kühlen Fliesen hinaus auf die Terrasse, und da liegt er wieder vor ihr, in seiner ganzen verlässlichen Eleganz. Ein wolkenloser Spätsommersehnsuchtstag.

Sie mag die Terrasse. Sie mochte die Terrasse schon, als Rüdiger sie ihr auf Millimeterpapier gezeigt und den Effekt erklärt hatte, den er damit beabsichtigte. Aus dem Schatten hinaus ins Licht. Auf eine Bühne, wie sie hoch über dem Lago Maggiore sich erstrecken müsste, ein mondäner Aussichtspunkt auf das große Blau. Ganz egal, dass hier kein geschwungener See wartet, sondern nur das große Becken wie ein himmelblaues L im satten Grün des Rasens. Die lange Seite das Schwimmerbecken, die kurze Seite das Sprungbecken. Beides unbewegt zu dieser Stunde, beides beinahe menschenleer. Kein Plätschern, kein Rauschen. Die Sonne noch schwach, aber schon da. Der Anblick greift Isobel immer wieder unter die Achseln und hebt sie sanft an, als wöge sie gar nichts mehr. Das hatte er gut gemacht, der Rüdiger.

Sie wendet sich nach links und zählt im Vorbeigehen die Umkleidekabinen, wie jeden Morgen. In der vorletzten Kabine der Reihe, wie jeden Morgen, zieht sie die Tür hinter sich zu – und sich aus.

Im Spiegel der Kabine kann sie ihren Körper mit dem gleichen ruhigen Einverständnis betrachten wie, wie, wie … wie auf dieser Reise vor ein paar Jahren das lebensgroße Kalksteinskelett im Chor der Kirche von Bar-le-Duc. Es hat eine Hand vor der Brust und hebt den anderen Arm zu einer triumphierenden Geste, und in seinem hohlen Brustkorb hat eine atheistische Spinne ihr Netz gespannt. Gerda meint, das sehe aus, als hielte der Knochenmann sein Mobiltelefon hoch. Und darüber kann Gerda so laut lachen, dass es in der ganzen Kirche widerhallt. Es war schwer genug, sie überhaupt zu dieser Reise zu bewegen, also weist Isobel ihre Freundin nicht zurecht, sie soll auch ihren Spaß haben, wie auf der langen Überlandfahrt durch die sanften Hügel von Lothringen mit den Kirchtürmen der verstreuten Dörfer in ihren Senken, dem dunklen Flirren der Mückenschwärme über den Sümpfen und dem hellen Weizen überall, und im CD-Spieler immer Andrea Berg, rauf und runter, und Gerda hatte in den Dörfern stets ihr Fenster geöffnet, damit »der Franzmann auch mal was Gutes zu hören bekommt«, aber in den Kirchen und Kathedralen mit ihren ausnahmslos indischen oder madagassischen Nonnen langweilte sie sich, »Was will ich denn in so einem Tempel, Isobel? Lass uns lieber was futtern gehen!«, und wie sie »futtern« mit weichem Doppel-D aussprach und dazu ihren schweren Arm um Isobels schmale Schultern legte, ihr Kölnisch Wasser gegen die »fliegende Hitze«, zwei ältere Damen auf großer Fahrt, auch wenn es für Gerda die letzte war, und, und ... und dann erschrickt Isobel doch ein wenig vor ihrem Spiegelbild, weil ihr bewusst wird, dass sie nicht mehr in Bar-le-Duc ist, und diesmal sind es ihre eigenen Augen, die so tief in den Höhlen liegen, dass sie im Zwielicht nicht zu sehen sind. Wenn sie, wie jetzt, die Arme weit über den Kopf hebt, um sich einen Zopf zu binden, zeichnen sich unter den schlaffen Falten ihrer Brüste die einzelnen Rippen ab. Immerhin ohne Spinnweben. Aber überall hängt das Fleisch an ihr herab wie Wachs von einer Kerze, als zöge die Zeit selbst das Gewebe nach unten. Es ist, denkt sie, als würde sie sich allmählich verflüssigen mit den Jahren. So lange, bis nur noch das unverflüssigbare Gerippe darunter bleibt. Glas, denkt Isobel, Glas fließt ebenfalls, auch wenn es nicht so scheint, aber bei besonders alten Fenstern ist es unten immer dicker als oben, weil es eben *doch* fließt, nur ganz langsam. Bleibt nur Kalk, kichert Isobel. Kalk. Sie entdeckt das frische Bohrloch in der Wand der Umkleidekabine, lächelt und sagt: »Kalk. Nur Kalk.«

~

Lennart lässt den Blick über das Freibad schweifen. Alles ist so, wie es war. Gleiche Größe, gleiches Gewicht. Wie kann das sein? Dort, die alte Linde, eine lautlose Explosion in Grün, ist sogar noch größer geworden in den vergangenen fünfundzwanzig Jahren. Unheimlich, denkt er, wie wir als Kinder höchstens in Monaten rechnen, später dann in Jahren, irgendwann sogar in Jahrzehnten. Und plötzlich ist ein Vierteljahrhundert verstrichen, und damit kommen ganz andere Maßeinheiten in den Blick. Kein Wunder, dass man den Moment so gerne festhalten möchte. Er denkt an seine Kamera, die ganze Ausrüstung, wie sie einsame Kreise auf dem Förderband einer neonbeleuchteten »Baggage Reclaim«-Halle in Heathrow dreht.

»Lenny? Lenny, bist du des?«

Er nimmt die Hände von der Balustrade der Terrasse und dreht sich um.

Da kommt ... wie hieß sie doch gleich? Die kleine Dicke, war in seiner Klasse und hatte immer einen so verdutzten Ausdruck im Gesicht. Hat jetzt die Haare rot gefärbt und ist gar nicht mehr so dick. Miriam? Marina? Lennart kommt nicht drauf. Sie zieht ein paar Kinder im Bollerwagen hinter sich her, gefolgt von noch mehr Kindern, die sich paarweise an den Händen halten und, ohne es zu ahnen, Erinnerungen sammeln für später, vielleicht in einem Vierteljahrhundert erst.

»Lenny? Mensch, *Lenny!*«, ruft die Kindergärtnerin und lässt vor Aufregung den Bollerwagen stehen. »Mensch, da hat sich aber einer verändert! Was ist denn mit dir passiert?«

Lennart runzelt die Stirn. Marion vielleicht?

»Was mit uns allen passiert, schätze ich«, sagt er, »die Gletscher der Vergänglichkeit gehen schwer über uns hinweg und mahlen und mahlen ...«

Die Frau lacht auf: »Gletscher! Witzig! Hast dich gar ned verändert! Und die langen Haare stehen dir richtig gut!«, befindet sie vergnügt. »Echt jetzt! Mega. Du siehst voll aus wie der Dingens in Herrderinge …«

»Wie wer?«

»Na, der eine da aus *Herr der Ringe!* Der Film? Aragorn!«

»Viggo Mortensen«, stellt Lennart resigniert fest, weil er das jetzt schon öfter gehört hat. Er sollte sich wohl wirklich mal wieder die Haare schneiden.

»Genau! Aragorn!«, ruft die Frau und strahlt ihn an, sie scheint beinahe zu platzen vor Freude und auf irgendetwas zu warten.

Und er kann ihren Namen noch immer nicht erinnern.

»Dass man *dich* mal wieder sieht!«, sagt sie versonnen. »L. A.? Oder war's Kanada?«

»Hier und da …«, sagt Lennart und winkt ab.

»Was führt dich denn nach Otters… – oh!«, sie macht ein aufrichtig betroffenes Gesicht, ihr Mund steht offen, sie sieht plötzlich richtig besorgt aus. »Lenny, Mensch! Ihr seid doch die besten Freunde gewesen, oder? Tut mir leid. Die Beerdigung is doch heute am Abend, obbe im Ruhewald!«

Ihre aufrichtige Bestürzung macht Lennart nun tatsächlich verlegen. Bester Freund, wie man's nimmt.

Wie soll er das jetzt erklären? Glücklicherweise schuldet er Werwardasdochgleich keine Auskunft darüber, was ihn in den letzten Jahren mit Max noch verbunden hat – herzlich wenig, und nach seinem großspurigen Auftritt in Kalifornien gar nichts mehr. Hin und wieder eine Nachricht aus der Ferne, ein Gruß zum Geburtstag, eine Anspielung auf alte Zeiten und um der alten Zeiten willen. Man wächst nicht nur auseinander, denkt Lennart, man wächst manchmal regelrecht auseinander heraus.

Und ohne diese seltsame Botschaft hätte er von seinem Tod, wenn überhaupt, wahrscheinlich erst nach Monaten erfahren.

Eine SMS, wer verschickt denn so was noch? Die Nachricht hatte ihn im Taxi zum Flughafen erreicht. *»Max wird morgen beerdigt. Dachte, du solltest das wissen. Kommst du? Ich weiß noch nicht, ob ich hingehe …«*

Obwohl die Nummer keinem Namen zugeordnet war, wusste Lennart sofort, wer das als Einzige geschrieben haben konnte. Das Unumwundene. Und ein Humor, der vielleicht gallig, vielleicht aber auch gar kein Humor sein will. Dazu ein Necken, das ebenso gut gar kein Necken sein könnte. Etwas, das ihn früher ganz wahnsinnig gemacht hat. Eine Nachricht, die als Einladung verstanden werden will, bevor sie sich von sich selbst distanziert. *Ich weiß noch nicht, ob ich hingehe?* Typisch Joe, auch die drei Pünktchen am Ende, ihre aufreizende Gewohnheit, Aussagen im Ungefähren auströpfeln zu lassen.

Wenn sie ihm aber nicht geschrieben hätte, dann hätte er auch nicht in letzter Sekunde umgebucht von New York nach Frankfurt am Main. Das muss nun aber Miriam, Marion oder Marina wirklich nicht wissen.

»MeineTante geht in ihrem schwarze Kleid, todschick!«, sagt sie jetzt und schlägt sich mit der flachen Hand vor den Mund. »Achdulieberhimmel, des sollt' ich ned sagen, des ist ja keine Modeschau! Jedenfalls! Jedenfalls kommt der ganze Ort, mir hann de Max ja alle gekannt …«

Lennart versucht, sich den erwachsenen Max in Ottersweiler vorzustellen – und schafft es nicht. Er sieht ihn noch immer am Steuer dieser Corvette, wie er, die spiegelnde Sonnenbrille im Haar, nach Las Vegas abgefahren war, »die Sterne polieren«, so hatte er das wirklich gesagt.

»Wobei er ja lang weg gewesen ist«, sagt die Frau, »zum Studieren und dann in Berlin. Weißt du ja bestimmt alles. Mir hann uns alle gefreut, die Josefin besonders, dass der Max dann doch in die

Fußschtapfe von seinem alten Vater getreten ist. Gemachtes Nest, gell?«, ruft sie fröhlich und wendet sich den Kindern zu, die langsam unruhig werden: »Das ist ein alter Bekannter von mir, der Lennart, der ist ein berüüühmter Fotograf«, und bei »berühmt« malt sie mit dem Zeigefinger einen Bogen in die Luft. Sooo berühmt!

»Wer weiß, was ein Fotograf macht? Na?«

»Lass mal …«, sagt Lennart leise und schwingt die Sporttasche über die Schulter.

»Is' doch so!«, strahlt die Kindergärtnerin. »De Lennart fahrt in de Weltgeschicht herum und fotografiert, was überall passiert. Weil immer überall was passiert, isser viel unterwegs! Das macht er so gut, dass große Zeitungen seine Fotos drucken und er dafür Preise bekommt. Und jetzt? Überleg doch mal, Lenny! Die Bärengrupp aus dem Zwerchehaus! Die Kleinen machen heut nämlich alle ihr Seepferdsche. Wär des ned ein schönes Bild für die *Westpfälzische Rundschau?* Des wär doch mega, oder?«

»Isch hann keine Kamera dabei«, sagt Lennart und beißt sich sofort auf die Lippen. *Isch hann keine?* Fuck.

»Was? Wieso? Hat ein Fotograf ned immer seine Kamera dabei?«, fragt sie und macht ein so verdutztes Gesicht, dass ihm endlich ihr Name wieder einfällt.

»Ich fotografiere nicht mehr, Melanie«, sagt er und lauscht dem Satz nach, den er soeben ausgesprochen hat. Ich fotografiere nicht mehr. Ist ihm deshalb unterwegs das ganze Equipment abhandengekommen, so als Zeichen von höherer Stelle?

»Aber … es fotografiert doch *jeder!*«, protestiert Melanie mit einem unsicheren Lächeln.

»Eben«, sagt Lennart und nimmt aus professionellem Interesse die Kinder dann doch genauer in Augenschein. Die letzte Gruppe von Kindern, die er fotografiert hat, ein wilder Pulk mit Rotz unter den Nasen, schwarzen Augen und schwarzen Haaren, ganz zerstrubbelt vom Meltemi, der nach Zedern roch und Salz an diesem Tag, und wie die natürliche Sorglosigkeit sich in diesen Mienen gegen das künstlich Verhärmte stemmte, das diese kleinen Wesen für immer abschließen wollte, das waren auch Kinder, klar, sie guckten und lachten und bewegten sich wie Kinder, und doch erscheinen sie Lennart jetzt, im Rückblick, wie verschorfte Varianten der wohlgenährten Wonneproppen hier mit ihren schnuckeligen Wohlstandsgesichtchen und schützenden Sonnenhütchen, behütet eben, frühblühend und vergnügungsbereit, und dann streift sein Blick diesen einen Jungen, der im Bollerwagen sitzt.

Aufrecht sitzt er und aufmerksam, ganz eingehüllt in seine stille Wachsamkeit wie in einen Umhang. Lennart kennt solche Kinder, *genau* solche Kinder hat er auf den ägäischen Inseln und in Jordanien fotografiert. Er hat sie *verstanden*. In Nahaufnahme. In dem seltenen Moment, da die Gedanken nicht mehr die Mimik kontrollieren, sondern die Mimik reiner Ausdruck der Gedanken dahinter ist. Und die Gedanken dahinter hatten ihn frösteln lassen. Umso mehr wundert ihn, einem solchen Jungen zu begegnen. Jetzt, hier, im Freibad. Nicht in seinem Portfolio oder einer Galerie in Manhattan. Ungerührt erwidert der Junge Lennarts forschenden Blick. Aber der kann das nicht, nicht jetzt, und schaut weg.

~

Kiontke steigt gerne in das U-Boot. Er mag das Geräusch, mit dem die Klappe aus Stahlblech über seinem Kopf einrastet, KLONK, und wie zaghaft die Neonröhre aufblinzelt, plink, plinkel-plink, wie emsig sie dann summt. Überhaupt summt hier unten alles, von den feuerwehrschlauchdicken Rohren, die aus der Decke kommen und wieder in der Decke verschwinden, bis zu den waschmaschinengroßen Apparaten mit ihren Ventilen und Drehverschlüssen. Wenn die Lämpchen auf dem Schaltplan in der Ecke rot leuchten, muss er Chlor nachfüllen. Nicht sofort, aber demnächst. Sofort nur, wenn die Lämpchen blinken. Im Moment leuchtet oder blinkt dort gar nichts, alles im grünen Bereich. Es sind also mehr als null Komma drei Milligramm Chlor pro Liter im Umlauf. Scheint den Schwalben egal zu sein. Kiontke beschließt, wenn er schon hier unten ist, trotzdem noch ein bisschen Chlor beizugeben. Er dreht den Füllregler ein wenig auf, das muss genügen. Neben den gelben Gasflaschen, die wie Torpedos in ihrem eisernen Gestell lagern, entdeckt er eine Zweiliterflasche Insektizid mit Sprühvorrichtung. Hier hatte sich das Ding also die ganze Zeit versteckt! Das wird er gleich mal mit hochnehmen. Der Boden unter seinen Adiletten vibriert vom Generator ein Stockwerk tiefer, Sechszylinder, Diesel. Ein alter LKW-Motor, wie er ihn noch vom großen Volvo kennt. Sogar ein Manometer gibt es hier unten, wie in einem richtigen Unterseeboot. Eine Uhr mit ruhiger Nadel vor weißem Zifferblatt zeigt den Druck im System an, auch hier alles okay, Diesel ruhig, Werte im Rahmen. Fehlt nur ein bisschen Frischwasser. Aber das wird er erst am Abend zulaufen lassen, entscheidet Kiontke.

»Das muss das Boot abkönnen«, sagt er mit seiner besten Jürgen-Prochnow-Stimme und setzt sich auf einen umgedrehten Farbeimer, um den Maschinenraum in seiner ernsten Geschäftigkeit noch eine Weile auf sich wirken zu lassen. Alles noch original, denkt er zufrieden, unten wie oben. Bis auf erneuerte Rohre hier und da, um der neuen Filteranlage gerecht zu werden. Da rauscht es nur so durch. Kiontke hört es, wenn er sein Ohr gegen das Metall legt. Die Anlage ist so neu nicht mehr, tut aber ihren Dienst.

Was noch unverändert arbeitet daran, das singt und summt unter Volllast. Im Großen und Ganzen ist aber alles noch genau so, wie es vor fast einem halben Jahrhundert von Rüdiger Trautheimer geplant, bestellt und verlegt wurde. Nach jedem Winter, nach jedem Frost steigt Kiontke mit der Leiter in die Becken und klopft mit einem Hämmerchen behutsam die Kacheln ab. Klingt es dumpf, ist die Kachel gesprungen und muss ausgewechselt werden. Die neuen Kacheln sind von einem helleren Blau, das ins Türkise sticht, aber das fällt kaum auf. In seinem Freibad, denkt der Kiontke, ist alles echt. Die Flechten auf dem Sprungturm ganz oben, die gesprungenen Platten auf dem Gehweg, die abgeblätterte Farbe an der Balustrade, der Flugrost auf den Duschköpfen.

Deshalb ist dem Kiontke auch der Gedanke an diese Felsen so zuwider, nach denen sie im Stadtrat gerade so verrückt sind. Die Dezernentin war wohl mit ihrer Familie im Miramar, und jetzt will sie für Ottersweiler auch unbedingt solche Felsen, an denen man hochklettern und sich ins Wasser fallen lassen kann. Aber die Dinger tun so, als wäre das Miramar ein verwunschener Winkel in Sri Lanka oder Thailand, kein überhitztes Spaßbad an einem Autobahnzubringer in der Pfalz. Wenn man mit der Faust dagegenklopft, klingen diese Kunstfelsen hohl. Und nach ein paar Jahren riecht der Quatsch nach feuchter Wellpappe, weil es dann feuchte Wellpappe *ist*. Na ja, eigentlich glasfaserverstärktes Polyester, wie ihm die Dezernentin erklärt hat. Wartungsfrei, keine Pflege nötig, hatte sie gesagt und die Prospekte vor ihm ausgebreitet. Tuffstein, Burgzinnen, Muschelkalk, Termitenhügel. Die ganze Welt wird glasfaserverstärktes Polyester.

Aber ganz egal, was da oben gewünscht ist – hier unten wird alles die gleiche Temperatur, das gleiche Neonleuchten, das gleiche Summen bleiben. Kein Empfang auf dem Handy. Falls es doch mal zu einem Atomkrieg kommen sollte, weiß Kiontke, wo er sich verkriechen wird. Die Stromversorgung wäre gesichert, bis die Dieseltanks leer sind, immerhin. An der Wand dort drüben wäre Platz für ein Regal mit Konserven, und neben die Torpedos passt bestimmt noch ein Feldbett. Heinrich müsste natürlich mitkommen. Und Renate? Na ja. Wenn die nicht anderswo unterschlüpfen könnte, dann würde er die oben am Eingang auch nicht abweisen. Nur das mit den Zigaretten müssten sie dann noch mal verhandeln.

Kiontke klatscht sich auf die Oberschenkel und steigt die kurze Eisentreppe zur Stahlklappe hinauf. Klemmt das? Das klemmt doch! Er nimmt eine weitere Sprosse, wuchtet seine Schultern unter die Klappe, stemmt sich dagegen – und mit einem metallischen Klacken springt sie auf.

Wie ein Morlock in »Die Zeitmaschine« steigt der Kiontke aus der Erde hinter den Hagebuttensträuchern. Er lässt die Klappe einrasten und schaut sich um, ein blinzelnder Lemur in der flach einstrahlenden Morgensonne. Unten die Maschinen, oben der Garten. Unten die finsteren Morlocks, oben die guten … wie hießen die doch gleich? Elroy? Eloy? Als Kind vor dem Fernseher fand Kiontke entsetzlich, wie sich die Welt rings um den Reisenden im Raffer veränderte, in rasender Folge von Aufbau zu Zerfall zu Staub, ein Strudel der Sinnlosigkeit, bis alles sich beschleunigt und verwischt – und die Maschine irgendwann in paradiesischer Umgebung zur Ruhe kommt. Und dort, in der Welt der fernsten Zukunft, sah es aus wie im Freibad. Gepflegte Rasenflächen, Blumenbeete. Allseitiges Einherschreiten in Sorglosigkeit. Einmal aber, da wäre beinahe ein Kind ertrunken im silberschäumenden Fluss. Es gab keinen Bademeister in der Zukunft. Das musste der Reisende übernehmen.

Tatsächlich ist, denkt Kiontke, nirgendwo die Zeit so widerständig gegen Veränderung wie im Schwimmbad. Ein Zeitschiff vor Anker, unter dem das Vergehen hinwegströmt, ohne es zu berühren. Hier sieht es, mit kosmetischen Abstrichen, noch immer so aus wie 2002, 1992 oder 1982. Als das Bad angelegt wurde, 1972, waren höchstens die Pflanzen noch in der Erde, ganz jung. Oder kleiner. Bis auf die Linde natürlich. Die Linde war schon immer da. Wird noch ihren mächtigen Schatten werfen, wenn eines Tages tatsächlich das glasfaserverstärkte Polyester seinen Einzug gehalten haben wird. Vorausgesetzt natürlich, Kiontke gewinnt seinen Krieg gegen die Lindenspinnmilbe.

Er greift nach der Zweiliterflasche. Irgendwas ganz Spezielles, aus Bakterien, das überhaupt nichts und niemandem etwas zuleide tut, man könnte es sogar trinken, hatte der Vertreter gesagt – »aber mit den Krabbelkameraden werden Sie dann keine Probleme mehr haben!« Krabbelkameraden!

Auf Hüfthöhe schüttelt Kiontke die Zweiliterflasche, es gluckert das trinkbare Supergift. Das sollte reichen. Ans Werk. Wird mal wieder Zeit.

~

»Wie war *die* denn drauf?«, fragt mein Bruder.

Wo er recht hat, hat er recht. Die Tante an der Kasse war wirklich seltsam. Wie die geguckt hat! Vielleicht lag's an mir. Vielleicht war es doch keine so gute Idee, mir den Kopf zu rasieren. Oder bei dieser Hitze eine Kapuze zu tragen. Meinen Bruder jedenfalls hat sie kostenlos reingelassen, einfach durchgewunken, dem passiert so was ständig. Das lag vielleicht auch an dem Kreuzworträtsel, mit dem die Frau beschäftigt war. Sternbild mit neun Buchstaben, der erste davon ein A.

»Andromeda!«

Das hat mein Bruder ihr zugerufen, der Streber. Und dann hat sie *mir* einen Blick zugeworfen, als wäre ich nicht ganz bei Trost, und *ihn* durchgewunken.

Und jetzt sind wir tatsächlich wieder im Freibad, als hätte es die ganze Zeit auf uns gewartet mit seinem Geplätscher und dem Wispern des Windes in den Wipfeln. Und plötzlich bin ich wieder unter Leuten. So einfach war das! Seit Ewigkeiten sehe ich nur meine deprimierende Mutter, meinen noch deprimierenderen Bruder – und die nun wirklich extrem deprimierenden Gestalten in meiner neuen Klasse auf der Schule, die auch nach fast drei Jahren noch die *neue* Schule ist und das wohl auch bleiben wird. Wird sich wohl nicht vermeiden lassen, dass mir hier alte Freunde über den Weg laufen werden. Nicht ausgeschlossen, dass ich sogar Hassan treffe, obwohl der bei diesem Wetter vermutlich eher mit seinem Moped unterwegs sein wird – bei schlechtem Wetter schraubt er daran herum. Nicht unwahrscheinlich, dass sich die Trixi an ihn rangemacht hat, seit ich weg bin – ein Gedanke, als hätte sich eine Wolke vor die Sonne geschoben. Dabei sagt meine Therapeutin jedes Mal, dass ich »die alten Freunde« wieder treffen soll, »wenn es so weit ist«. Wann aber ist es »so weit«?

Heute, genau. Heute ist es so weit. So viele Menschen! Habe ganz vergessen, wie man sich durch so eine Menge bewegt, ohne ständig Leute anzurempeln. Mein Bruder macht mir vor, wie es geht. Da ist diese Kindergartengruppe, an der wir vorbeimüssen, die wuseln überall umeinander. Ich würde einen weiten Bogen um die Zwerge machen, aber mein Bruder gleitet mitten durch die Gruppe hindurch, korrigiert seinen Schritt mal unmerklich nach rechts, mal nach links, und schon hat er das verwirrende Knäuel durchquert. Ich glaube, er hat sogar im Vorbeigehen einen Scherz gemacht und eines der Kinder hat gelacht. Ich will das auch wieder haben, die Superkraft der Selbstverständlichkeit. Wenn ich dafür meinem Bruder hinterherlaufen muss, werde ich das tun – sosehr er mir auch auf die Nerven geht. Obwohl ich neuerdings eigentlich eher den Verdacht habe, dass ich ihn abschütteln muss. Wenn mir das hilft, endlich wieder normal zu sein, werde ich eben das tun. Und ich weiß auch schon, wie.

Dumm genug, dass er mich überhaupt ins Freibad begleitet hat, die alte Klette. Hätte ich gut drauf verzichten können. Wann rafft der endlich, dass ich keinen Aufpasser brauche? So kommt mir das nämlich vor, dass der sich an meine Fersen heftet und überwachen will, was ich so treibe.

»Wo legen wir uns denn hin?«, fragt er, schon auf der Treppe.

»Mir egal. Hauptsache, man kann den Sprungturm sehen.«

Mein Bruder bleibt stehen. Langsam dreht er den Kopf und schaut mich ungläubig an, mit hochgezogenen Augenbrauen und seinem »Hört, hört!«-Blick. Vielleicht, weil ich überhaupt mit ihm gesprochen habe. Das ist er gar nicht mehr gewohnt, der Trottel.

~

Josefine schließt die Kabinentür und hängt im Halbdunkel ihre Tasche an den Haken neben dem Spiegel. Sie nimmt den roten Kaugummi aus dem Mund und hält ihn zwischen den Fingern. Mit den Fingern der anderen Hand tastet sie wie gewohnt die Wand ab, bis sie das obligatorische Spannerloch findet, auf Höhe des Nabels. Draußen geht jemand über den Gang. Josefine hält kurz die Luft an. Sie hört keine Schritte mehr, nur noch das Knarzen der alten Dielen. Scheiß drauf, denkt sie, und steckt den Kaugummi wieder in den Mund.

Mit überkreuzten Armen zieht sie sich in einer einzigen fließenden Bewegung das blaue Kleid über den Kopf. Das Knarzen hat aufgehört. In der Luft liegt der leichte Duft von Beize und Sonnenmilch. Als kleines Mädchen, erinnert sie sich, hat sie sich hier vor den Spinnen gefürchtet. Vor diesen schlanken Weberknechten, die zittern, wenn man sie anpustet. Vor den haarigen Winkelspinnen. Und vor diesen verschissenen Spannerlöchern, das auch, aber diffuser. Ein wenig fühlt sie sich beobachtet, gerade genug, um sich unbeobachtet zu fühlen. Wenn man ganz sicher nicht beobachtet wird, denkt sie, fühlt man sich auch nicht unbeobachtet, dann kommt man gar nicht erst auf den Gedanken. Zu Hause im Badezimmer beispielsweise, wo sie manchmal schon ganz gerne beobachtet worden wäre.

Sie steigt aus dem Schlüpfer und stellt sich auf die Zehenspitzen, um im Spiegel den Ansatz ihrer Schamhaare zu sehen, aber es ist zu düster. Sie dreht sich zur Seite, um wenigstens die Silhouette ihrer Brüste zu erkennen. Nicht zu groß, nicht zu klein. Die Schwerkraft, das schon. Ihre Nippel aber sind noch immer, was Max gerne »puffy« nannte. Hatten ihm gefallen. Ihnen hatten sie gefallen, beiden. Mit der hohlen Hand fährt sie sich über den Bauch. Die Pferde, das Schwimmen, das Yoga-Boot. Da hat die Zeit keine Chance, und das Kind hatte auch keine. Bevor sie es sich richtig hatte wünschen können, hatte sie es schon verloren, in der sechsten Woche. Vielleicht wäre das ein Wendepunkt zum Besseren gewesen. War es der Wendepunkt zum Schlechteren? Immerhin haben sie und Max es erst danach richtig versucht mit dem Schwangerwerden, aber dann hat es nicht mehr sollen sein. Und nun ist sie locker jenseits der Vierzig, das ist ein Wendepunkt für sich, da ist es dann zu spät. Sie dreht sich um und betrachtet über die Schulter im Spiegel ihren Po. Obwohl sie schon lange keine Wettkämpfe mehr schwimmt, nicht einmal mehr trainiert, hat sie immer noch die breiten Schultern einer Schwimmerin. Und den muskulösen Hintern einer Reiterin.

Hatte ihm auch gefallen, alles. In dieser Kabine hier oder einer anderen. Unten im Kirschlorbeer zum Wald hin, wo der Zaun ist.

Das allererste Mal in seinem Zimmer unter der Dachschräge der Villa, wo ihnen über seiner Schulter Rockmusiker dabei zugesehen hatten, rechts Metallica und links die Foo Fighters, die Teilnahmslosigkeit der Männergesichter hinter den Sonnenbrillen. Sie hatte sogar schon vorher gewusst, dass sich ihr all diese banalen Details für immer einprägen würden, die Gewissheit stand ihr ganz klar vor Augen, *das alles wirst du nie vergessen.*

Dazu noch ein paar andere Szenen, Bilder, die sich ganz von alleine und ungefragt in ihrem inneren Fotoalbum einordnen würden. Auf dem Heuboden über den Pferden, die dabei ganz ruhig wurden, und wie anstachelnd stachelig das Stroh gewesen ist. Hinter den zugezogenen Vorhängen der Schlafkabine eines Iveco auf dem Parkplatz der Spedition, wie die Scheiben da beschlugen. Später noch manchmal auf der Couch, dann nur noch im Bett, und noch später nicht einmal mehr dort.

Die langweiligste Geschichte der Welt. So langweilig, dass vermutlich sogar der Therapeut eingeschlafen wäre, hätten sie sich einen gesucht. Ihr Leben. Und niemand, bei dem sie sich darüber beschweren könnte. Hat es schließlich erst einen Monat, dann zwölf Monate, dann zwei und zehn Jahre »ohne« ausgehalten, oder? Am Anfang, nach der missglückten Schwangerschaft, war es ihr ganz recht gewesen – aber als ihr dann wieder danach war, wollte Max nicht mehr. Dabei war er nicht einmal abweisend gewesen, wenn Josefine ihm, wie früher, mit den Fingern die Wirbelsäule hinabgefahren war. Er hatte einfach nicht reagiert. An ihrem Körper kann's nicht gelegen haben, das weiß Josefine. Vielleicht einfach an der Zeit. Sie kannten sich zu lange, und sie kannten nur einander. Lange hat sie sich erfolgreich vorgemacht, dass das ja auch ein Wert an sich sei. Freundschaft. Oder wenigstens Gewöhnung. Irgendwann hatte sich allein schon der Gedanke an Sex unnatürlich angefühlt, und umgekehrt die Akzeptanz der

Abstinenz wie die natürlichste Sache auf der Welt. So kann's gehen. Und so ist es gegangen. Sie hätte auch gehen sollen, das weiß Josefine heute. Rechtzeitig die Koffer packen. Aber das sagt einem ja niemand, wann der richtige Zeitpunkt ist. Worauf soll man da hören?

Josefine bringt ihr Gesicht näher an den Spiegel. Neben den Mundwinkeln hatte sie früher immer Grübchen, wenn sie lachte. Heute hat sie dort zwei Falten, auch wenn sie nicht lacht. Vielleicht spielt die Zeit in Wahrheit aber auch gar keine Rolle, denkt sie. Wenn man nur genug davon vertändelt, ohne wirklich *gelebt* zu haben, wenn man folgenlos Gelegenheit um Gelegenheit – das Studium, die Karriere, die Liebe, das Kind – hat verstreichen lassen, dann geht irgendwann jeder Belang verloren. Wie ein Weichzeichner legt sich ihr Atem auf die Scheibe. Sie wendet sich ab und steigt in den schwarzen Badeanzug. Dann zieht sie sich das blaue Kleid wieder über. Sie wirft sich das Handtuch über die Schulter und hakelt mit dem Zeigefinger die Audrey-Hepburn-Sonnenbrille aus den Haaren zurück ins Gesicht. Dann erst öffnet sie die Tür. Bevor sie aus der Kabine tritt, nimmt sie den roten Kaugummi aus dem Mund und klebt ihn in das Spannerloch.

Das Freibad, denkt Josefine, ist wirklich ein seltsamer Ort. Alles, was draußen gilt, scheint hier drinnen seine Dringlichkeit zu verlieren. Das Gefühl kennt sie sonst nur aus Museen und Kirchen, oder von der Kirmes. Hier kommt noch eine schwere Süße dazu, das muss die Sonne sein. Wie Urlaub in der Kindheit, in Italien oder Spanien, später mit Max am Strand von Carrapateira, dazu das unwirkliche Glitzern der Sonne auf dem Wasser. Fehlt nur noch das herbe Frittenfett. Ist wohl noch zu früh. Ein Ort für Ertüchtigung und Müßiggang gleichermaßen. Es ist, denkt Josefine auf der Terrasse über der Freitreppe, als wäre sie im gepflegten Garten eines freundlichen Riesen zu Besuch. Ein umhegtes Eden mit strotzenden Hagebuttensträuchern und sauberen Mülleimern an jeder Ecke. Eine eigene Zivilisation, die nur sommers für ein paar Monate aufblüht, unter einem eigenen Netz aus Regeln. Auf den Platten nicht rennen! Vor Betreten des Beckens duschen! Nicht vom Beckenrand springen! Ein Netz aber mit sommerlich weiten Maschen darin, weil der Kiontke eigentlich ein viel zu netter Kerl ist, um ständig Regeln durchzusetzen. Es sei denn, denkt Josefine, er muss irgendwelche Halbstarken im Zaum halten. Meistens genügt dem Kiontke dann aber schon, seine Kandidaten zum abendlichen Mülleinsammeln zu verdonnern. Einmal traf es Max, mit einem spitzen Stock all die Pommesteller, Trinkbecher und Bananenschalen aufzustochern und in einen Müllsack zu stopfen. Das war ihm so peinlich, dass er danach nie wieder Klimmzüge vom Dreimeterbrett gemacht hatte. Soweit sie sich erinnert, hat der Kiontke nur ein einziges Mal jemanden des Bades verwiesen. Das war der Lenny damals, weil der mit seiner Polaroid auch im Schwimmbad seine Bilder gemacht hat. Eine halbnackte Zivilisation hat allerdings nur dann Bestand, wenn man nicht befürchten muss, halbnackt fotografiert zu werden. Da musste sich der Riese über seine Welt beugen, den Störenfried im Genick packen – und vor die Tür setzen.

Unweit der alten Linde sieht Josefine die Trautheimer stehen, reglos in der Sonne. Was macht die da? Ist auch nicht mehr ganz beieinander, denkt sie. Die Trautheimer war schon eine Antiquität, als sie noch Geschichte und Deutsch und Latein am Gymnasium unterrichtete. Eine Standuhr, tick, tack, mit einem nicht aus der Ruhe zu bringenden Pendel aus Gold. Josefine kann sich nicht erinnern, dass die Trautheimer jemals einen Tadel ausgesprochen hätte. Wer es darauf anlegte, den brachte sie mit Sprüchlein zur Raison, die schon vor 2000 Jahren gewirkt haben mögen. Dann wurde die Trautheimer noch leiser als sonst, faltete ihre damals schon knochigen Hände mit den blauen Adern, dass es knackte, und sagte: »Ignem ne gladio fodias.« Stochere nicht mit dem Schwert im Feuer.

Noch immer hat sich die alte Standuhr nicht gerührt, tick, stehengeblieben. Josefine beschließt, sie wieder in Gang zu setzen.

~

Isobel steht auf der obersten Stufe der Freitreppe und hebt die Nase. Ein Hauch nur von Chlor, dazu die deftige Fäulnis von gemähtem Gras. Und eine andere, strengere Fäulnis, das müssen die Geranien in den Blumenkübeln sein. Noch kein Frittenfett, der Kiosk öffnet erst um zehn Uhr.

Die niedrige Sonne wärmt von den Schulterblättern bis zu den Waden ihren schmächtigen Körper, er wirft einen langen Schatten die Treppenstufen hinab bis auf den Rasen, der sich in abschüssigen Wellen zum Wasser schwingt.

Sie ist nicht mehr allein im Bad. Irgendwo schnattert die Kindergartengruppe, wie jeden Freitagvormittag. Vermutlich sind sie schon im Nichtschwimmerbereich hinter den Hagebutten, die Kinder. Dort unten beginnt das Hochamt der rechten Winkel. Fünfzig Meter misst in voller Länge das Schwimmerbecken. Fünfzig Meter, weiß Isobel, können ganz schön lang werden. Acht Z-förmige Startblöcke, die braucht Isobel nicht. Sie steigt immer über die Leiter ins Wasser, immer die erste Bahn, den Rand immer in Griffweite. Unter Wasser sind die acht Bahnen in einer Tiefe von drei Metern durch weiße Kachelreihen getrennt. Beim Schwimmen kann man die nicht erkennen, da verzittern und verwischen sie. Und doch waltet auch hier ein Hochamt rechter Winkel, man muss nur unter der Oberfläche die Augen öffnen. Hell das Blau des langen Schwimmerbeckens, dunkel das Blau des Sprungbeckens.

In dem kleinen Amphitheater auf den Stufen neben dem Sprungturm breitet gerade ein Mann sein Handtuch aus, den sie hier noch nie gesehen hat. Wenn die Wiese weithin noch frei ist, wie kann man da nur den nackten Beton vorziehen? Und das in der prallen Sonne, später?

Sie mag es, wenn sich beim Laufen die taufeuchten Grashalme zwischen ihren Zehen verfangen. Mochte sie schon immer. Sie geht auch nicht in direkter Linie auf die Linde zu an diesem Morgen, sondern in einem weiten Bogen, damit sie länger etwas von diesem Kitzeln an ihren Sohlen hat. Das erinnert sie an den Garten ihrer Kindheit, an der Mosel. An frisch gepressten Orangensaft und Zwetschgenkuchen und an das Grammophon, das ihre Mutter gerne ins offene Fenster stellte. Und an einem solchen Tag, begleitet nur von einem vornehmen Knacken, war einmal Hanns Eisler zu Besuch, denkt Isobel und freut sich, dass jetzt nicht Eisler persönlich auftaucht und ihr Kuchen anbietet. Diese Dinge nehmen überhand in letzter Zeit, findet sie. Auch wenn sie das Hereinbrechen lieber Erinnerungen nicht verurteilen mag, ist ihr doch das Unkontrollierte am Hereinbrechen unheimlich. Manchmal, abends, gibt sie sich diesen somnambulen Absencen gerne hin, weil sie so lebhaft und freundlich sind. Aber tagsüber und in aller Öffentlichkeit? Nein, das ist ihr gar nicht recht. Wie vor ein paar Monaten im Schuhgeschäft, wo ihr ohnehin nur Kindergrößen passen und sie sich bei der Anprobe plötzlich am Ufer eines zugefrorenen Sees wiederfand, mit klobigen Schlittschuhen an den Füßen, und die Stimme ihres Vaters hörte: »Meinst du wirklich, Isobelchen? Die Luft ist kalt, aber das Eis so dünn, dass nicht einmal die Enten es wagen!«, und dann war es doch nur die Verkäuferin, die ihr gut zuredete, es mit Blick auf den nahen Frühling doch mit ungefütterten Schuhen zu wagen. Unangenehm. Sollte sie sich in eine wunderliche Alte verwandeln?

Isobel bleibt stehen, weil sie von hier aus die Linde noch einmal in ihrer vollen Pracht sehen kann. Wenige Schritte weiter, und schon tritt sie in ihren duftenden Schatten.

Gerda hat sich gerne als wunderliche Alte gesehen, erinnert sich Isobel. Obwohl sie alles andere als flamboyant, extravagant oder sonst wie kompliziert gewesen ist. Im Gegenteil. Umso spielerischer schlüpfte sie in großbürgerliche oder gleich großfürstliche Rollen, gerade auf ihren gemeinsamen Reisen. Im Restaurant oder an der Rezeption eines Hotels benahm Gerda sich wie eine russische Fürstin aus einem Tolstoi-Roman, obwohl sie Tolstoi nie gelesen hatte, winkelte ihre Hand ab und rollte das R wie eine echte Romanow, die als Kind den Keller von Jekaterinburg überlebt hatte. Einmal, in Baden-Baden, gab Gerda sich als Gerda Krupp von Bohlen und Halbach aus, und da bewohnten sie für zwei Nächte eine wunderbare Suite mit Blick auf das Casino, aus sicherer Distanz sozusagen, ohne Geld dort zu lassen oder zu gewinnen, »So weit kommt's noch«, meinte Gerda, die sich ihr Geld wirklich *hart* erarbeitete, also, Isobel hätte dazu nicht die Nerven gehabt, wäre überdies viel zu verschämt, und so gaben sie's für Donauwellen im Café Kayser aus, für einen Nachmittag im Spa und einen Abend im Theater und hatten es gut, bis am Abend des dritten Tages mit ihrer koffertragenden Entourage und ihren Nerzen die *echte* Magnatin anrauschte, Irmgard Krupp von Bohlen und Halbach, was zu allerlei Stirnrunzeln beim Personal und einer überstürzten Abreise führte, und, und, und … eine Hand berührt sie sanft an der Schulter.

»Frau Trautheimer? Ist alles in Ordnung?«

Isobel erschrickt nicht einmal mehr, wenn sie aus einer ihrer milden Absencen zurückgeholt wird. Es ist, als würde sie aus einem Nickerchen erwachen, für das sie sich nicht schämen muss. Das Gesicht der Frau im blauen Kleid kann sie wegen deren Sonnenbrille nicht recht zuordnen, dafür aber sich selbst in den Gläsern spiegeln.

»Bene me habeo!«, sagt Isobel, und die fremde Frau lacht.

~

Josefine weiß nicht mehr, was »bene me habeo« wohl heißen mag, und antwortet mit einem anderen lateinischen Satz, den sie nur deshalb nicht vergessen hat, weil er so dumm klingt, wenn man ihn schnell ausspricht.

»Dic cur hic!«

Quatsch konnte sie sich immer am besten merken. Dicker Hick, haha. Die Trautheimer schüttelt den Kopf und ist jetzt wieder ganz Lehrerin. »Ich sagte, *mir geht es gut*. Und Sie fragen mich, *was ich hier mache?*«

Josefine ertappt sich dabei, wie sie ganz langsam und laut spricht, weil die Trautheimer ihr Hörgerät wieder nicht trägt: »Lange her, dass ich bei Ihnen im Unterricht war. Sie werden sich bestimmt nicht mehr erinnern. Seitdem hatte ich nicht oft Gelegenheit, lateinische Gespräche zu führen. Ich bitte um Nachsicht!«

»Gewährt. Ja, die Welt ist von Barbaren bevölkert. Sie haben übrigens das Komma nicht mitgesprochen. Dic, cur hic – *Sage, warum bist du hier?* Nach meiner Erfahrung beginnt damit die Barbarei. Fehlende Kommata. War ich wieder weg?«

»Tja, ich weiß nicht. Etwas abwesend wirkten Sie schon. Und da dachte ich …«

Isobel winkt ab: »Keine Sorge, Kindchen. Das passiert mir manchmal, und es ist eigentlich ganz schön. Jetzt bin ich ja wieder da, sehr freundlich.«

Josefine staunt, dass sie sich an ihrem »Kindchen« so gar nicht stört. Kindchen. Wann hat das zuletzt jemand zu ihr gesagt?

II

Früh hat es sich eingewärmt. Jetzt zieht es allmählich an. Isobel nimmt das mit einem seligen Lächeln zur Kenntnis. Das wird heute einer dieser seltenen Tage, an denen die Temperaturen von Luft und Körper sich angleichen. Das hat, findet Isobel, eine radikale Freundlichkeit, eine ganz entschiedene *Milde*, die jede Stunde rundet. Wenn es trübe und verregnete Tage gibt, an denen man »keinen Hund vor die Tür jagt«, dann muss es auch Tage wie diesen geben, an denen man »Vögeln ihre Freiheit gibt«. Rüdiger hatte das immer so gesagt: »Es ist so schön, ich würde jetzt gerne einen Vogel freilassen.« Der Rüdiger konnte das gar nicht gut haben, wenn Wellensittiche eingesperrt waren. Und weinen sehen hat Isobel ihn ein einziges Mal, in einem Bergbaumuseum im Harz, vor einem rostigen alten Käfig für Grubenvögel. Ein gutes Herz hatte er, der Rüdiger.

Ihre Bastmatte entrollt sie entlang des Schattens, den der Stamm wirft. Schatten ist wichtig an solchen Tagen. Unter dem Blätterdach duftet es nach Tau, ganz zart und blau. Wenn sie sich auf die Zehenspitzen stellt und ausstreckt, könnte sie die untersten Zweige berühren. Aus der Ferne hört sie das trockene Husten des Einmeterbretts, wenn es zurückschnellt, danach ein Platschen. Sie kniet sich hin, holt die Plastikdose mit den geschnittenen Gurken heraus, die Thermoskanne mit dem Pfefferminztee. Und das Buch. Sie liest es seit einem halben Jahrhundert, obwohl es von gar nichts handelt und doch von allem. Bald hat sie es durch, aber sie ist eine langsame Leserin und das Buch sehr, sehr lang. Immer wenn sie es beendet hat, zieht sie ihr festlichstes Kleid an und geht teuer essen – früher mit Rüdiger, dann mit Gerda, zuletzt alleine. Und dann fängt sie wieder von vorne an. Isobel legt sich auf den Bauch, die Hand auf dem Buchrücken, und denkt an die freundliche Frau zurück. Seltsam, wie schnell sie alle groß werden. Und seltsam, wie sie sich dabei doch immer gleich bleiben. Ihr Name will ihr nicht mehr einfallen, natürlich nicht. Aber sie hat so eine Ahnung, dass es ein französischer Name gewesen sein könnte, immerhin. Vielleicht liegt es aber auch am Proust, immer ist es Proust. Färbt ihr alles romanisch ein. Sie holt die Lesebrille aus dem Etui, legt sich das Band um den Nacken und blättert das Buch auf.

»Später aber«, liest sie, *»erinnerte ich mich mit Vergnügen an diesen Tag als an den, der einer Seelenjahreszeit angehörte, die mir vordem noch nicht bekannt gewesen war …«*

Sie blickt auf und geradeaus, da bewegt sich etwas. In den tiefen Runzeln des Stammes, vertikale Canyons müssen das sein, strebt ein Trupp von Ameisen aufwärts. Nur hin und wieder kommt ihnen eine Artgenossin von oben entgegen.

Sie senkt den Blick, liest den Absatz erneut und dann weiter: *»Endlich rief ich ihn mir genau in Erinnerung«*, diesen Tag, *»doch ohne ihn mit Leiden zu versetzen, vielmehr so, wie man sich gewisser Sommertage erinnert, die man zu heiß gefunden hat, als man sie erlebte, und aus denen man erst nachträglich die unvermischte Essenz«*, die unvermischte Essenz, *»aus echtem Gold und unvergänglichem Azur …«*, liest sie und blickt auf, wo die Startblöcke der Reihe nach wegschmelzen, als wären sie nicht aus Beton, bevor sich der Sprungturm zusammenfaltet, förmlich nach unten wegklappt und hinter den Hecken verschwindet, die sich ebenfalls mit einem schlürfenden Geräusch in den Boden zurückziehen und den Blick auf die flachen Duschbecken frei geben, die zu Wiese werden, die Halme prickeln nur so aus dem Boden heraus. Da ist das Wasser aus dem großen Becken schon beinahe abgelaufen in einem tiefen Strudel, schon drängt von unten Erde nach, schon flirren dort die Gräser. Ruhig schaut Isobel über die Schulter. Wo eben noch die Umkleidekabinen, die Einliegerwohnung und der Kiosk waren, steigt anstelle der Freitreppe sanft eine Böschung an zur Landstraße. Oben parkt ein azurblaues Auto, das nach einer Zukunft aussieht, die längst Vergangenheit ist, Isobel weiß das, und sie kennt auch den Mann, der sich am Kofferraum zu schaffen macht und »Warte! Warte!« ruft.

Sie stützt sich auf den Ellbogen und schaut sich um. Das Tal ist unberührt, eine grüne Mulde. Alles Wiese und Maulwurfshügel. In der Sohle schlängelt sich, sie kann ihn nicht sehen, ein Bach, begleitet von Plätschern und Pappeln. Es riecht nach Holunder und Dung. Eine Libelle steht reglos in der Luft, wischt ein paar Meter zur Seite, steht dort wieder reglos. Isobel fragt sich nicht, wo sie hier ist. Sie fragt sich nur, was sie hier macht, und ahnt, dass sie sich das schon einmal gefragt hat, vor langer Zeit. Und dass Rüdiger es ihr gleich sagen wird.

»Hab's!«, ruft er und schlägt den Deckel des Kofferraums zu.

Mit der Hand schirmt Isobel ihre Augen gegen die goldene Vormittagssonne ab, keine Arthrose im Schultergelenk. Rüdiger stiefelt umständlich die Böschung hinab, in einer Hand einen Picknickkorb, in der anderen seine Pfeife. Der Mann rührt sie mit seiner Stirnglatze und seinem Lächeln, den getönten Brillengläsern und seinem vorsichtigen Staksen. Es rührt sie auch seine Selbstsicherheit in Dingen, von denen er nachweislich keine Ahnung hat. Musik. Technik. Literatur. »Max Frisch hätte bei seinen Leisten bleiben sollen«, sagte er gerne. »Das Beste, was er jemals zuwege gebracht hat, ist das Freibad am Letzigraben.«

Sie freut sich auf ihn. Freut sich, wie er da auf sie zuschreitet, jetzt durch das kniehohe Gras. Ihn hat sie schon lange nicht mehr gesehen, ihn sieht sie immer gerne. Sie kennt ihn noch nicht lang, sie sind sich erst vor drei Jahren in Zürich begegnet, und dann hat er sie mitgenommen, hat sie sich mitnehmen lassen nach Deutschland, »fürs Erste«, wie es hieß, weil ihnen die Zukunft und die Welt doch offenstanden, auch wenn er fast zwei Jahrzehnte älter war als sie. Antwerpen, Lissabon, London, alles stand zur Debatte. Und jetzt waren sie, drei Autostunden von Mannheim, in dieser Provinz gelandet. In diesem Tal hier, das aussieht wie etwas, von dem Rehe träumen.

Ächzend geht Rüdiger neben ihr in den Schneidersitz, seine Knie spannen den Stoff der Hose. Isobel riecht seinen Schweiß, Leder und Tabak, sie mag diesen Geruch, er ist ihr vertraut. Rüdiger zieht sein Taschentuch aus der Innetasche des Jacketts und tupft sich die Stirn trocken. Während er tupft, sieht sie die dunkelblauen Schweißflecken in den Achseln seines synthetischen Hemdes und weiß, dass davon nur weiße Salzränder bleiben werden und dass sie die mit der neuen Maschine mühelos rausbekommt. Sie atmet ruhig aus. Alles ist schön so.

Mit einer ausholenden Bewegung nimmt Rüdiger die Pfeife aus dem Mund.

»Und?«, sagt er strahlend und meint alles, das Tal, den Bach, die Pappeln, den Sommer. Die Linde, unter deren Schatten sie sitzen.

»Es ist sehr, sehr schön. Was machen wir hier?«

~

Lennart sieht das Bad in seiner ganzen sonnigen Pracht vor sich liegen, die Becken, den Turm, das Grün der Wiesen. Die schlichte Seligkeit. Solche Orte gibt es nirgendwo sonst auf der Welt, denkt er. Nicht in den USA, nicht in Kanada, nicht in Frankreich oder Italien, in Afrika oder dem Orient, da sowieso nicht. Und wenn, dann nicht so. Im fernen Westen sind das halbe Vergnügungsparks mit Wasseranschluss, damit es niemandem langweilig wird. Hat er in Kalifornien jemals ein öffentliches Freibad gesehen? Private Pools mit Blick auf den Pazifik, das schon. Aber kein Freibad. Im Nahen Osten sind es grobe Betonbecken mit Brackwasser, wenn überhaupt. Freibäder wie in Deutschland hat Lennart bisher nur in Deutschland gesehen, und Bäder wie in Ottersweiler auch nur auf dem Land. In den Großstädten haben sie's auch versucht, aber dort drückt früher oder später von außen die Metropole hinein mit ihren Problemen. Das lässt sich nicht verhindern und ist etwas anderes als ein Freibad auf dem Land, zwischen Queckenbach und Tupfenhausen. Oder eben Ottersweiler. Ein Bezirk fürs Nichtstun, aber auf rührend deutsche Weise, also verkleidet als Sportplatz zur aquatischen Leibesertüchtigung. Überall liegen sie herum, diese Bäder, wie umgekehrte Inseln, sporadisch hineingestreut in die Fläche, und zusammen bilden sie einen geheimen Archipel der Glückseligkeit. Weshalb es Lennart auch hierhergezogen hat. Nicht auf den Sportplatz, wo sie mit dem TuS Ottersweiler ihre Niederlagen genauso gefeiert hatten wie ihre Siege. Nicht auf den Grillplatz im Wald, wo er sein erstes Sixpack getrunken und Max ihm erstmals von Joe erzählt hat. Nicht vor das Mietshaus, in dem er aufgewachsen ist und wo jetzt andere Leute andere Gardinen hängen haben. Nicht in die Brinkmann-Villa, wo er nie wirklich etwas verloren hatte, und auch nicht hinauf zum Gestüt. Nur umständehalber in den »Ochsen« mit seinen Häkeldeckchen und Bauernmalereien. Nicht einmal in die »Grube«, wo er mit Max immer am Flipper stand, ein Vermögen muss er da investiert haben. Ins Freibad.

Auf diffuse Weise war er wohl davon ausgegangen, dass mit

ihm auch der Ort hätte verschwinden müssen, aus dem er verschwunden ist. Der Ort ist geblieben, aber hat sich verändert. Nur das Bad, merkt er jetzt, ist die ganze Zeit da gewesen und nie verschwunden, während er selbst durch die Welt geflippert ist. Als hätte ihn das Schnürchen, an dem für ihn alles gelaufen war, mit wachsender Geschwindigkeit weggezogen von Ottersweiler – nur um ihn dann, in einem Moment größter Spannung, wieder an den Anfang zurückschnellen zu lassen, ssssst.

Kommst du? Ich weiß noch nicht, ob ich hingehe …

Lennart atmet tief durch die Nase ein. Gemähte Wiese, sonst nichts, Chlorophyll und Chlor. Im Becken ziehen die Schwimmer ihre Bahnen wie gegenläufige Weberschiffchen. Ein kleiner Junge steht auf dem Einmeterbrett und zögert, im Wasser ruft ein Mann, vermutlich sein Vater, nachdrückliche Ermunterungen. Unsicheren Schrittes überquert drüben, vielleicht auf der Suche nach einem Platz für sein Handtuch, ein anderer Junge die Wiese. Oder nein, ein Mädchen mit geschorenen Haaren. Sie geht so versunken, dass sie nicht einmal die hastigen Amseln beirrt. Auf der Suche nach Larven epilieren sie den Rasen, hüpfen ein wenig zur Seite, lassen das Mädchen durch, hüpfen wieder zurück an eine offenbar interessante Stelle, ohne aufzufliegen.

Und der Mann in Weiß dort hinten, der gerade hinter dem Schuppen verschwunden ist, das kann unmöglich noch der Kiontke sein, oder?

~

Rüdiger hebt den Zeigefinger, wiegt den Kopf hin und her. Er öffnet den Korb, drückt wortlos zwei Sektflöten in die weiche Erde eines Maulwurfshügels und holt eine Flasche heraus. Plopp. Isobel ahnt, dass es gut ausgegangen ist, das hat sie schon an seiner Laune auf dem Weg hierher gemerkt. Großzügig schenkt Rüdiger ein, der Sekt schäumt auf und läuft über, aber das ist jetzt egal: »Auf uns!«

Er nippt, hebt sein Glas blinzelnd gegen die Sonne, schnalzt, schaut sich um.

Das Tal, der Bach, die Pappeln, der Sommer.

Die Linde.

»Hier werden wir leben.«

»Hier?«

»Nicht exakt in diesem Tal. Im Ort. Wenn du magst. Hier ist es ruhig, hier ist es schön. Es gibt eine Schule. Und Arbeit für mich. Denn genau hier werde ich es bauen, das Bad.«

»Hier?«

»Genau hier«, sagt er und macht eine kreisförmige Bewegung mit dem Sektglas, »in diesem Tal. Im Rathaus haben sie die Senke schon umgewidmet. Das Bad wird sich aus dem Bach speisen. Und ich werde es bauen. Ich habe den Auftrag. Und wir beide haben eine Zukunft, wenn du willst.«

Isobel hat die Augen geschlossen und lauscht auf das Murmeln des Wassers, das vielstimmige Summen. Eine Zukunft.

»Was ist, mein Herz?«, fragt Rüdiger. »Warum sagst du nichts?«

Isobel öffnet die Augen und sagt: »Aber lass die Linde stehen, hörst du?«

Rüdiger schaut überrascht auf, als sähe er den Baum zum ersten Mal, was vermutlich der Fall ist, weil er keine Bäume sieht, nur Böden und Gefälle und Himmelsrichtungen und alles, was dort entstehen könnte, wohin er schaut. Er nimmt einen großen Schluck, sein Adamsapfel hüpft. Das Plätschern und Summen im Tal scheint anzuschwellen. Ein Wind geht in die Linde, ein sanftes Flüstern.

»Gewiss«, sagt er endlich und bekräftigt es mit einem Nicken.

»Eine ganz hervorragende Idee. Ja, ich will die Linde stehen lassen. Komm, darauf stoßen wir an.«

Isobel lächelt in sich hinein und dreht das Glas zwischen ihren Fingern.

»Auf die Linde? Auf uns?«, fragt Rüdiger und schenkt sich umständlich nach, ein paar Tropfen gehen auf seine Hose. Als er aufsieht, stellt er fest: »Du hast ja noch gar nichts getrunken.«

Isobel lächelt, schaut ihrem Mann in die Augen und schüttet den Sekt neckisch neben sich ins Gras. Und wie es ihm endlich dämmert, wie das Glück jetzt sein Gesicht erhellt, wie seine Pfeife auf halbem Weg zu den Lippen in der Luft einfach stehen bleibt, so still, dass die Libelle eine kurze Zwischenlandung wagt, das Plätschern und der Duft der Blüten dazu, das alles wird sie nie wieder vergessen, auch wenn sie das Kind verlieren würden, der Baum durfte bleiben, er überlebte das behutsame Ballett der Bagger und die Aushubarbeiten, den Staub der Betonmischer, die Lampions bei der Eröffnung, die kalten Winter und die trockenen Sommer, die ganze Zukunft bis zu diesem Moment, als wäre sein Stamm die Achse, um die sich schon immer alles gedreht hat wie …

»Isobel?«

… die Drehtür, die Alpen, die Kathedrale. Oder der Strand von Casablanca, der Strohhut ihres Vaters und eine weiße Möwe, die bewegungslos über der weißen Brandung steht wie festgenagelt. Rüdiger und seine muskulösen Urteile, Gerda und ihre dreckigen Witze, ihre dreckige Arbeit. Endlich die gesichts- und geschichtslose Schar Kinder, der sie im Laufe der Jahre über die Schwelle zur Pubertät half. Gabelungen. Wir sind die Ameisen, die diesen Stamm hinaufklettern. Am Anfang stehen uns noch alle Wege offen, gibt es überhaupt nur *einen* Weg, aufwärts, aufwärts, aber dann kommen die Gabelungen. Rechts? Links? Aufwärts, diesen oder jenen Auswuchs hinauf. Und je weiter wir ihm folgen, dem Baum, umso mehr verästelt er sich, verringern sich die Eventualitäten mit jeder Entscheidung, die wir fällen, mit jeder ausgeschlagenen Möglichkeit, jeder verpassten Chance. Jeder Gabelung. Der Baum zieht seine Kraft nicht aus der Erde, den Mineralien, die er dort saugen würde. Unterirdisch zieht das Wurzelwerk nur Feuchtigkeit. Alles, was er physisch *ist*, seine Materie, das Holz, ist Kohlendioxid. Und das zieht er sich aus der Luft, während er mal hierhin, mal dorthin mäandert. Und die Ameise folgt den Luftverwurzelungen. Bald ist es zu spät, den Kurs zu korrigieren. Andere Zweige sind wie andere Planeten, andere Leben. Unerreichbar. Und irgendwann erreicht die Ameise einen im Wind zitternden Zweig ganz am Ende dieses luftigen Wurzelwerks und an dessen äußerster Spitze ein Sonnensegel aus Chlorophyll. Dort geht es nicht mehr weiter, nur noch ins Offene. Es ist das Ziel aller verpassten und aller ergriffenen Gelegenheiten. Das Ende aller Gabelungen.

»Isobel?«

Die Startblöcke ploppen der Reihe nach wieder aus dem Boden, knirschend faltet sich der Sprungturm auf. Hecken federn aus dem Boden, und mit einem kreiselnden Tosen, sie hört es genau, füllt sich das Becken. Jetzt haben sich die wehenden Wiesen wieder darauf beschränkt, akkurater Rasen zu sein, und alles, alles ist wieder an seinem Platz.

Sie blinzelt und beschirmt das Gesicht mit der flachen Hand gegen die Sonne, da steht der Kiontke mit einer Plastikflasche in der Hand.

»Isobel, ich müsste mal an den Baum. Ein wenig Zeug spritzen. Die Milben.«

»Muss das sein? Ich mag die Milben!«

»Niemand mag Milben! Isobel!«

»Wollen wir uns nicht beide endlich mal um Wichtigeres kümmern?«, fragt sie. »Also, um das neue Loch?«

Kiontke lässt die Arme sinken: »Es gibt schon wieder ein neues Loch?«

»Ein neues Loch«, bestätigt Isobel.

~

Ich zwinge mich in den Schneidersitz. Die Beine ineinander zu verschränken, das ist kein Problem, das mache ich zu Hause stundenlang, bis ich sie wieder ausstrecke und meine Unterschenkel sich anfühlen wie Nadelkissen. Das Problem ist das aufrechte Sitzen. Ich muss dem Drang widerstehen, mich flach auf den Bauch zu legen, damit mögliche Blicke *über mich hinweggehen*. Aufrecht fange ich sie alle auf, von allen Seiten. Dachte ich. Jetzt aber spüre ich ganz deutlich, je länger ich aufrecht sitze, dass diese Beklemmung sich allmählich auflöst wie eine Schmerztablette im Wasser, sprudelnd und spurlos. Vermutlich hat mein Bruder recht, und in Wahrheit beobachtet oder beurteilt hier niemand irgendwen. Niemand außer mir, aber ich beurteile auch nicht beim Gucken. Ich versuche nur, meine alte Superkraft mal wieder anzuwenden, und dazu muss ich mich eben umschauen. Kann ich Menschen noch immer so sehen, wie sie sich selbst sehen *wollen?* Und nicht so, wie sie auf den ersten Blick erscheinen? Der Unterschied ist mal kleiner, mal größer, und schwer zu bemessen. Es ist der Unterschied zwischen dem Bild, das wir selbst von uns im Spiegel haben – und einem Schnappschuss, auf dem wir uns kaum wiedererkennen. Bei mir selbst klappt es überhaupt nicht mehr, bei Mama seit ein paar Monaten auch nicht mehr. Aber hier? Mal sehen!

Dort schlurft eine junge Frau mit hängenden Schultern und

Orangenhaut an den Oberschenkeln zum Becken. Sorgfältig schaut sie nach unten, um nicht auf irgendwas Spitzes oder Klebriges zu treten. Als sie die Platten erreicht, beschleunigt sich ihr Schritt, weil der Stein schon so heiß ist. Das sieht unbeholfen aus, fast drollig. In ihrer eigenen Wahrnehmung schlurft sie nicht, sondern bewegt sich behände, fast beschwingt, mit schwingenden Hüften. Das sieht sehr elegant aus.

Ich gucke über die Schulter, das Paar dort auf sieben Uhr. Sie mit einem Buch auf dem Bauch, er mit einer Illustrierten über dem Gesicht. Bei Paaren ist es normalerweise schwieriger, weil sich da oft zwei Innensichten überlagern. Diese beiden dort aber liegen trotz der Hitze eng umschlungen, sie wissen es nur nicht. Das gefällt mir.

Auf neun Uhr, unter der Linde, eine alte Frau mit Buch. Sie wiegt sich sachte vor und zurück beim Lesen, und manchmal guckt sie einfach in die Gegend. Seltsam, aber hier greift meine Superkraft nicht. Oder die Frau sieht sich genau so, wie sie gesehen wird. Vielleicht fehlt ihr auch der Wunsch, überhaupt gesehen zu werden, und deshalb kann ich nichts erkennen.

Auf elf Uhr sitzt eine Gruppe von Jugendlichen im Kreis um eine Kühltasche, daneben eine Bluetooth-Box mit leiser Musik. Kenne ich die? Mir kommt kein Gesicht bekannt vor. Abwechselnd trinken sie aus einem Tetrapak und schauen sich dabei verstohlen um, also schau ich schnell woandershin. In Wahrheit sehen sie sich als rebellische Gang, in Wahrheit parken dort sogar zwei Mopeds, direkt auf dem Rasen, und in Wahrheit ist auch die Musik laut genug, dass ich sie mit meiner Superkraft hören kann.

Auf drei Uhr lässt sich gerade eine Familie nieder. Der Vater hat tätowierte Waden und breitet rote Handtücher aus, die mit einem schwarzen Pferd auf gelbem Grund bedruckt sind. Die Mutter trägt einen weiten Badeanzug, der wie ein Kleid geschnitten ist, und quetscht sich Sonnenmilch aus der Flasche in die Handfläche. Das Mädchen ist ihr sofort entwischt, nun cremt sie mit konzentriertem Blick den Jungen ein. Er ist bockig, ihn zieht's zum Sandkasten mit dem Piratenschiff, aber die Mutter hält ihn am Handgelenk fest. In ihrer eigenen Wahrheit, das sehe ich jetzt genau, sitzen Mann und Frau stumm nebeneinander, die Hände um die Knie geschlungen. Er schaut ins Leere, sie lächelt. Was das nun wieder bedeuten mag?

Dann wird es mir langweilig, ich lehne mich nach hinten und lausche. Es liegt ein eigentümliches Gemurmel in der Luft. Ich kann gar nicht sagen, ob das nun vom Wasser oder den sich überlagernden Gesprächen kommt. Irgendwo erzählen blecherne Stimmen von Fußballspielen überall im Land, aber ich kann kein Kofferradio entdecken. Niemand hat irgendwas zu tun. Das ist seltsam, weil sonst immer alle irgendwas zu tun haben. Irgendwo hinmüssen, irgendwas zu erledigen haben, irgendwen treffen wollen. Hier nicht. Es ist, als wäre das ganze übliche Leben ausgekuppelt und liefe verpflichtungsfrei im Leerlauf weiter, anderswo. Es besteht nicht einmal die Pflicht, sich zu amüsieren. Ein Aufenthalt im Freibad, denke ich, ist wie ein Freilos zum Wegblödeln der Zeit. Man muss sie nicht einmal totschlagen, sie verstreicht ganz von selbst, indem man einfach *nichts* tut.

Die Kinder waren am Kiosk, aber der hat offenbar noch nicht geöffnet. Mit kleinen Fäustchen umklammern sie die Münzen, die ihnen ihre Eltern mitgegeben haben. Während das Mädchen umsichtige Bogen um die Handtücher anderer Leute macht, geht der Junge einfach in gerade Linie darüber hinweg. Mann und Frau sind jetzt wieder Vater und Mutter. Sie ruft Entschuldigungen, die Betroffenen winken ab, macht doch nichts, ist doch süß. Der Vater schüttelt den Kopf und schaut in eine andere Richtung.

Und da kommt die Frau mit der Orangenhaut aus dem Wasser. Das ging aber schnell! Auf ihren Schultern, jetzt gerade, glitzern Wasserperlen, und unter dem schwarzen Stoff ihres Bikinis zeichnen sich ihre Brustwarzen ab. Ihr Gang ist nun federnd und sorglos, Spitzes oder Klebriges hin oder her. Sie lächelt ein erfrischtes Lächeln, und auch ich lächele in mich hinein. Weil sie nach dem Schwimmen exakt so aussieht, wie ich sie eben mit meiner Superkraft gesehen habe, wie sie selbst gesehen werden will.

»Pass auf, dass dir nicht die Augen aus dem Kopf fallen!«, sagt mein Bruder, plötzlich neben mir. Wo kommt der denn jetzt her? War vermutlich auf Patrouille, Ausschau halten nach alten Freunden. Im Wasser war er jedenfalls nicht.

»Soll ich?«

Ich nicke, und da geht er hinter mir in die Hocke und verteilt die Sonnenmilch aus einer Sprühflasche auf meinen Schultern. Das Zeug ist so kalt, dass ich zusammenzucke. Das Sprühen ist erst überraschend, dann angenehm, dann lästig, also lehne ich mich ein wenig zur Seite. Das kleine Mädchen zählt seine Münzen und schaut immer wieder neugierig herüber. Ich schaue neugierig zurück.

»Und ich?«, fragt mein Bruder, »wie sehe ich mich *eigentlich*, hm?«

Ich drehe mich um und blinzele zu ihm hinauf. Da steht er gegen die Sonne und sprüht sich selbst die bleichen Oberarme ein, grinst.

Komisch. Ich sehe gar nichts.

~

Auf dem Weg zu den Umkleidekabinen schleicht Lennart mehr, als dass er schlendert. Er versucht, das Bad mit dem Bad seiner

Kindheit und Jugend in Einklang zu bringen. Das Heute rastet butterweich ins Gestern und Vorgestern ein, passgenau. Dort sind die Bodenplatten erneuert worden, die Holzkabinen haben einen frischen Anstrich. Wo früher ein kleiner Laden für Badekrempel war – Schnorchel, Entchen, Schwimmärmel, aufblasbare Ringe, solide Tauchringe, Ohrenstöpsel, Sonnenmilch, Badelatschen –, ist heute ein Büro hinter Jalousien, vermutlich für den Bademeister. Könnte das wirklich noch der Kiontke sein? Wie alt war der damals? Und ist es denn die Möglichkeit, dass es sogar die »Spielothek« noch gibt?

So nannten sie diesen Raum jedenfalls früher, ein schlichter Saal unter einem Dach aus Wellblech. Beiläufig drückt Lennart die Klinke herunter, es ist tatsächlich geöffnet und wirkt noch immer wie ein großer Abstellraum für Oldtimer und Wracks der prädigitalen Unterhaltungsindustrie. Es riecht nach Schmieröl und Turnhalle. Der Kicker ist noch da, mit einer Plastikplane abgedeckt. An den Wänden die Dartscheiben inmitten von Galaxien aus perforiertem Putz. Staub liegt auf der silbernen Spielfläche des Airhockey-Tischs, der noch nicht einmal funktionierte, als er noch fabrikneu war. An der rückwärtigen Wand ein Flipper.

Der Flipper.

Es ist, als wäre er unverhofft einem alten Bekannten begegnet. Das Ding stand früher in der »Grube«, auf halbem Weg zu den Toiletten, und hat hier wohl seinen Gnadenhof gefunden. Der Pinbot von Williams, Achtzigerjahre. Ein gigantischer Roboter flippert im Weltall mit Planeten. Der Roboter ist eine Frau, hinter ihren Augen sitzt die Crew. Manchmal hatte Lennart es bis zur Sonne geschafft, dann gab es ein Freispiel. Meistens war ihm aber schon vorher das Geld ausgegangen. Mit der Hand fährt er über die staubige Oberfläche, eine Steckdose sieht er nicht. Die Stille ist eigentümlich hier. Wo der Pinbot steht, müsste im Prinzip räudige

Rockmusik laufen. Oder, was schon damals zur synthetischen Musik des Flippers passte, irgendwas Elektronisches mit Störgeräuschen und zerhackten Beats, wie hieß dieses Genre doch gleich? Früher ist ihm nie aufgefallen, dass das Spielprinzip im Grunde nur aus Gefälle besteht. Gefälle, mehr nicht – und der Wille, den Verlust der silbernen Kugel möglichst lange hinauszuzögern. Wenn Lennart mal zwei Kugeln in den leeren Augenhöhlen versenkt hatte, sagte der Apparat mit blecherner Stimme: »Now I see you«, und dann kamen beide Kugeln wieder heraus. Es blinkte, schepperte, machte ein Mordstheater. Gewinnen kann man ein Flipperspiel nicht. Die unausweichliche Niederlage steht immer schon fest. Aber das Blinken und Scheppern vor dem Untergang, das ist es wert.

Er fährt mit der Hand über das Glas und klopft sich den Staub an der Hose ab. Am Pinbot in der »Grube« hatten sich Max und er zwar nicht kennengelernt, man kannte sich »vom Sehen« und »aus der Schule«, aber angefreundet. Sie waren beide verdammt gut auf der Schräge vor dem Untergang, beim Hinauszögern des Endes. Dabei warf Max, erinnert sich Lennart, gerne seinen ganzen Körper ins Spiel. Er brüllte den Flipper an und versetzte ihm Stöße, um die unentschiedene Kugel in die gewünschte Richtung springen zu lassen. Lennart konnte das nicht, sein Respekt vor den Regeln und dem Apparat war zu groß – vielleicht auch seine Furcht vor dem »Tilt«-Mechanismus in seinem Inneren, einem Pendel in einem Eisenring, der jedes Spiel beendete, wenn es ihm zu grob wurde: »Tilt! All data lost!« Max ging regelmäßig bis knapp an diese Grenze, Lenny nie. Im Wettbewerb miteinander hatten sie bald nicht nur den Rekord gebrochen. Sie hatten mit ihren Punktzahlen sogar das Zählwerk des Automaten überfordert. Monatelang standen sie gemeinsam an der Spitze, als MAX und LEN, mit 999 999 999 Punkten, mehr konnte das Ding nicht addieren. Als irgendwann der Wirt den Stecker zog, waren alle Rekorde so erloschen wie das Interesse der Rekordhalter, sich erneut an die Spitze zu setzen. Auf diesem Thron hatten sie schon gesessen, unmessbar gleichwertig. Und irgendwann mussten sie sich neuen Lorbeer suchen, oder? Max hatte das früh kapiert, und Lennart hatte es mit Verspätung auch begriffen.

»Now I see you«, sagt er halblaut und greift in die Hosentasche seiner Jeans, hat aber nur amerikanische Münzen zur Hand. Na ja, vielleicht auch besser so, denkt Lennart und murmelt: »Tilt, all data lost!«

Er zieht die Tür zur Spielothek hinter sich zu, als wäre dieser Raum ein Missverständnis und er nicht befugt, ihn zu betreten.

Beim Umziehen in der Kabine fallen ihm die nutzlosen Münzen aus der Tasche. Er geht in die Hocke und tastet im Zwielicht herum, als er eines dieser Löcher in der Holzwand entdeckt. Gibt's die auch noch! Sind die jemals wirklich zum Durchgucken benutzt worden? Meistens waren sie doch bald mit irgendwas verstopft, wie hier zum Beispiel. Mit einem blassroten Kaugummi.

~

Sag, warum bist du hier?

Die Frage klickert Josefine durch den Kopf. Dicker Hick, dicker Hick. Sie lässt den Sprungturm links liegen und storcht durch die hygienische Fragwürdigkeit des Duschbeckens. Wo kommst du her? Wo gehst du hin? Warum bist du hier? Sag!

»Fine? Was machst'n *du* hier?«

Am Spielplatz steht Melanie und winkt, umringt von ihren Kindern. Josefine winkt zurück, schlendert hinüber, und Melanie kommt ihr ein paar Meter entgegen, leiser jetzt: »Im Ernst, was machst'n hier? Heute?«

»Ich wollte dir Gesellschaft leisten«, sagt Josefine leichthin, stellt ihre Tasche ab und setzt ein strahlendes Lächeln auf: »Machen die Kinder heute ihre Seepferdchen?«

»Jaja, Seepferdsche …«, sagt Melanie und nickt, »aber solltest du jetzt nicht … ich mein …«

Josefine ahnt, was Melanie meint. Sie sollte jetzt bei Brinkmanns sein, oben auf dem Hügel in der Villa, die ihre Pracht hinter einer Wand aus finsteren Koniferen verbirgt. Sie sollte jetzt gemeinsam mit den Schwiegereltern und der Standuhr darauf warten, dass es Zeit würde, zum Friedwald aufzubrechen. Danach würde sie trockenen Kuchen essen und Kaffee trinken, ohne die Tasse auf der halbseitigen Todesanzeige in der überregionalen Tageszeitung abzustellen. Sie sollte jetzt mit dem silbernen Brieföffner die Umschläge der Kondolenzkarten an die Familie öffnen, die mit dem schwarzen Rand und dem unbeholfenen Gestammel, »Mit Trauer haben wir zur Kenntnis genommen …« oder »In aufrichtiger Anteilnahme wollen wir …«, und dann sollte sie diese Karten auf dem Tisch im Wohnzimmer ablegen, der zu einem Schrein geworden ist mit einem gerahmten Porträt von Max in der Mitte, auf dem zuerst nur der mächtige Kühler eines Lastkraftwagens ins Auge sticht, Typ Actros, davor dann ganz klein der neue Geschäftsführer eines dynastischen Unternehmens, sein Erfolgslächeln, die blonden Haare über der mittlerweile hohen Stirn und der Anzug, den er sich auf der Savile Row gekauft hatte, unsterblich wie immer. Sie sollte, meint Melanie, sich von Max' Mutter trösten lassen und Max' Mutter zurücktrösten, sie sollten einvernehmlich Anekdoten austauschen, was so anfällt an Erzählenswertem in einem Leben, manchmal lächeln und oft weinen. Auf jeden Fall sollte sie später in die Kirche gehen, wo für Max die Messe gelesen wird von diesem jungen Pastor aus Bangladesch, der ebenso gut auf Latein predigen könnte, weil auch sein Deutsch völlig unverständlich ist. Auf keinen Fall aber, das meint Melanie wohl, sollte sie heute im Freibad sein.

Sag also, was machst du hier?

»Ich war gestern am Nachmittag schon auf dem Hügel«, sagt Josefine.

»War's schlimm?«

»Kannste dir vielleicht vorstellen, dass ich da nicht gerade in ein rauschendes Familienfest geplatzt bin«, sagt Josefine und denkt daran, wie sie ihrem Schwiegervater ihre Aufwartung gemacht hat, dem alten Brinkmann, den wirklich alle nur »den Alten« nannten, Chef in dritter Generation, und wie sie zuvor an den Ölgötzen der Familie vorbeimanövrieren musste. Die Mutter, der Schock und Trauer alles Schreckschraubenhafte genommen haben, um Fassung bemüht, weil sich das so gehört vor dem Besuch einer aus dem Weitverstreuten der Familie herbeigeeilten Trauergästetantenschaft, ihre Tässchen wie Accessoires mit abgespreiztem Finger haltend und mit verstohlenen Blicken, die Josefine nur streiften, ein verhohlenes »Die Arme!«, dazu das Klirren der Löffel in ihren Tassen. Der Kuchen warm, der Kaffee kalt, die Kondolenz schweigend. Gardinen schwer und zugezogen, mit Goldkante. Und dann endlich der Alte, oben, mit hinter dem Rücken verschränkten Händen vor dem Panoramafenster in seinem Arbeitszimmer, auf dem Sims das Jagdfernglas, mit dem er von hier oben sogar seine Flotte unten auf dem Werksparkplatz sehen kann, weitere Verwandtschaft als Ölgemälde an der Wand, ungelenk und eingedunkelt das von Max' Urgroßvater aus der Kaiserzeit, kundiger gemalt und neulich erst für gutes Geld restauriert der Großvater aus der »schlimmen Zeit«, in der doch der Grundstock für das Vermögen gelegt worden war. In beiden Patriarchen erkennt Josefine, trotz Monokel und Koteletten, schon die Züge von Max. Kegel dicker Asche in der silbernen Schale auf dem Schreibtisch. Ganz Chef alter Handelsschule, noch im Schmerz um Haltung bemüht. Bis zu dem Moment, da er sich umgedreht und sie in die Arme geschlossen hat, auf eine Weise, wie es ihr eigener Vater nicht mehr kann, wortlos und behutsam. In dieser nach Zigarre und Cognac und Haarwasser riechenden Umarmung hat Josefine dann zwar nicht weinen, aber immerhin kurz aufschluchzen können über die große Gesamtscheiße mit Max – und damit, vielleicht, auch ein wenig über sich selbst. Und bevor sie sich noch über die eigentliche Natur dieses verwirrenden Gefühls hätte klarwerden können, hat er sich schon von ihr gelöst, ihr die Hände auf die Schultern gelegt und Josefine in Armlänge von sich weggehalten.

»Lass dich anschauen …«, hat er gesagt.

»Ich wünschte, Max hätte mich noch manchmal angeschaut«, hat sie erwidert, verblüfft über ihre Freimütigkeit. Aber der alte Brinkmann hat keine Miene verzogen: »Wir haben beide einen Idioten geliebt.«

»Ganz ehrlich? Ich weiß nicht, ob ich ihn noch geliebt habe«, hat Josefine gesagt. Da hat der alte Brinkmann sich abgewendet und Josefine schon befürchtet, damit zu weit gegangen zu sein. Er hat sich aber nur eine weitere Zigarre aus dem Humidor nehmen wollen.

»Der einzige meiner Ratschläge, auf den Max jemals gehört hat«, sagt er zwischen diesen seltsam gierigen Sauggeräuschen, von denen Josefine noch schlechter wurde als vom Gestank des Tabaks selbst, seine Montecristo an der Flamme eines langen Zündholzes angeraucht, »war der, dich zur Frau zu nehmen. Hat er gemacht. Abgeraten habe ich ihm vom Studium im Ausland, von der Eröffnung dieser erbärmlichen Klitsche in Berlin, von seiner Rückkehr in die Firma unter diesen Umständen, vom Kauf dieses blödsinnigen Sportwagens, von seinen Affären mit diesen billigen Flittchen, sogar vom Rauchen. All das musste er in den Wind schlagen«, sagte der Alte und blies ruhig und gleichmäßig den Rauch zur Decke. »Ich habe nie verstanden, Josefine, warum du ihn nicht lange schon verlassen hast.«

Diese Frage hatte Josefine schon selbst gewälzt wie einen schweren Stein, in mehr als nur einer Nacht.

»Ich weiß nicht, ob ich morgen zur Beerdigung komme«, hörte sie sich sagen, und da lachte der alte Brinkmann kleine Rauchwirbel und hustete trocken.

»Also verlässt du ihn doch noch? Besser spät als nie!«

Dann hatte er seine erloschene Zigarre betrachtet und sie vorsichtig auf der Kante seines Schreibtischs abgelegt. »Keine Sorge, Josefine. Ich werde aufpassen, dass er es nicht mitbekommt.«

Und da haben sie beide tatsächlich gelacht, und ausgerechnet in diesem Moment hat ihre Schwiegermutter den Kopf zur Tür hereingestreckt.

»Du lächelst ja!«, sagt Melanie.

»Ich musste an den alten Brinkmann denken«, sagt Josefine.

»Hat er wieder einen seiner Witze gemacht?«, fragt Melanie ungläubig. »Im Ernst? Ihr seid doch beide bekloppt!«

»Er hat mir geraten, seinen Sohn zu verlassen«, sagt Josefine verträumt.

»Einen Tag vor der Beerdigung, oder was? Spinnt der?«

»Max wird es nicht mitbekommen, keine Sorge«, zitiert Josefine den alten Brinkmann. Und weil *er* es gesagt hat, fühlt es sich gar nicht so falsch an, im Freibad statt im Friedwald zu sein. Fast richtig sogar.

Hier, im Freibad, steht ein kleines Mädchen neben dem Piratenschiff und pinkelt im Stehen in den Sand.

»Muss das so sein?«, fragt Josefine.

»Maja!«, brüllt Melanie. »Mir geh'n gleich zusammen Pipi mache!« Und zu Josefine sagt sie: »So sind die Mädsche heute, die können alles, was die Jungs auch können!«

Dann bleibt sie plötzlich stehen und schlägt sich mit der flachen Hand vor die Stirn: »Wo hab ich nur mein' Kopp? Du glaubst ned, wen ich heute früh getroffen habe, hier im Bad!«

~

Draußen ist das Wetter so schön, denkt Isobel zwischen den Umkleidekabinen, dass man Vögel freilassen möchte. Hier drinnen ist es kühl, riecht muffig und hölzern. Gespannt beobachtet sie den Kiontke, wie der konzentriert die Wand betastet. Nachgedunkelte Kiefer, daumendick, gebeizt und imprägniert, nicht lackiert. Inzwischen ist er Experte im chirurgischen Entfernen selbst komplizierter Splitter dieses Holzes. Pinzette, Nadel und Desinfektionsspray liegen in seinem Büro immer bereit. Und wenn es etwas gibt, das der Kiontke auf den Tod nicht ausstehen kann, dann sind es Löcher in seinen Wänden.

In den Kabinen hängen noch die alten Kleiderhaken aus Messing. Wie betrunkene Oktopoden sehen die aus, zum Kampf auffordernd. Die Schrauben sind die Augen, die Haken die Arme. Über allen Kabinen ein Maschendrahtgeflecht, um der Gelegenheit keine Gelegenheit zu geben, Diebe zu machen. Oder lüsterne Überblicksversuche zu unterbinden. Aber das Begehren findet immer einen Weg, folglich in den Trennwänden überall Löcher auf Hüfthöhe.

»Elf Bohrlöcher«, zählt der Kiontke, vermutlich unter gedämpftem Gekicher auf der einen Seite gebohrt, auf der anderen Seite vorsichtshalber wieder verschlossen, meistens mit Kaugummi oder Klopapier, was gerade zur Hand ist. Das elfte Loch ist ganz frisch, auf dem Boden liegen sogar noch die Späne. Der Kiontke bückt sich und schaut hindurch. Auf der anderen Seite sieht er keinen Hintern und keinen Schritt, nur das linke Auge von Isobel. »Gibt's ja gar nicht.«

»Das ist frisch, oder?«, sagt sie.

»Ja, neu«, bestätigt er. »Ich frage mich, wer so was nötig hat. Wer eine nackte Frau sehen will …«

»Oder einen nackten Mann!«, wirft Isobel von der anderen Seite ein.

»Oder einen nackten Mann, meinetwegen, der hat doch heute ganz andere Mittel. Das ist es, was ich nicht verstehe. Wieso da immer noch jemand mit irgendwelchen Bohrern hier rumhantiert. Das ist so … altmodisch.«

Isobel schaut jetzt zur offenen Tür herein: »Weil ihn die Gefahr erregt, vielleicht?«

»Wieso *ihn?*«, fragt Kiontke grinsend zurück.

»Weil es ihm um echte Haut geht«, fährt Isobel unverdrossen fort, »einen echten Menschen mit seinen Gerüchen und Geräuschen, den Geräuschen vor allem. Das hat mir Gerda mal so erklärt, dass nämlich …«

Der Kiontke atmet so scharf ein, dass Isobel verstummt.

»Ich möchte jetzt, bitte, nicht über meine Mutter reden. Nicht, wenn ich gerade dabei bin, mich um irgendwelche Spannerlöcher zu kümmern.« Er schaufelt ein wenig Spachtelmasse auf die Spitze der Kelle und drückt sie in das Loch. »Eigentlich überhaupt nicht.«

Isobel beißt sich auf die Unterlippe. Das war knapp. Warum hat sie das gesagt? Wenn ihre Erinnerungen aus dem Pferch ausbrechen und seit einiger Zeit frei über die Koppel galoppieren, ist das eine Sache. Eine andere Sache aber wäre, wenn sie nun auch noch anfangen würde, Geheimnisse auszuplaudern. Obwohl das ja schon der Heinrich tut, immerzu. Vermutlich weiß der Kiontke längst, wie seine Mutter sich ihre Rente aufgebessert hat, mit ihrer sehr wandlungsfähigen Stimme, weil sie vom Amt oder ihrem Sohn kein Geld nehmen wollte. Gerüche und Geräusche, so ein Kokolores!

Aus einem anderen Loch pult der Kiontke jetzt mit dem Schraubenzieher einen Kaugummi. Er zieht den blassrosa Faden bis auf Armlänge und lässt ihn dann pendelnd herunterhängen. Noch ganz frisch.

»Ich frage mich, wer so einen Blödsinn immer macht«, sagt er mürrisch und stopft den Kaugummi wieder zurück.

Darum kümmert er sich, wenn er getrocknet ist.

~

Mit einem schnappenden Geräusch klappt das Buch zu, bevor mein Bruder sehen kann, was ich geschrieben habe. Schlimm genug, dass er dauernd mit mir abhängen will. Er soll nicht auch noch meinen täglichen Satz lesen, den ich eben notiert habe, obwohl ich ihn schon länger im Kopf hatte, der aber erst jetzt, wo ich ihn aufgeschrieben habe, einen Sinn ergibt.

Heute mache ich den Seemann, und ich mache ihn vom Siebener.

Mein Bruder lässt sich nichts anmerken, aber ich spüre, dass er ein wenig beleidigt ist.

»Wenn ein Buch zu lange aufgeschlagen herumliegt«, referiert er, »entsteht auf seinem Rücken eine lange Narbe, ganz fein. An dieser Stelle schlägt sich so ein Buch dann immer von selbst auf, wenn man es in die Hand nimmt.«

Ich lasse ihn plappern. Der Seemann ist der schönste aller Sprünge. Weil er so schlicht wirkt. Keinerlei Bemühungen, die Sekunden des Sturzes mit Artistik zu füllen. Kein Salto, keine Schraube, nicht einmal eine Arschbombe, für die man immerhin die Beine anziehen muss. Nein, der Seemann kennt überhaupt gar keine Verrenkung. Im Grunde ist es ein simpler Kopfsprung, nur mit den Armen hinter dem Rücken. Genau das macht ihn aber kniffliger, als er aussieht. Beim Kopfsprung arbeiten die Arme mit, nehmen von unten Schwung auf, weisen die Richtung. Und wenn's schiefgeht, können sie sogar noch ein wenig korrigieren. Am Ende sind die Arme sogar vor dem Kopf, was gut ist für den Kopf. Also, nicht wirklich, denn eigentlich spielt es keine Rolle, ob da Arme sind oder nicht. Darauf kommt es im Augenblick des Aufpralls nicht an. Aber vom Kopf her fühlt man sich weniger ausgesetzt, als könne einem das Wasser nichts anhaben, weil da eben noch die schützenden Arme sind. Und es ist ein Reflex, bei Gefahr die Arme zu heben. Beim Seemann aber liegen sie bis zur Hüfte eng am Oberkörper, dann verschwinden sie sogar auf den Rücken – vielleicht noch mit eingehakten Fingern, zur Sicherheit. Damit man unterwegs nicht doch in Versuchung kommt, sie noch nach vorne zu nehmen. Das geht schnell schief, dann beginnt ein heilloses Gerudere, und meistens überschlägt man sich. Jedenfalls ging es mir so, als ich zuletzt im Freibad war und einen Seemann versucht habe, vom Dreimeterbrett. Das hat dann nicht am Kopf weh getan, sondern an den Beinen, weil ich mich leicht überschlagen habe und mit den Fersen flach auf das Wasser geknallt bin. Das war, als hätte mir jemand mit einer Latte dagegengeschlagen. Aber jetzt weiß ich, wie man es machen muss. Der Absprung ist alles. Im Absprung liegt schon der ganze Sprung vom Anfang bis zum Ende. Wenn man die Nerven behält. Und Haltung bewahrt.

»Warum hast du das Buch jetzt so schnell zugeklappt?«

»Stechmücke«, sage ich, »jetzt schläft sie für immer zwischen den Zeilen.«

~

Isobel geht ins Wasser.

Sie nimmt dafür die Treppe und zögert bei keinem Schritt. Sobald es ihr bis zu den Hüften steht und damit der ominöse Äquator erreicht ist, nördlich dessen Wasser sich schmerzhaft als *kalt* anmeldet, breitet sie die Arme aus und lässt sich nach vorne fallen. Dann wird sie getragen wie ein Vogel von der Luft. Das ist schön. Überhaupt, erinnert sie sich, ist kein Lebewesen im Tod noch so schön wie ein ertrunkener Vogel. Im Hafen von Portbou, dort hat sie zwischen den Fischerbooten mal eine Amsel treiben sehen. Das Tier hatte die Flügel ausgebreitet, als würde es fliegen und aus Wasseroberflächenhöhe in die lichtlosen Tiefen hinabspähen. Im Rhythmus der Wellen bewegte sich die Amsel mal hierhin, mal dorthin. Gerade so, als triebe sie auf einer tragenden Strömung aus warmer Luft.

Mit zwei Fingern fummelt Isobel eine Strähne ihrer weißen Haare unter das Gummi ihrer weißen Badekappe. Obwohl ihr der Kiontke gesagt hat, dass sie das gar nicht mehr braucht »bei den neuen Filtern«. Aber sie mag das Gefühl, den sanften Druck auf ihrem Schädel, und würde nur ungern ihr Haar föhnen müssen nach dem Schwimmen. Acht Bahnen sind es täglich, manchmal mehr, weniger nie. Wenn sie in schlechter Verfassung ist, merkt sie das vorher und kommt gar nicht erst ins Freibad. Sie schwimmt immer am unteren Rand des umgekippten L, sozusagen die Liegewiese entlang. Dabei aber so dicht am Rand, dass man von der Wiese aus vermutlich kaum ihre Badekappe sieht. Ihr Kinn soll die Oberfläche nicht berühren. Das ist kein Aberglaube, keine Eitelkeit. Nur Haltung. Also hält sie ihren Kopf so streng nach oben, dass die Sehnen an ihrem Hals hervortreten. Wie sie es vor bald acht Jahrzehnten in der Mosel zwischen Traben und Trarbach gelernt hat, wo sie mit einem Kälberstrick um die Hüften gegen die Strömung anpaddeln musste (»Richtig, Bellchen, richtig!«)

und nicht vom Fleck kam. Hier sind ihre Schwimmzüge ruhig und gleichmäßig. Den nächsten Zug macht sie immer erst dann, wenn die Bewegung nach vorne erschöpft, wenn sie beinahe zum Stillstand gekommen ist. Das geht nur in einem freundlichen Schwimmbad. In stehendem Gewässer, das mit Hilfe von Pumpen in einen subtilen Kreislauf gezwungen wird. In Kunstwasser, das vermittels chemischer Zusätze stabilisiert, zertifiziert und domestiziert ist. In Wasser, das nichts will und einfach nur *da* ist.

In fließendem Gewässer geht das nicht. Das strebt. Und was strebt, lebt. Das kommt aus den Bergen und will ins Meer. Da hat es Verwirbelungen und Unterströmungen, die manchmal langsamer sind als obere Schichten, da will man geradeaus schwimmen, aber die Kräfte ziehen einen seitlich weg, und Schiffe muss man auch im Auge behalten. Vor allem die großen Kähne auf ihrem strengen Kurs, vor denen kein Ausweichen ist, und die selbst nicht ausweichen.

Isobel hat Flüsse gesammelt, früher, wie andere Menschen Briefmarken oder Bücher sammeln. Ihr Vater, der Zauberer, begradigte Flüsse, staute sie, gewann ihnen Elektrizität ab oder verknüpfte sie mit Kanälen. Kein Ingenieur, ein Poseidon der Binnengewässer. So sprach er auch über Flüsse. Für ihn waren das keine hydrologischen Gegebenheiten. Es waren Persönlichkeiten. Für ihn hatte jedes natürliche Gewässer einen über seine geologischen, tektonischen oder topographischen Bedingungen hinausweisenden Charakter. »Wenn du den einmal verstanden hast«, hatte er Isobel erklärt, »wenn du begriffen hast, was das Wasser will, dann kannst du dich jedem Fluss anvertrauen.« Der Trick sei, sich »treiben zu lassen wie Holz«, über den unendlich langsamer flussabwärts wandernden Schottermassen an seinem Grund, und jede gerichtete Bewegung von Armen und Beinen dem Fluss sozusagen als *Vorschlag* zu unterbreiten, wohin er sie tragen könnte.

Und Isobel hat sich tragen lassen von gestreckten, verzweigten und mäandernden Gewässern. Die Mosel war nur ihre erste Liebe, die liebliche Mosel im Sommer und die stürmische im Herbst, die grimmige Mosel unter dem Eis im Winter. Die sprunghafte Donau dort, wo sie noch jung ist und nichts von der kontinentalen Länge ihrer Reise weiß. Der handwarme Neckar, Zwillingsbruder der Mosel. Fulda und Werra, beide so träumerisch in ihren getrennten Betten, dass sie einfach ineinander münden müssen, weil sie füreinander bestimmt sind. Noch als Kind vertraute Isobel sich dem grüblerischen Main an, wo er sich unter der Festung von Mainz dem hungrigen, dem herrlichen Rhein hingibt, dessen weitgereiste Wasser Isobel sofort in ihre starken Arme nahmen und herumwirbelten, bis ihr Vater sie wieder zu packen bekam. Die Nerven bewahren, die Nerven bewahren. Nur darum geht es. Den Po lernte sie bei Piacenza kennen, da waren sie im Automobil auf der Durchfahrt nach Genua. Am Ufer hatten die halbnackten Jungs von der Balilla gestanden und sie angefeuert, da wusste sie noch nichts von Mussolini. Danach waren die Franzosen an der Reihe, bis auch das nicht mehr ging. Die Rhone bei Lyon, schon an ihrem Geruch erkennbar als Schwester des Rheins. Die verspielte Loire bei Belleville, verlässlich wie eine beste Freundin aus Kindertagen. Die graue Seine mitten in Paris (»Isobel! Bellchen, bist du wahnsinnig!«), wie sie sich beinahe verschämt unter den Palästen der Metropole duckt. Die Garonne meisterte sie nach einem Picknick an einem verträumten Nachmittag, auf dem Rücken treibend, am wolkenlosen Himmel schon Flugzeuge mit Balkenkreuzen. Später hat sie an der Loire die Stelle ihrer Durchquerung nicht mehr finden können. Wo Isobel damals im Schatten der Pappeln ihre Kräfte sammelte, steht heute ein Atomkraftwerk. Nachdem sie es über die Pyrenäen geschafft hatten, dort, wo sie ins Mittelmeer stürzen, versuchte Isobel sich bei Tortosa am Ebro.

Der Ebro war mürrisch, beinahe tückisch, schlammig und böse. Wenn sie es ihm erlaubt hätte, würde er sie mitgenommen haben ins nahe Mittelmeer. Ins Offene.

Ihr Vater meinte, als er ihr mehrere Kilometer flussabwärts das Handtuch reichte, es läge an den Leichen: »All die Toten, die er im Bürgerkrieg hat aufnehmen und mit sich führen müssen«, hatte ihr Vater gesagt, das sei ihm nicht bekommen. »Flüsse sind nachtragend, Grenzflüsse ganz besonders. Der Ebro hat nie vergessen, dass er mal Grenze zwischen zwei Weltreichen war.«

»Welchen denn?«

»Egal, beide lange vergessen. Nur eben nicht von unserem Freund hier. Schau, als ich auf dich gewartet habe, sah ich dort drüben im Kies etwas schimmern …«

»Was denn, Papa?«

»Das hier!«, sagte er und zauberte hinter ihrem feuchten Ohr eine Münze hervor.

Sie zeigte eine Palme und ein Pferd.

~

Mel war ganz aufgeregt, als sie ihr von Lenny berichtete – und wohl ein wenig enttäuscht, dass Josefine nur mit einem knappen »Ach, echt?« reagiert hat.

Aber während Mel noch erzählte, als ginge es um die Sichtung eines Fabelwesens mit »langen Haaren wie so ein Künschtler oder ein Penner, vermutlich eher Künschtler, wie der Victor Martinson sah der aus, Aragorn, weißt du?«, hat Josefine still in sich hineingelächelt.

Er ist also gekommen.

Josefine erinnert sich, wie sie ihm diese Nachricht geschickt hat. Nach einer halben Flasche von dem guten Grauburgunder, mit einem Album voller Polaroids auf den Knien. Nicht ins Blaue, eher in den interstellaren Raum. Sie hat sich Lenny wie eine Sonde aus den Siebzigerjahren vorgestellt, die seit einem halben Jahrhundert unterwegs ist und inzwischen das Sonnensystem verlassen hat. Ein Funksignal zu dieser Sonde braucht einen vollen Tag, und einen vollen Tag braucht es auch für die Antwort. Aber ob die Antennen und Relais in dieser alten Sonde noch funktionieren und das Ding seinen Kurs ändert, das kann in der Bodenstation niemand mit Gewissheit sagen. Schon gar keine Technikerin, die angetrunken und in seltsam nostalgischer Stimmung spaßeshalber auf einen Knopf drückt.

Dabei will und will und will ihr schon lange nicht einmal mehr sein Gesicht einfallen. Als es neulich mal anlässlich irgendeines Preises in der *Frankfurter Allgemeinen* abgelichtet war, konnte sie es nicht mit dem Lenny zusammenbringen, den sie kannte. Ein ungelenker Schlaks war das gewesen, der sich gern noch unsichtbarer machte, als er es ohnehin schon war. Nichts an ihm, rein äußerlich, war bemerkenswert oder gar markant. Markant war Max.

Lenny war in Josefines Wahrnehmung für lange Zeit einfach nur einer der Jungs gewesen, die sie in der Schule umsurrt hatten »wie die Fliegen den Kompost«. So hatte das, charmant wie immer, ihr Vater beschrieben. Das Umschwirrtwerden hatte Josefine nicht sonderlich geschmeichelt, sie nahm es eher mit einer Mischung aus Rührung und Befangenheit hin. Wie angestrengt sie alle um ihre Gunst oder wenigstens Aufmerksamkeit gebuhlt hatten! Und jeder, wie er konnte. Der Sven aus ihrer Klasse hatte sich ein Herz gefasst und Josefine ins Theater eingeladen, und sie hatte sich ein Herz gefasst und die Einladung angenommen – und dann hatten sie die Vorführung abgesessen, als müsste in dem dunklen Saal etwas Wichtiges passieren. Der Bernd aus ihrer Klasse, Sohn des örtlichen Notars, hatte ihr nach einem beiläufigen Gespräch über Musik auf einer Klassenfahrt noch nach Monaten handbemalte Kassetten zugesteckt, The Smiths, Talk Talk, Depeche Mode, Hüsker Dü, The Go-Betweens – die hat sie erst neulich wiedergefunden und weggeschmissen. Und Chrissie, die heute mit ihrer schwedischen Frau einen Club in Stockholm betreibt, hatte einen prickelnden Sommer über so getan, als würde sie sich für Pferde interessieren, nur um Zeit mit Josefine auf dem Hof verbringen zu können. Alle hatten sie für eine hoffnungsvolle Weile auf Wellenlängen gefunkt, auf denen sie sich Antwort erhofften.

Mit Lenny war das immer anders. Er umsurrte sie schon auch, aber leiser. Wie eine dieser dezenten Schwebfliegen, die sich wie Wespen verkleiden und in respektvollem Abstand in der Luft herumstehen. Und gucken. Sonst nichts.

Mit Lenny konnte sie lachen, auch über den Vergleich mit der Schwebfliege. Wenn sie sich auf dem Schulhof, an der Bushaltestelle, beim Bäcker oder im Freibad zufällig über den Weg liefen, raunte er gerne in übertrieben verführerischem Ton, wie ein verliebter Kater: »Wir müssen aufhören, uns hier zu treffen!« Das war ihr gemeinsamer Witz.

Lenny hatte sie fotografiert, das schon. Eine Zudringlichkeit, aber er fotografierte sowieso immer und überall – in der Pause, beim Fußball vom Spielfeldrand, die Pappel auf dem Schulhof im Frühling, Sommer, Herbst und Winter, die Vögel darauf im Wechsel der Jahreszeiten, Wolken, und eine Serie über den Inhalt der Mülltonnen erschien dann sogar in der Schülerzeitung. Am Anfang, das weiß Josefine noch, hielt sie das für seine sehr spezielle Methode, sich interessant zu machen, sich den Anstrich eines Künstlers zu geben. Er war einfach der Typ, der abseitsstand und ein frisches Polaroid trockenwedelte, um es dann beiläufig einzustecken.

Später, als sie schon mit Max zusammen war, hatte sie Lenny besser kennengelernt. Das mit der fotografischen Festhalterei meinte er wirklich ernst. »Lass ihn knipsen«, hatte der Max gesagt und Josefine gewarnt: »Gefährlich wird's, wenn er dich in seine Dunkelkammer einlädt!«

Das war im Scherz gesagt, natürlich, denn von Lenny ging keinerlei Gefahr aus, nicht einmal Anziehung. Nicht zu der Zeit, als sie auf dem Schulhof, in der »Grube« oder im Freibad als befreundetes Trio abhingen und einfach »miteinander Spaß« hatten. Und erst recht nicht später, als Josefine und Max schon *das* Paar waren, eines dieser alle übrigen Liebeleien und Verbindungen in jeder Oberstufe mit seiner schicksalhaften Schönheit überstrahlenden Doppelgestirne. Wenn es Max manchmal doch zu bunt oder eng wurde mit ihrem gemeinsamen Kumpel, nannte er Lenny einen »Paparazzi«, was Lenny unermüdlich korrigierte: »Paparazzo.« Dann lachten sie gemeinsam darüber, und der Fall war erledigt.

Lenny war sozusagen zuschaltbar. Max dagegen war gesetzt. An ihm liebte die junge Josefine die ansteckende Selbstsicherheit, mit der er über seine ehrgeizigen Pläne und künftigen Erfolge sprach – und wie er sie beim Sex zu *beherrschen* und *bezwingen* versuchte, was sie sehr gerne geschehen ließ, weil er am Ende dann immer in die Mulde über ihrem Schlüsselbein seufzte, beinahe wimmerte, wie ein hilfloses kleines Tier. An Lenny mochte sie die tastende Neugier, mit der sie gemeinsam alles Gelesene, Gehörte oder Gesehene zur gesprächsweisen Anwendung bringen konnten, wie sie mühelos von einem Gedankensplitter aufs Streichholz, vom Hölzchen aufs Stöckchen, vom Stock auf den Baumstamm kamen, Plato, Lars von Trier, Novalis, Eugen Drewermann, Hesse, Richard Avedon, einig nur in der Verachtung für »Die fabelhafte Welt der Amélie« und Johann Sebastian Bach – und weiter nichts. Max war bei diesen Gesprächen oft dabei, sichtlich erleichtert, sich nicht beteiligen zu müssen, mit einem gönnerhaften Lächeln für seine belesene Freundin und einem spöttischen Lächeln für den allzu belesenen Freund. Wenn sie mit Max machte, was Max auch so gerne mit ihr machte, war Lenny natürlich nicht dabei. Josefine holte sich von jedem, was sie brauchte. Max war die Praxis und das Leben, Lenny die Theorie und das Hypothetische. Als respektvoll das Doppelgestirn umkreisender Satellit war er nie im Weg und doch immer dabei.

Zumindest so lange, bis Lenny das fragile Gefüge ihrer Dreierbeziehung in Unordnung brachte. An einem gewitterschwülen Nachmittag kurz vor dem Abitur war das, hier im Freibad. Max hatte an diesem Tag seine Fahrprüfung und war verhindert. Und da hatte Lenny seine Bilder mitgebracht, endlich. Josefine hatte die Hoffnung längst aufgegeben, einmal einen Blick darauf werfen zu dürfen. Gewisse Ergebnisse seiner Fotografiererei – er nannte es nicht »Kunst« – hielt Lenny kokett unter Verschluss. Jedenfalls war es Josefine, die das Recht auf ein Gespräch auch darüber zu haben glaubte, wie Koketterie vorgekommen. Tatsächlich lernte sie an diesem Nachmittag unter der Linde, dass Kunst manchmal Kammern öffnet, die besser nicht betreten werden sollten.

Jedes einzelne Polaroid hatte Lenny in ein kariertes Schulheft geklebt, handschriftlich mit Ort und Datum versehen: »Köhlerfest Ottersweiler, September 1996« oder »Bonn (Klassenfahrt), Hofgarten, April 1998«. Auf jedem einzelnen Foto war der jeweilige Hintergrund wegen mangelnder Tiefenschärfe nur eine verwischte Andeutung, manchmal nur verwischte Farbe. Das fiel ihr beim Durchblättern auf, noch bevor sie spürte, wie sie dabei rote Ohren bekam. Denn auf jedem einzelnen Foto war ihr Gesicht das Zentrum der Komposition. Ihr Gesicht, wie es sich im Laufe von achtundvierzig Monaten verändert hatte, von den Pausbacken bis zu den hohen Wangenknochen, vom pflegeleichten Bubikopf zu den schulterlangen Haaren, vom Mädchen zur jungen Frau. Nur ihre Lippen, die waren immer so spröde geblieben, dass davon die Haut abblätterte.

Was Josefine da sah, das waren mehr als nur Schnappschüsse. Das waren Studien von erschreckender Präzision. Möglicherweise lag zwischen ihrem leicht überblitzten Gesicht in »Grube, nach Mitternacht, Geburtstag von Max, April 1995« und ihrem geschminkten Gesicht in »Leonce und Lena, Schultheater, Mai 1997« nur eine mikroskopische Nuance – und doch konnte Josefine darin so deutlich wie auf einem gelben Ortsschild lesen, dass sie in der Zwischenzeit das erste Mal mit Max geschlafen hatte. Und sie *wusste*, dass Lenny das auch hatte lesen können.

Ihre Miene beim Betrachten dieser Bilder muss er ebenfalls genau studiert haben, denn bald sagte er allzu hastig, als wäre das alles gar nichts wert: »Ich hab total viele solcher Hefte!«, was die Sache nicht gerade besser machte.

»Das sind wirklich. Also wirklich. Schöne Bilder, die du da gemacht hast«, hatte sie gestammelt.

Und Lenny hatte mit einem leichten Staunen, als wäre eben erst aus einer Ahnung eine Gewissheit geworden, geantwortet: »Ich bin ein Künstler!«

Dann waren die ersten Tropfen durch die Zweige der Linde gefallen, und Lenny hatte, um die Fotografien zu schützen, das Album zugeschlagen: »Hier, das ist für dich. Ich brauche es nicht mehr …«

Sie nahm das Album in die Hand, da lag es überraschend schwer. Ihr war in diesem Moment, als wäre in ihrem Inneren ein Buch zugeschlagen worden. Natürlich war ihr nicht entgangen, dass Lenny sie über die Jahre immer wieder fotografiert hatte. Aber jetzt erst wurde ihr klar, *wie* er sie fotografiert, welchen Blick er die ganze Zeit auf sie gehabt haben musste. Und das fühlte sich an wie ein Verrat. Die Schwebfliege war die ganze Zeit eine Wespe gewesen.

Seit diesem Tag waren Josefine, Lenny und Max kein Trio mehr. Max hatte sie nie davon erzählt, er hätte ohnehin nur einen Witz gemacht. Aber wenn er mit Lenny in seinem neuen Golf zum Tanzen und Saufen nach Frankfurt fuhr, war Josefine nicht mehr dabei. Und wenn sich Josefine und Lenny über den Weg liefen, war es nicht mehr als eben das, ein Über-den-Weg-Laufen. Dann lächelten sie einander mit befangener Unverbindlichkeit an und wechselten auswechselbare Worte. Keine Hölzchen, keine Stöckchen. Kein »Wir müssen aufhören, uns hier zu treffen!« mehr, weil ihre Begegnungen die unschuldige Zufälligkeit verloren hatten. Da hatte der Witz aufgehört zu funktionieren.

So war das wohl, denkt Josefine und sagt unvermittelt: »Joe.«

»Hä?«, fragt Mel und schaut sich um.

»Joe. Lenny hat mich immer so genannt, und nur Lenny. Niemand sonst.«

»Joe?«

»Ja. Nicht Josie, nicht Fine. Joe.«

»Als wärst du ein Junge? *Weird* …«

Josefine seufzt: »Na ja, mir hat's gefallen. Hatte er eine Kamera dabei, als du ihn getroffen hast?«

Mel schüttelt den Kopf: »Stell dir vor, der foddografiert nimmi!«

»Ist nicht die Möglichkeit!«

»Hat er aber gesagt.«

Josefine kann sich das kaum vorstellen, aber was will das schon heißen?

Nach dem Abitur, als sie mit Max nach München gezogen ist, war Lenny schon aus ihrer beider Leben gekippt. Hin und wieder erzählte Max in maliziösem Ton, wohin es seinen alten Freund nun wieder verschlagen hatte. Nach Indien, »zur Selbstfindung wahrscheinlich«. Dann Kanada, »dort wird er Bären auflauern«. Irgendwann Hollywood, »jetzt will er wohl Schauspieler werden«. Später hörte Josefine von traurigen Winkeln in Afrika, »wo echt niemand tot überm Zaun hängen will«. Von seinem Besuch in Los Angeles hatte Max nur einsilbig berichtet und danach überhaupt nicht mehr von Lenny gesprochen.

Einen winzigen Widerhaken aber hatte Lenny doch hinterlassen, damals, an diesem schwülen Nachmittag im Freibad. Nie hatte Max sie so angesehen, wie Lenny das getan haben musste. Nie hatte sie sich selbst so gesehen, wie er sie auf diesen Polaroids festgehalten hatte. Nicht auf anderen Fotos, nicht im Spiegel. Nie.

»Lenny wird wegen der Beerdigung hier sein«, sagt Josefine versuchsweise.

»Oder wegen dir!«, sagt Melanie.

»Wie kommst du …«

»Wie ich da draufkomm?«, fragt Melanie fröhlich. »Des hat doch ein Blinder mit Krückstock gesehen, dass der Lenny voll in dich verschosse gewesen is!«

»Echt?«, sagt Josefine schwach.

Melanie grinst: »Als ob du des ned gemerkt hättest. Also, von mir hat der *nie* ein Foddo gemacht, das wär mir aufgefallen. Mir is des sowieso unheimlich gewesen …«

»Was?«

»Die andauernde Hantiererei mit der Kamera, dass da einer is, der guckt und dich festhält. Der Lenny is ja ohne sei' Kamera ned einmal uffs Klo. Uns allen is des unheimlich gewesen, oder ned? Dir doch auch!«

»Nein«, lügt Josefine trotzig, »mir eigentlich nicht.«

~

Lennart lagert auf einer der Zuschauerstufen am Sprungbecken, der Beton ist so warm, dass er sich beinahe weich anfühlt. Er schlägt im Sitzen das Handtuch über die Hüften, stemmt die Fersen gegen den Boden und zieht sich Jeans und Unterhose aus, als es in seiner Tasche wieder summt. Im Grunde kein Summen, eher eine brummende Vibration. Seufzend schlingt er die Arme um die nackten Knie und schaut durch seine Sonnenbrille in den Himmel. Die Gläser sind rot getönt, also erscheint alles in fahlem Grün. Das Gebrumm will nicht aufhören.

Am Montag wird er alles erklären.

Aber was eigentlich? Im Flugzeug hat er noch über dem Mittleren Westen eine erste Mail an Bruce aufgesetzt und dann wieder gelöscht. Auf dem Laptop, der vermutlich jetzt noch in Heathrow irgendwo seine einsamen Kreise zieht. Da hatte er vom plötzlichen Tod eines Freundes geschrieben und dass er kurzfristig zu dieser Beerdigung nach Deutschland müsse. Das war zwar nicht gelogen, aber auch nicht die ganze Wahrheit. Und deshalb hatte er es wieder gelöscht. Sein Freund war Max schon lange nicht mehr. Und sonderlich wichtig war ihm das Ritual der Beerdigung auch nicht.

Erst über der Südspitze von Grönland hatte ihn die Ahnung angeflogen, dass er im Begriff war, wegzulaufen – nicht vor Bruce oder seiner Galeristin oder dieser Idiotin von *Village Voice*, nicht vor den geschäftlichen Verpflichtungen und den nächsten Aufträgen. Sondern vor seiner Kunst selbst. Aber warum? War er nicht, wie die Frau von der *Village Voice* es aus der *Los Angeles Times* abgeschrieben hatte, die ihrerseits die Formulierung dem *New Yorker* entnommen hatte, ein »unique cartographer of the human face«?

Kartograph, am Arsch, hatte er dort gedacht, auf Sitz 24 F, in der Hand einen Rotwein im Plastikbecher und eine graue Küste in grauem Meer im Blick.

Gesichter waren sein Sujet, schon immer. Gesichter. Weil es in Gesichtern Geschichten gab und in den Geschichten: Leben. Junge, alte, schöne, stolze, geschminkte, lieber aber natürliche Gesichter. Er hatte Manager vor und nach der Pleite, Politikerinnen vor und nach der Wahl, Musiker vor und nach dem Konzert, Soldaten vor und nach dem Einsatz, Mütter vor und nach der Entbindung fotografiert. Zuletzt hatte er sich, für ein Buchprojekt im Auftrag von Amnesty International, entstellten Gesichtern gewidmet. Immer Porträts, immer vor monochromem Hintergrund, den er dezent auf die Augenfarbe des Objekts abstimmte. Überhaupt war es sicherer, seine Modelle als Objekte zu sehen.

Der junge Fremdenlegionär aus Polynesien, dem ein Gegner in Dschibuti mit der Machete das Gesicht vom Scheitel bis zum Kinn gespalten hat. Lennart hatte gewartet, bis der Soldat davon erzählte, was er mit dem Täter angestellt hatte – und dann auf den Auslöser gedrückt. Die junge Lehrerin aus Pakistan, der ein verschmähter Liebhaber ein Glas Salpetersäure ins Gesicht geschüttet hat, im vernarbten Gewebe nur noch Augen. Lennart hatte gewartet, bis sie ihm von ihrem neuen Freund in London erzählt hatte – und dann auf den Auslöser gedrückt.

Mit seinem letzten Shooting aber war Lennart an eine Grenze gekommen, hatte diese Grenze überquert – und trotzdem weitergemacht. Vielleicht hätte er das nicht tun sollen. Ganz sicher hätte er sich nicht auf diese Ausstellung einlassen sollen. Und deshalb war es richtig, dass er die Notbremse gezogen hatte. Vielleicht ist es das, was er Bruce schreiben sollte: »I need a break.«

Das Telefon hat sich endlich wieder beruhigt. Lennart legt die Sonnenbrille ab, und sofort flutet ihn das Grün der Wiese, das solide Blau des Himmels, das gläserne Blau des Wassers. So blau, dass er sich nicht wundern würde, im Himmel eine beckenförmige Aussparung zu entdecken, als wäre dieses ganze Blau heruntergefallen ins Tal, wie bei Tetris. Ihm gefällt das Weiß der Badekappe dieser Schwimmerin da drüben, die ihren Kopf so stolz und sorgsam aus dem Wasser hält, als wäre sie ein Schwan. Er freut sich am Silber des Sonnenlichts, wie es sich in den verschlungenen Ellipsen der kleinen Wellen bricht, die von den Schwimmern ausgehen.

Lennart wendet den Blick nicht ab, während er mechanisch in seine Tasche greift. Erst nach einigen Augenblicken wird ihm bewusst, dass er unwillkürlich nach seiner verschollenen Kamera tastet. Ohne den Apparat fühlt er sich als wäre ihm ein wichtiger Sinn abhandengekommen. Statt der geriffelten Oberfläche des Gehäuses seiner Canon spürt er den synthetischen Stoff der Shorts, mit denen er sonst immer joggen geht.

Wenn er sich so kompliziert unter dem Handtuch umgezogen hat, im Sitzen, hat sich das schon früher irgendwie falsch angefühlt. Gemacht hat er es trotzdem gerne, weil es sich wie eine Abkürzung anfühlte. Nach Jahren in einem Land, in dem er für ein so harmloses Manöver vermutlich eingebuchtet werden könnte, tut er es jetzt mit nicht nur diebischem, sondern auch nostalgischem Vergnügen. Kurze Stoffhosen sind keine Badehosen, aber egal. Gerade macht er eine angedeutete Brücke und schiebt sich mit den Daumen die Shorts über die Hüften, als ihn der Blick eines Mädchens trifft, das – wie lange schon? – drei Stufen über ihm sitzt. Er schaut sofort weg, um ihr nicht das Gefühl zu geben, sie gesehen zu haben, wie sie ihn sieht, und kann ein Kichern nicht unterdrücken.

Egal. Ins Wasser.

~

Sergej kommt, wie immer, spät. Kiontke sieht von seinem Hochsitz aus, wie er die Rollläden am Kiosk hochzieht, die weißen Plastikstühle zurechtrückt, wie er kurz im Kiosk verschwindet und dann mit dem bunten Klappaufsteller für das Eis wieder herauskommt, mit einem Lappen die Tische abwischt.

Auf seinem Hochsitz konnte Kiontke schon oft verfolgen, wie Leute zum Kiosk gehen und vor verschlossenen Türen stehen. Er muss ihnen dann, wenn sie fragen, immer erklären, dass er für das Ständchen nicht zuständig ist – und Sergej kommen und gehen kann, wie es ihm behagt.

Kiontke ruckelt sich zurecht und sieht mit Wohlgefallen, dass sich sein Bad allmählich füllt. Vorhin noch war die Trautheimer allein im Wasser, jetzt müssen sich die Leute auf den Bahnen schon arrangieren, um einander nicht ins Gehege zu kommen. Die Liegewiese ist mit Handtüchern und Decken wie besprenkelt. Es haben sich auch schon Gäste auf den Zuschauerstufen am Sprungbecken niedergelassen, der Beton hat sich also schon aufgeheizt. Der Turm ist aber noch verwaist. Wer lieber springt als schwimmt, der kommt in der Regel … ach, da sind sie auch schon, seine Pappenheimer, ein Grüppchen halbwüchsiger Jungs in langen Badehosen und mit Boombox, da wird er später doppelt einschreiten müssen. Musik gibt es nicht im Freibad, und diese leidigen Hosen leeren ihm das Becken, so voll saugen die sich mit Wasser.

Aus einer der Kabinen tritt der ältere Herr, der so gerne im Badeanzug schwimmt, der kann das, es sieht richtig würdig aus an ihm. Vielleicht, denkt Kiontke, kommt das ja mal wieder in Mode. Hinter sich im Gebüsch hört er das zarte Tschilpen der Spatzen, weiter weg das zarte Plopp, Plopp … Plopp unten vom Federballfeld, vereinzeltes Gemurmel, rhythmisches Quietschen vom Spielplatz, die Schaukel ist noch ungeölt, auf seiner Tour mit dem Kännchen hat er die heute früh ganz vergessen, spitze Kinderschreie vom Babybecken und Melanie, unverkennbar Melanie, die mal wieder ihre Kindergartentruppe niederbrüllt, aber mit Herz, wie immer sie das macht, Niederbrüllen mit Herz, und jetzt hat Sergej das Radio eingeschaltet, Kiontke erkennt es am Jingle. Er schlüpft in seine Adiletten, klettert vom Hochsitz und schlendert hinüber zum Kiosk.

Sergej ist dabei, die Sonnenschirme aufzuspannen. Gerade füllt er die runden Plastikfüße mit frischem Wasser aus der Plastikflasche, damit die Dinger bei Wind nicht davonsegeln wie Mary Poppins. Jeden Tag aufs Neue scheint Sergej sich dabei zu fragen, wohin der Schatten denn wohl diesmal fallen wird. Als würde die Sonne täglich eine andere Bahn ziehen. Wenn er sich endlich entschieden hat, klappt er die Schirme mit dem »Langnese«-Logo auf. Und so bleiben die dann stehen für den Rest des Tages, da gibt es kein Verrücken mehr.

»Kollege!«, grüßt Kiontke und tippt sich an die Stirn.

Sergej nickt fröhlich: »Kaffee?«

»Gerne«, sagt Kiontke und setzt sich. Er beobachtet, wie Sergej die Kaffeemaschine einschaltet, seine hängenden Schultern im gestreiften Hemd.

»Kommt Ilka heute nicht?«

Sergej schüttelt den Kopf: »Ilka ist krank. Zu Hause im Bett.«

»Schlimm?«

Sergej dreht sich um und stützt sich auf die Theke: »Ansteckend«, sagt er ernst, »hat rote Punkte im Gesicht. Und am Gesäß. Überall Punkte. Mache ihr Spiegelei und Kartoffelpuffer.«

»Wird sie davon wieder gesund?«

»Nein. Ist einziges Essen, das ich unter Tür durchschieben kann!«, sagt Sergej und setzt einen listigen Blick auf. »Weil flach, ja?«

Kiontke versteht und kichert höflich. Und jetzt grinst auch Sergej breit und lässt ein Schnaufen hören, das sich zu einem Hecheln steigert, ein Hecheln mit Schnappatmung. Dann klatscht er, wie um sich selbst zur Ordnung zu rufen, in die Hände: »Habe wieder Kondensmilch, wie du magst. Niemand mag Kondensmilch, nur der Kiontke.«

»Nur ich. Du sagst es. Sonst alles gut?«

»Arbeit, Arbeit!«, ruft Sergej. »Alles gut!«

Sergej lebt länger in Ottersweiler als die meisten Einheimischen, seit bald vier Jahrzehnten. Hat die ersten Jahre auch beim Brinkmann gearbeitet, erst im Lager, dann hinter dem Steuer. Damals fehlte ihm noch ein Schneidezahn. Wer hat denn heute noch eine Zahnlücke?

Einmal hatte er aus Kärnten ganz aufgeregt in der Zentrale angerufen und gemeldet, der linke Außenspiegel an seinem Scania sei »völlig hinüber«. Irritiert hatte ihm der Disponent geraten, bei nächster Gelegenheit einfach einen neuen Spiegel zu montieren, wo denn das Problem sei? »Na ja«, hatte Sergej gesagt, »Problem ist, LKW liegt drauf!«

Er war, stellte sich heraus, bei nächtlichem Regen einer entlaufenen Kuh ausgewichen und mit seinem Sattelschlepper von der Straße abgekommen. Unter den Kollegen sprach sich seine unkonventionelle Schadensmeldung schnell herum, und bald genoss Sergej einen Legendenstatus. Seiner Ilka zuliebe hatte er dann aber zugegriffen, als ein neuer Ochsenwirt gesucht wurde. Erst hatten die Leute befürchtet, er würde den »Ochsen« umbenennen in »Balkangrill«. Es blieb beim gewohnten Namen, dafür wurden die Schnitzel größer, die Pommes knuspriger und die Zimmer freundlicher. Dazu kam Ilkas Bereitschaft, Stammkunden in der Gaststube anschreiben zu lassen, und Sergejs Talent, sie mit Witzen zu unterhalten. Jedes Jahr im Herbst fuhr das Paar mit einem winzigen Fiat nach Bosnien, später mit einem qualligen Opel Omega, neuerdings mit einem Benz der E-Klasse. Seiner Ilka zuliebe hat er den Ochsen vor zwei Jahren aufgegeben, zu viel Arbeit, und Sergej zuliebe, zu wenig Beschäftigung, hat Ilka sich auf das Sommergeschäft mit dem Kiosk eingelassen. Irgendwann hat er Kiontke auf seinem Handy das Haus gezeigt, das er sich in Bosnien oder Herzegowina gebaut hat. Und sein Segelschiffchen, das irgendwo an der Adriaküste vor Anker liegt. Und da dachte der Kiontke, dass Sergej irgendwie alles richtig gemacht haben muss. Eine Weile hatte er versucht, die Aussprache von Sergejs *richtigem* Namen zu lernen, aber das war ein tückisches Geröll aus scharfkantigen Konsonanten. Also bleibt es bei Sergej, wie sich Sergej, anders als »Jugo«, gerne nennen lässt. Zuweilen verdächtigt ihn Kiontke, das R mit Absicht besonders exotisch zu rollen. Einfach, weil er glaubt, dass die Deutschen das von ihm so erwarten. Wie die Witze, für die er eine nie versiegende Quelle ist.

»Kennst du?«, fragt Sergej, setzt sich zu Kiontke und eine vertrauliche Miene auf. »Kirche sammelt Geld für gute Sache, wichtige Sache. Kennst du? Klingelbeutel. Alle geben, so viel sie können. Kommt leichtes Mädchen, wie sagt man? Nutte?«

»Prostituierte.«

»Kennst du! Kommt also plötzlich Stituierte durch die Menge und wirft 200 Euro in Sammelschale, Klingelbeutel, egal. Da platzt Priester der Kragen, er wird ganz rot vor Wut: ›Verschwinde! Wir wollen dein schmutziges Geld nicht!‹ Ja?«

»Ja«, sagt Kiontke und nippt an seinem Kaffee.

»Da murmelt jemand: ›Nimm's ruhig, ist auch von uns!‹«

Sergej bricht in sein trockenes Hecheln aus und legt den Kopf in den Nacken. Sein goldener Schneidezahn blitzt auf. Diesmal lacht Kiontke mit, kopfschüttelnd. Er stellt sogar den Kaffee ab, um ihn nicht zu verschütten.

~

»Herrgott, Fine …«, sagt Melanie, kämpft sich aus dem flachen Klappstuhl hoch und nimmt den Sonnenreflektor ab, eine selbstgebastelte Halskrause aus Alufolie. Ihr ganzes Gesicht ist gespielte Empörung: »Wie mach'schn du das bloß?«

»Wie mache ich *was?*«, fragt Josefine, obwohl sie schon ahnt, was kommt, wenn Melanie so fragt, in diesem aufgekratzten Ton, dem immer auch ein wenig, aber nie zu viel Neid beigemischt ist, nur ein Quäntchen, gerade genug, um als schmeichelhaft durchgehen zu können.

»Wie schaffst du es, so braun zu werden?«, fragt Melanie.

»Was gibt es da zu machen? Ich werde einfach braun. Ich werde schon braun, wenn ich am Laden deiner Tante nur vorbeigehe«, variiert Josefine ihre übliche Antwort. Ich werde schon braun, wenn ich ein Foto der Sonne in der Zeitung sehe. Ich werde schon braun, wenn ich das Wort nur höre. Ich werde braun, weil ich jeden Tag auf dem Pferd sitze.

Melanie wiehert erwartungsgemäß und so laut, dass einige ihrer Kinder überrascht herüberschauen. Dann sagt sie, die Stimme einige Oktaven tiefer im geraunten Ton der Vertraulichkeit: »Männer stehen drauf, oder? Also, *ich* steh drauf! Was ist los? Was gibt's, Schackelinchen?«

Ein Mädchen zupft an ihrer Hose. Sie berichtet gewissenhaft, ohne den Finger aus der Nase zu nehmen. Der Ali habe Sand gegessen und müsse nun »spucken«, und die Lena wolle die Schaufel nicht hergeben. Melanie zwinkert dem »Schackelinchen« zu und rollt für Josefine kurz mit den Augen: »Da muss ich ran, bin gleich wieder da! Wenn er nicht an den Büschen herumrupft, steckt er sich Sand in den Mund …«

Josefine legt zwei Fäuste übereinander und ihren Kopf darauf. Sie schaut Melanie über den Rand ihrer Sonnenbrille hinweg hinterher, wie sie zum Sandkasten stapft. Um ihre Wade schlängelt sich ein Drache, der seine Zähne in ihre Kniekehle gegraben hat. Sie hat dem Fabelwesen aus Tinte sogar einen Namen gegeben, Frodalf oder Smaugfried, irgendwas aus *Herr der Ringe*, das Josefine wieder vergessen hat, weil sie bei Fantasy sofort schläfrig wird. Melanie, denkt Josefine, hat sich ihre Hautfarbe hart erarbeitet.

Im Bräunungsstudio ihrer Tante Doris ist sie so gut wie zu Hause. Das Sun-O-Matic liegt gleich neben dem vietnamesischen Nagelstudio in der Bahnhofsstraße, wo früher der Dönerladen drin war, bevor das Gesundheitsamt ihn dichtmachte. Der Raum ist in beruhigendem Ocker gestrichen. Und immer ist da ein zarter Schleier aus Räucherkerzenrauch, dessen orientalischer Duft sich zu gut mit dem hartnäckigen Hammelfett aus früherer Nutzung versteht, als dass er ihn jemals überdecken wollte. An der rückwärtigen Wand sind die gewölbten Lichtsärge aufgereiht, wie die Dinger, in denen Astronauten schlafen auf ihrem Weg zum Mars oder ins Verderben. Melanie unternimmt darin ihre endlosen Reisen zu einem bronzenen Teint. Sie sagt dazu »Teng« und raucht schlanke Damenzigaretten.

Melanie wusste schon immer, was sie wollte und woher sie kam. Und wie weit sie kommen würde. Also ging sie nach der Mittleren Reife ab, zog mit dem Timo zusammen und machte eine Ausbildung zur Erzieherin. Konnte halt gut mit Leuten, besonders mit Kindern, kannte auch beinahe alle ihre Eltern, mit denen sie selbstverständlich auch konnte. Sie will nur so lange als Erzieherin arbeiten, bis die Doris ihr das Sun-O-Matic übergibt. »Und dann geht die Party los, Schätzchen!«, sagt sie immer, als wäre das Studio ein Gewinnlos, das nur noch auf seine Einlösung wartet.

Vielleicht ist es das auch, denkt Josefine, was weiß ich denn schon? Mein Gewinnlos war das Gestüt. Meine Rückfallposition, von der ich nie dachte, sie eines Tages einnehmen zu müssen. Und dann bin ich doch gerne zurückgefallen. Für Max war es immer die Spedition seines Vaters, ein Hauptgewinn eigentlich, aber er hatte sich mehr erhofft, mit diesem Start-up in Berlin. Da war dann großer Fuß angesagt, da war Max in seinem Element. Wer, wenn alle Stricke reißen, noch immer Herr über eine Flotte von achtzig Lastkraftwagen sein kann, bewegt sich eben anders durch die Welt. Geschmeidiger. Selbstsicherer.

Josefine hatte das an Max bewundert, schon in der Schule. Er hatte etwas Sonnenkönigliches und wirkte immer, als würde er ein Brett zum Wellenreiten unter dem Arm tragen, auch wenn es in Ottersweiler erst mal nur ein Skateboard war. Nicht viel später war es dann wirklich ein Brett, als sie zum Surfen mit dem VW-Bus in Portugal waren und wochenlang am Strand übernachteten, das Wühlen der Wellen und das Wüten der Moskitos immer im Ohr. Oder beim Studium in München, als ihnen der alte Brinkmann gleich die Wohnung in Haidhausen gekauft hat, wie Max da mit wedelnden Armen die stehende Welle im Englischen Garten ritt, weil ihn einfach nichts umwerfen konnte. Und wie umwerfend er selbst dabei war. Wie umwerfend sie *beide* waren, die paar Semester in München und auch später noch, als Josefine schon nach Zürich und Max nach London gegangen war. Wie gut sie sich fühlte, wenn sie am Gate als letzte Passagierin aufstand, um in die Maschine zu steigen. Wie begehrt, wenn er sie in Stansted abholte und sie nicht abwarten konnten bis Cambridge, der dichte Nebel auf einem Autobahnparkplatz in Essex. Wie Josefine sich ein bisschen mehr gefreut hatte als Max auf das Kind, das dann doch nicht kommen wollte. Und wie sie dann wieder in Zürich und später in der Bibliothek von St. Gallen mit weißen Handschuhen prachtvolle Folianten aufblätterte, während er am Telefon von »smart solutions« erzählte und von den günstigen Mieten in Berlin schwärmte. Wie klar es damals schien, dass Josefine als Professorin in der Schweiz und Max auf dem Titel der *Business Punk* landen würde.

Und dann waren sie beide doch wieder in Ottersweiler gelandet. Drei Jahre hatten sie noch gehabt, einander aber nicht mehr. Und nun lag Max im Kühlraum der Pathologie und Josefine im Freibad, wie früher, Fine eben. Von der eine Melanie in der Regel nur wissen will, wie sie es schafft, so braun zu werden und zu bleiben. Sonst nichts. Wie früher.

»Träumst du?«

Melanie hat dem kleinen Ali ein wenig Wasser aus der Thermoskanne eingeflößt und damit seinen Mund ausgespült. Jetzt lässt sie sich in den Faltstuhl sinken, schlägt die Beine übereinander und kratzt sich am Drachen auf ihrer Wade.

»Die Steschmücken sind früh heute, kann das sein?«

~

Nebeneinander sitzen wir auf den hohen Stufen bei den Sprungtürmen. Ich kann noch die Beine baumeln lassen, mein Bruder nicht. Konnte er schon damals nicht, er steht mit beiden Füßen fest auf dem Boden. Am Turm ist viel Betrieb. Ich frage mich, ob meinem Bruder das Springen fehlt, der Thrill, das Adrenalin. Er ist ziemlich gut, wenn auch nicht wettbewerbsreif. Aber auf einem Stand, dass er es mit intensivem Training vermutlich weit bringen könnte in dieser Disziplin. Wobei er keiner dieser Typen ist, die es mal »weit bringen« wollen, schon gar nicht im Sport.

Gerade ist er wohl aus der Übung, dafür aber ein milder Punktrichter. Beiläufig vergibt er Schulnoten für die verschiedenen Sprünge. Die Achtjährige, die sich erstmals vom Dreier traut und beim Eintauchen die Nase zuhält, sieht er auf dem gleichen

Niveau wie das Muskelpaket, dessen Rückwärtssalto vom Einmeterbrett endlich gelingt: »Es geht darum, dass man sich traut«, sagt er.

Ich traue mich auch, denke ich und schaue ihn grimmig von der Seite an.

»Letztes Mal«, sagt er seltsam schleppend, »habe ich mir beim Sprung vom Siebener ganz schön weh getan, weißt du noch?«

Fast hätte ich ihn gefragt, ob er mich jetzt quälen oder verarschen will, aber vorher ist da wieder dieses korkenzieherhafte Bohren hinter meiner rechten Schläfe, was mich überrascht und frustriert. Kommen jetzt diese Anfälle wieder?

Ich drehe mich weg und beobachte einen Mann, der sich drei Stufen unterhalb gerade mit dem alten Handtuchtrick umzieht. Diese Verrenkungen sehen immer so albern aus, und jetzt schaut sich der Typ auch noch so betont unauffällig um ... und mir direkt ins Gesicht. Mein Blick prallt sofort weg, damit er nicht denkt, ich hätte ihn wirklich gesehen oder gesehen, dass er mich gesehen hat. Peinlich.

Rumgucken ist genauso verwirrend wie rumlaufen, also schaue ich doch wieder meinen Bruder an. Seine dünnen blonden Haare, die ihm vorne über die Stirn fallen. Der zarte Sonnenbrand auf seiner Nasenspitze und den Wangenknochen. Der Oberarm, auf den er sich bald wirklich eine Waage tätowieren lassen wird, dazu ist er fest entschlossen, weil das »für Gerechtigkeit steht«. Ich lege ihm die Hand auf die Schulter.

»Es tut nicht weh, wenn man's richtig macht«, sage ich. »Hast du mir doch erklärt!«

»Was?«, fragt er, freudig überrascht, dass ich wieder mit ihm spreche.

»Der Seemann. Wenn man alles beachtet, was man beachten muss.«

»Der Seemann!«, er nickt eifrig. »Der ist schwer. Deshalb macht ja niemand mehr den Seemann. Da kann man beim Sprung nicht rumhampeln, sondern muss irgendwie …«

»Haltung bewahren?«

»Genau! Das ist aber nicht leicht. Da, schau dir den an …«

Auf dem Dreier wippt ein Mann, der ein bisschen aus seinen Tätowierungen rausgequollen ist, einmal, zweimal, und beim dritten Mal hüpft er nach vorne, flattert mit den Armen, kommt viel zu weit herum und klatscht mit dem Steiß aufs Wasser. Das muss weh getan haben. Als er auftaucht, zeigt er seiner Freundin am Beckenrand den Daumen, ich kann's noch!

»Schon das Einmeterbrett ist ein Problem«, sagt mein Bruder. »Wenn es sich bewegt, findest du nicht den richtigen Absprungpunkt.«

»Ich will den Seemann nicht vom Einer machen.«

»Sondern?«

Wortlos mache ich mit dem Daumen eine Aufwärtsbewegung.

»Vom Dreier? Respekt!«

Ich schüttele den Kopf: »Nicht vom Brett …«

»Vom *Fünfer?*«

Er packt mich an der Schulter und dreht meinen Oberkörper, sodass er mir direkt ins Gesicht sehen kann: »Bist du irre?«

Ich schüttele den Kopf, versuche ein Lächeln und schiebe sanft seine Hand von meiner Schulter: »Ich mache einen Seemann vom Siebener.«

~

»Junger Mann?«

Zuerst fühlt sich Lennart nicht angesprochen. Er ist kein junger Mann, also steigt er rückwärts weiter die Leiter hinunter. Stufe für

Stufe, erst mal bis zu den Oberschenkeln, denn das Wasser ist ganz schön kalt.

»Junger Mann! Wir duschen, bevor wir ins Wasser gehen!«

Es ist tatsächlich der Bademeister, der ihn da ganz freundlich informiert, im Vorbeigehen. Und es ist, wie Lennart mit warmer Verwunderung feststellt, wirklich noch der Kiontke.

»Sorry, Officer«, sagt er und deutet über die Schulter, »hatte mir ein Beispiel an der alten Dame da drüben genommen, die hat auch nicht geduscht.«

»Welche Dame«, sagt der Kiontke und, als er sie sieht: »… ach so, die Dame darf das.«

»Und warum darf das die Dame?«, fragt Lennart, eher aus Interesse denn aus Renitenz.

Der Kiontke schaut auf Lennart herab, der noch immer auf halber Leiter im Wasser steht. »Die Dame darf das, weil ihr Mann dieses Bad hier gebaut hat. Die darf alles.«

»*Das* ist die Trautheimer?«, fragt Lennart und sieht sich überrascht nach ihr um, wie sie da nach durchschwommener Strecke gerade am Beckenrand ausruht, die weiße Badekappe gleich unter dem Sprungblock.

»Ganz recht. Die Isobel. Sind Sie von hier?«

Lennart steigt aus dem Wasser. »Ich hatte die Trautheimer an der Schule. Da war sie aber schon alt, und das ist bald fünfundzwanzig Jahre her …«

»Sieh mal an. Meine Lehrerin war sie auch! Und damals, stimmt, kam sie mir auch schon alt vor. Und ich habe noch ein paar Jahre mehr auf dem Buckel. Die Trautheimer ist wirklich …«, fügt der Kiontke hinzu, und dann sagen beide Männer wie aus einem Mund, »… älter als die Wälder!«, weil das so eine legendäre Redewendung der gemeinsamen Lehrerin gewesen ist, so wie »Halte er den Schnabel!« oder »Si tacusisses …« oder »Ignem ne gladio fodias!«

Der Kiontke lacht, Lennart muss schmunzeln. Er kann sich nicht erinnern, wann er zuletzt *geschmunzelt* hat. Der Bademeister setzt gemächlich seine Patrouille fort, Lennart schlendert gemächlich neben ihm her.

»Sie sind aber auch schon eine Weile im Dienst hier, oder?«

Der Kiontke winkt ab: »Mit Unterbrechungen bestimmt ein, zwei Jahrhunderte.«

»Als Kind dachte ich immer«, sagt Lennart, »dass hier im Ort jeder irgendwie für den Brinkmann arbeitet.«

»Das waren meine Unterbrechungen«, bestätigt der Kiontke: »Am Steuer, gutes Geld. Kugellager, Orangen, Getriebeteile, Golfbälle, Zellulose, Schweine lebendig und tot, solche Sachen. Nichts gegen den Brinkmann, war nicht die schlechteste Zeit. Und selbst?«

»Ausland«, sagt Lennart knapp, »bin immer weg gewesen. Der junge Brinkmann war bei mir in der Klasse …«

»Der Max«, sagt der Kiontke nachdenklich, bleibt stehen und blinzelt in die Sonne. »Wilder Typ. Aber ein Guter, oder?«

»Schätze schon«, sagt Lenny.

Eine Weile gehen sie wortlos Seite an Seite. Der Kiontke spielt mit der silbernen Trillerpfeife um seinen Hals. Lennart betrachtet ihn von der Seite, Doppelkinn unter dem Vollbart, verwaiste Löcher für Ohrringe, Krähenfüße unter der Sonnenbrille, weiße Haare unter der Schirmmütze. Was hat er sich früher vor dieser Gestalt gefürchtet! Vor dem heiligen Zorn des Meisters, wenn er wirklich mal durchgreifen musste. So wie damals, als er Lennart »am Schlafittchen«, also wirklich im Nacken, gepackt und aus dem Bad eskortiert hatte. Hilflos wie ein Welpe war Lenny sich da vorgekommen, mit dieser mächtigen Pranke im Genick. Und das alles nur, weil er fotografiert hatte.

»Darf ich fragen, wie lange Sie das noch machen wollen?«

»Was?«

»Die Bademeisterei, das Schwimmaufsichtswesen. Was auch immer …«

»Nächstes Jahr ist Schicht im Schacht. Dann rolle ich auf den Hof. Darf ich auch was fragen?«

»Nur zu!«

»Hat sich viel verändert?«

»Wo?«

»Na, hier. Wenn man so lange weg war?«

»Nein, gar nichts!«, sagt Lennart. »Im Gegenteil. Es ist alles noch so, wie es schon immer war, ganz genau so!«

»Das würde ich aber nicht sagen«, protestiert der Kiontke, »sehen Sie, die Anlagen sind frisch gestrichen, die Umkleidekabinen renoviert. Früher gab es einen regenfesten Raum mit Flipper und Kicker, der ist jetzt geschlossen. Der Parkplatz ist erweitert. Das Kinderbecken hat einen Wasserpilz. Es gibt einen Sandkasten mit Piratenschiff. Auf der unteren Liegewiese gibt es Sonnensegel, und da kann man jetzt auch Beachvolleyball spielen. Wir haben eine völlig neue Filteranlage, die ist energetisch und ökologisch. Sie müssen jetzt keine Badekappe mehr tragen! Das ist alles neu.«

Lennart ertappt sich bei einem Lächeln. Was der Kiontke da als Veränderung beschreibt, gilt anderswo als Stillstand. Zwischen Veränderung und Veränderung, das hat Lennart in den USA gelernt, besteht ein feiner Unterschied. Und der hat etwas mit Geschwindigkeit zu tun. Mit Geschwindigkeit und Kapital, das sich ungebremst vermehren will. Was ganze Volkswirtschaften, Gesellschaften, Landschaften aus dem Weg wischt, wird um ein klappriges Freibad aus den Siebzigerjahren gewiss keinen Bogen machen. Da wird es einfach darüber hinwegrollen und das nicht einmal merken. Im Grunde, denkt Lennart, ist es nur ein Versehen, dass es dieses Bad in dieser Form überhaupt noch gibt.

»Neu wäre«, sagt er, »wenn dieses Wasser natürliches Wasser wäre und trüb wie ein Weiher. Oder umgekehrt, wenn Sie hier ein Wellenbad hätten, denn das hat man heute. Neu wäre, wenn dort drüben eine gigantische Rutsche stehen würde und man mit einer Tageskarte auch in die Sauna könnte. Neu wäre eine Kuppel, damit man auch im Winter hier schwimmen könnte …«, und neu wäre überdies, wenn kein übergewichtiger Hotzenplotz hier ganz alleine als Bademeister vor sich hin werkeln, sondern ein motiviertes Team durchtrainierter Animateure die Leute bespaßen würde. Aber das sagt er nicht, weil er vermutlich ohnehin schon zu viel gesagt hat.

Der Hotzenplotz aber hat zugehört und nickt jetzt bedächtig. »Das stimmt schon, was Sie da sagen«, sagt er und kratzt sich den Bart. »Im Herbst entscheidet der Stadtrat, ob wir hier renaturieren und den Bach wieder ungefiltert einleiten. Dann gehen mit den Wassertemperaturen auch die Preise runter. Es kann aber auch sein, dass ein Investor einsteigt. Es gibt da diese Dänen vom Miramar, die haben wohl schon ein Angebot gemacht. Wollen richtig Geld reinstecken, heißt es. Die machen das überall in ganz großem Stil und meinen, man müsste den Leuten etwas bieten. Wenn die Dänen kommen, dann kommt auch die Rutsche. Und dann gehen die Preise rauf.«

»Es wird also entweder kleiner oder größer?«

»Genau. Eins von beidem«, sagt der Kiontke und hebt die Schultern. »Oder es verschwindet ganz. Verlustgeschäft, sagt der Kämmerer. Tja, das wäre dann der Lauf der Zeit. Dann bin ich zwar schon in Rente, aber für die Leute hier wär's schon schade. Die waren bisher ganz zufrieden mit dem, was ihnen geboten wurde«.

Lennart erinnert sich an einen Kopfsprung vom Fünfmeterturm, als er unter Wasser so ein ungewohntes Gefühl um die Fußgelenke spürte und dann beim Auftauchen feststellen musste, dass er seine Badehose verloren hatte. Mehrmals war er nackt nach der Hose getaucht, die in einer Tiefe von fast fünf Metern auf dem Boden des Beckens lag. Es ist gar nicht leicht, so tief zu tauchen, wenn man beim Abtauchen vermeiden will, mit dem Hintern über die Wasseroberfläche zu kommen.

»Also, mir hat immer gereicht, was mir geboten wurde«, sagt er.

»Sehen Sie!«, sagt der Kiontke zufrieden. Er bleibt stehen, nimmt die Mütze ab und kratzt sich am Kopf. »Wenn wir beide den Max kennen«, sagt er, »kennen wir uns dann nicht auch? Kann es sein, dass Sie auch einer von meinen Pappenheimern gewesen sind?«

Da segelt gleich neben ihnen, wie von trägen Windstößen angetrieben, eine weiße Badekappe über das Wasser.

Isobel ruft fröhlich: »Guten Morgen, Jungs!«

Lennart und Kiontke antworten im Chor: »Guten Morgen, Frau Trautheimer!«

~

Renate rödelt und schwitzt. Der Ventilator stöhnt und bläst ihr warme Luft ins Gesicht, zweimal hat sie schon die Rolle mit den Eintrittskarten wechseln müssen und kommt kaum hinterher, hat das Kreuzworträtselheft zugeschlagen, das Radio ausgeschaltet, kann das Ende der Schlange nicht absehen, die geht bis raus auf den überfüllten Parkplatz, wirft prüfende Blicke auf Jahreskarten, winkt durch, nimmt Scheine entgegen, gibt Münzen raus, freut sich aufrichtig über Kleingeld, weil sie davon chronisch zu wenig in der Kasse hat und sonst bald eine neue Rolle mit Münzen aufbrechen müsste, und, verdammt, sie könnte jetzt *wirklich* eine Zigarette brauchen, aber hier im Kabuff geht es gerade wirklich nicht, sie braucht beide Hände frei, um ihren Job zu machen. Und den macht sie, das merkt sie gerade wieder, gerne. Erst recht zu Stoßzeiten an Stoßtagen wie heute.

Am letzten Tag der Sommerferien brummt selbst ein Freitag, wie sonst nur ein Samstag brummt, und am Sonntag soll es schon wieder regnen und danach erst einmal für die »kommenden Wochen« trübe bleiben, haben sie im Radio erklärt, trübe und windig, und das war's dann mit diesem Sommer, und im September ist der Laden dicht. Die Leute schieben sich nur so an Renates Fenster vorbei, die meisten der Gesichter kennt sie, namentlich oder vom Sehen, die Natalie aus der Kreissparkasse, alte Kollegin, man zwinkert sich zu und plaudert kurz über den Direktor, aber da drängelt und quengelt schon eine türkische Familie hinterher, ihm gehört die Spielothek, sie putzt trotzdem, und dahinter der Kretschmer vom Autohaus mit seiner Familie, in der Sparkasse war der immer sooo klein mit Hut, aber hier ist er etwas Besseres, schaut genervt an die Decke, während seine Frau bezahlt, genau abzählt, wofür Renate sich bedankt, da nich' für, und dann die Berufsschüler, die erkennt sie immer an den Tätowierungen und den gelangweilten Blicken unter den angeklebten Augenwimpern, sorry, is' so, das sind genau die Kandidaten, die irgendwas zu saufen oder kiffen ins Bad schmuggeln und um die der Kiontke sich dann wieder kümmern darf, anders als um diese höflichen Geschwister hier, Junge und Mädchen, vielleicht auch ein Liebespaar, aber das würde Renate eigentlich merken, für Pheromone hat sie eine Nase, leider auch für den schwitzenden Freddy von der Fleischtheke aus dem Supermarkt, alleine wie immer, wie immer einen dummen Spruch für Renate, den Renate – wie immer – überhört, und ständig rutscht ihm die Brille von der Nase, und jetzt die Brigitte aus dem Buchladen, Mademoiselle Etepetete, allein schon ihre »flotte« Brille macht Renate wirklich aggressiv, die rechte Glasfassung rund, die linke eckig, da ist ihr sogar dieser rothaarige Junge lieber, der seinen Kopfhörer gar nicht abnimmt und wippend das Wechselgeld entgegennimmt, eine Familie, die sie noch nie gesehen hat, beim besten Willen nicht erkennt, jetzt kommen die Leute also schon von auswärts, wenn auch nicht so auswärtig wie die drei halbwüchsigen Orientalen aus dem Flüchtlingsheim, das sind die Allerauswärtigsten, mit zu wenig Geld für alle drei und ohne die Ermäßigungsbescheinigung, aber da drückt Renate gerne ein Auge zu, was soll's, zwei Brinkmänner, ein Blasser und ein Dunkler, die sich einen schönen Tag machen wollen, das merkt Renate an der Kühltasche, den Blassen kennt sie, das ist der Karl-Heinz, sein Zwinkern ignoriert sie natürlich, wäre ja noch schöner, danach ganz bestimmt ein Liebespaar, sonst gingen die Elena aus der Bibliothek und der Dieter aus dem Einwohnermeldeamt wohl kaum gemeinsam ins Freibad, auch wenn sie so tun, als gehörten sie nicht zusammen, jeder für sich selbst bezahlt, und dann doch tatsächlich der Herr Kreissparkassendirektor höchstpersönlich, mit Strohhut und seiner ukrainischen Freundin, immer hat er wasserstoffblonde Frauen mit milden Gesichtern im Schlepptau, »Das ist ein Überfall!«, scherzt der Herr Kreissparkassendirektor, haha, und erkundigt sich, »wie's so läuft«, aha, soso, na dann, bis ihn die aktuelle Svetlana endlich durch die Drehtür schubst, wofür Renate ihr beinahe dankbar ist, weil die Schlange einfach kein Ende nimmt, und trotzdem hat das Erscheinen von diesem Arschloch ihr nun das Gemüt eingetrübt, weil er sie wieder an die Automaten erinnert hat, die sie auch in der Bank den Job gekostet haben, wenn man mal ehrlich ist und den Melissengeist mal aus dem Spiel lässt, Kontostand, auszahlen, einzahlen, das können diese Dinger, aber sonst auch nichts, denkt Renate, wenn beispielsweise ein Mensch im Supermarkt so oft krank wäre wie der Pfandautomat kaputt, dann wäre er schneller gefeuert, als so ein Ding einen Bon auswerfen kann, aber dem kann man ja nicht kündigen, der steht da herum und soll das Heidengeld, das er in der Anschaffung gekostet hat, irgendwann wieder reingeholt haben, wie es neuerdings auch Kassenautomaten für Schwimmbäder gibt, alles elektronisch, die erheben nebenbei gleich noch Statistiken, wie ihr der Kiontke erzählt hat, was ihm die Dezernentin und der Kämmerer erklärt haben, EMS 4000 heißt der Roboter, das hat Renate sich gemerkt, kenne deine Feinde, und dieses »System« ist nur deshalb noch nicht bestellt, weil das Budget von Ottersweiler das gerade nicht hergibt und das Freibad, Hand aufs Herz, auch ein wenig zu klein ist, was sich aber ändern wird, jede Wette, wenn die Dänen investieren, dann werden Ticketverkäufer »nutzlos wie dem Papst seine Eier«, hatte der Kiontke gesagt, oh, wie sie diese Automaten hasst, und *das*, denkt sie grimmig, während sie eine weitere Familienkombikarte ausstellt, möchte sie doch gerne mal sehen, wie ein verschissener EMS 4000 diesen Job macht.

~

Die Strahlen aus dem Duschkopf sind so streng und hart, dass Lennart sich um seine Haare sorgt. Die fallen ihm eh schon aus, was sich wegen ihrer Länge schlecht ignorieren lässt, da will er sie sich nicht auch noch büschelweise aus der Kopfhaut schießen lassen. Tropfend geht er über die angenehm warmen Platten, seine Füße hinterlassen sichelförmige Flecken auf dem rauen Stein. Er steigt ins große Wasser, das sich nach der Dusche gar nicht mehr so frisch anfühlt. Unter dem weiten Stoff seiner Boxershorts bilden sich Lufttaschen, er spürt es am Auftrieb. Mit der freien Hand drückt er darauf und sieht winzige Blasen um sich herum aufsteigen. Dann stößt er sich mit beiden Beinen vom Beckenrand ab und lässt sich auf dem Rücken ins Wasser gleiten. Als der Schwung nachlässt, rollt er sich auf den Bauch, greift mit ausgestrecktem

Arm vorne eine Handvoll Wasser und schiebt es unter seinem Körper hinter sich, dazu das kräftige Auf und Ab seiner Beine. Bei jedem dritten Zug atmet er ein und unter sich wieder aus, rechts, links, rechts, links, rechts. So pflügt er durch das Wasser und spürt die feinen Perlen, in denen die Atemluft seine Haut entlangläuft. Es ist, als hätte jeder Muskel in seinem Körper nur darauf gewartet, wieder auf diese Weise in Anspruch genommen zu werden. Sportlich und lebendig fühlt er sich, wie schon lange nicht mehr. Als wäre das hier sein eigentliches Element, gelingt ihm gleich die erste Wende ganz vorbildlich. Ein kurzer Purzelbaum unter Wasser, und schon pfeilt er in die Gegenrichtung. Seine Waden fühlen sich hart an, er schüttelt das Gefühl einfach weg und krault weiter, links, rechts, links, rechts erkennt er die weiße Boje der alten Trautheimer.

Wann ist er zuletzt so geschwommen? Genau *hier*, in diesem Becken, vor mehr als zwei Jahrzehnten. In Venice Beach war er baden, da war es kalt und salzig, das war mehr ein Planschen. Ein ausgelassenes Im-Wasser-Sein, bei dem er sich von den Wellen hat durchwirbeln lassen, aber kein echtes Schwimmen in diesem Sinne hier, weiter, weiter, konzentriert und mit möglichst wenig Spritzern. Unter sich sieht er die Kacheln wandern, ein Taucher kreuzt seinen Weg. Jetzt wird Lennart die Luft dünn, und er findet, dass diese Luft auch zu warm ist, also atmet er jetzt nach zwei Zügen schon aus, bleibt ansonsten aber im Rhythmus. Die zweite Wende gelingt ebenfalls einwandfrei, auch wenn sich die Waden wieder melden. Deshalb lässt er es am Heckantrieb ruhiger angehen. Es darf auch mal spritzen und platschen jetzt, wir sind hier schließlich nicht bei den Olympischen Spielen. Locker reicht es aber noch, um diesen brustschwimmenden Glatzkopf da zu überholen – wenn auch nur so, wie man auf der Landstraße in viel zu niedrigem Gang überholt, gefährlich langsam. Deshalb legt er nun doch noch mal einen Zahn zu. Mit dem Ergebnis, dass er kaum schneller wird, dafür aber seine Oberarme spürt, die sich auf einmal ganz bleiern anfühlen. Das kann noch gar nicht sein, nach nur zwei Bahnen! Luft, Luft, er kommt aus dem Rhythmus und schluckt Wasser, weit kann es nicht mehr sein. Aus den Augenwinkeln sieht er plötzlich wieder diesen Brustschwimmer, hat der etwa aufgeholt? Lennart taucht ab und legt die letzten Meter unter Wasser zurück, schlägt an, endlich, und zieht sich hoch, schnappt mit schmerzender Lunge nach Luft – und wird von einem Krampf in der rechten Wade überrascht, wie von einem Schlangenbiss. Ich bin ein Wrack, denkt er und tastet nach dem Fuß, um das Bein zu strecken. Ein Wrack. Er öffnet die Augen und schaut in das freundliche Totenkopfgesicht von Frau Trautheimer, das schon Schlieren bildet, weil er so viel Chlor abbekommen hat.

»Anstrengend, junger Mann? Sie sollten mal in einem Fluss schwimmen. Der nimmt einen einfach mit!«

~

»Das ist ein Witz, oder?«

Er weiß genau, dass ich es ernst meine. Ich höre es an seiner Stimme. So schrill kenne ich ihn gar nicht. War ja klar, dass ihm das nicht recht ist. Der Siebener ist *sein* Turm gewesen. Und er sieht auch wirklich ganz schön hoch aus. Bisher war ich überhaupt nur einmal auf dem Fünfer, zum Runtergucken. Auf dem Siebener noch nie.

»Ehrlich! Von dort oben kannst du dir das Genick brechen!«

So ein Quatsch, und das weiß mein Bruder ganz genau. Das Genick bricht man sich eher in zu flachem Gewässer. Wobei so eine Schiffsbordwand bestimmt höher ist als sieben Meter. Warum heißt der Seemann denn Seemann, wenn ihn nicht die Seemänner von ihren Schiffen runter gemacht haben? Das geht sogar mit hinter dem Rücken gefesselten Armen. Gefangenenköpper, das wäre eigentlich ein passenderer Name für diesen Sprung. Oder, genauer, Sklavenköpper, der einzige Ausweg aus dem Unerträglichen ins Ungewisse. Trotz Fesseln seitlich über die Reling und mit dem Kopf voraus in die Freiheit, während rechts und links die Kugeln der Wachen durchs Wasser sirren. Wer von einem Schiff springt, hat mir mein Bruder erklärt, muss sehr schnell sehr flach sehr weit weg kommen. Das trifft auf den Seemann auch nicht zu, im Gegenteil. Da träfe man, hat mich mein Bruder gewarnt, ohne bremsende Arme wie ein Keil aufs Wasser und käme sehr schnell sehr tief.

»Du machst gleich nach dem Sprung die Augen wieder auf – und hast den Beckengrund direkt vor der Nase!«, doziert er. »Du musst den Körper durchdrücken, leicht nach hinten biegen, damit du dann im Wasser einen Bogen nach vorne machst und nicht senkrecht nach unten rauschst. Es gibt echt viele Regeln, die man da beachten muss!«

Das werde ich, das werde ich.

»Und außerdem kannst du gar nicht vom Siebener springen!«, sagt mein Bruder.

Ach, und warum nicht?

»Das hast du echt noch nicht bemerkt, oder?«

»Was denn?«, frage ich gereizt.

»Das Ding ist gesperrt!«, ruft mein Bruder fröhlich. »Ge-spe-herrt! Und eher wird das Freibad geschlossen, als dass der Turm wieder geöffnet wird. Tja!«

~

Lenny döst, wie ein Reptil ausgestreckt auf dem warmen Beton der Stufen, und bereitet sich aufs Abtauchen vor. Das kann er gut, herunterfahren wie ein Rechner und wieder hochfahren. Höchstens eine Viertelstunde, dann ist er wieder wach. Vermutlich steckt ihm der Transkontinentalflug noch in den Knochen, und beim Schwimmen hätte er sich auch nicht so verausgaben müssen. *Mouches volantes*, Glaskörpertrübung vor den Augen. Kleine Flecken, die langsam herabsinken, bis zum nächsten Blinzeln, dann sind sie einfach wieder nur da. Ablichten können sollte man die intimen Sonnenuntergänge hinter geschlossenen Lidern, denkt Lennart, ihr flammendes Rot, ihr tanzendes Nachglühen dort, wo auf der Netzhaut zuvor die Sonne stand. Es ist ein Hineinspähen ins Körperliche. In einen Zustand, der die Sinne gar nicht braucht, ihre Zügel schleifen lässt, weil man ja einfach auf dem Rücken liegt und döst. Dazu hört er das Zurückfedern der Sprungbretter, die satte Explosion einer Arschbombe, das weiche Zischen eines gelungenen Kopfsprungs, sticheliges Kinderlachen, kullerndes Erwachsenengelächter, wirbelndes Gemurmel nebenan. Das raschelnde Seufzen des warmen Windes in den Blättern der Linden und Buchen und Fichten. Ganz Krone der Schöpfung. Ein sattes Raubtier, das nichts zu befürchten hat.

In seiner Tasche summt es schon wieder. Er öffnet die Augen und greift nach dem Handy. Sechs verpasste Anrufe, eine neue Sprachnachricht von Bruce: »Dude! Where are you? Everything alright? Please call me back!«

Vielleicht, denkt er, sind kurze Nachrichten auch eher ein schlechtes Zeichen. Mit Bruce arbeitet Lennart schon so lange zusammen, dass er ihn als Freund bezeichnen würde. Hätte er aber nicht die Fähigkeit, zum richtigen Zeitpunkt eine gewisse Härte an den Tag zu legen, wäre er wohl kaum Agent geworden. Im Frühling erst hat Lennart ihn und seinen japanischen Freund besucht, in diesem Holzhaus in Big Sur. Und da hatte ihm Bruce in seinem etwas zu engen Yamamoto-Kimono mit Blick auf den Pazifik seine »Strategie für die nächsten zehn Jahre« erklärt, die im Wesentlichen darauf hinauslief, Lennart zu einem zweiten Wolfgang Tillmans zu machen, mit Ausstellungen in der Tate Gallery in London und Interviews nicht mehr mit der *Village Voice*, sondern mit der *New York Times*, da gebe es zwar noch keine konkreten Anfragen, aber das solle er einfach mal seine Sache sein lassen. Lennart hatte hin und wieder gespürt, wie ihm die beiden Katzen um die Knöchel strichen, Hirohito und Nagako. Durch den sonnenuntergangsfarbenen Negroni hatte er der Dämmerung über dem Ozean zugesehen und überlegt, ob er es noch vor Mitternacht zurück nach Los Angeles schaffen würde.

Die Haut spannt von der Sonne. Das war auch schon immer so. Kaum spielt die Sonne ein wenig mit seinen Schulterblättern, schon hat er sich einen Brand geholt. Öl, Creme, Milch, irgendwas braucht er jetzt. Vielleicht im Laden oben, da muss es so etwas doch geben.

Er steckt ein paar Münzen in die Tasche seiner Shorts und schlendert das Becken entlang. Das Bad ist inzwischen »in full flow«, wie Bruce sagen würde. Die Leute schwimmen und tauchen kreuz und quer, vom Kiontke keine Spur. Es ist ein Gluckern und Plärren zwischen Panik und Entzücken, hin und wieder überlagert von hellem Gelächter. Die Wärme liegt Lennart wie ein goldener Mantel um die Schultern. Die Anstrengung von vorhin hatte den erfreulichen Effekt, dass er sich jetzt muskulöser fühlt, als er ist. Mit angehaltenem Atem watet er durch das Duschbecken, in dem Haare und ertrunkene Insekten schwimmen, und tritt erleichtert auf die Wiese. Die Halme fühlen sich ganz hart an, widerständiges Allzweckgras vermutlich und nirgendwo vertrocknet, dafür an manchen Stellen schon knöchelhoch. Sanft steigt das Gelände zu den Umkleidekabinen an, dort schreitet er im Schatten die Terrasse ab. Dafür ist die gebaut, denkt er, zum Abschreiten. Aber den Laden gibt es ja gar nicht mehr, stimmt, das ist jetzt das Büro vom Kiontke. Zwischen den Lamellen der Jalousie kann Lennart ein blaues Megaphon erkennen.

Jetzt steigt ihm das Frittenfett aus dem Schatten der »Langnese«-Schirme in die Nase. Er beschließt, sich dann eben ein Eis zu kaufen, das Eis mit dem peinlichsten Namen aller Zeiten, den er als Kind eben deshalb stets mit größter Wonne herausgekräht hatte. Ob es das überhaupt noch gibt? Vermutlich haben sie es mindestens umbenannt.

Er stellt sich in die Schlange am Ständchen und studiert die Tafel. Das Motiv immerhin hat sich nicht verändert, in freigestelltem Schwebezustand sind vor vage karibischem Hintergrund all die Köstlichkeiten präsentiert. Es könnte, denkt Lenny, das Tourplakat einer alten Jazzband sein, zu der ein paar neue Musiker gestoßen sind. Die wichtigsten Instrumente werden von den virtuosen Haudegen gespielt. Calippo, Domino, Capri, dazu die Cornetto-Rhythmusgruppe aus Nuss, Erdbeere und dem entsetzlichen Bottermelk Fresh. Die beiden ungleichen Brüder Nogger und Nogger Choc. Lennart ist unempfänglich für den billigen Trick, wenn mit Begriffen »von früher« nostalgische Reflexe aufgerufen werden. Trotzdem freut er sich, als er auch sein Eis auf dem Plakat entdeckt. Sie haben es auch nicht umbenannt, obwohl sein Name nun wirklich aus der Zeit gefallen ist.

»Was darf's sein?«

Der Mann hinter der Theke grinst ihn so erwartungsvoll an, dass Lennart kurz verwirrt ist. Ein solches Übermaß an guter Laune kennt er nur aus Kalifornien, und dort werden die Leute in der Regel dafür bezahlt.

»Naaa?«, sagt der Mann vergnügt. »Womit kann ich dienen?

Was wünschen der Herr? Weltfrieden? Wird gemacht, wird gemacht. Dauert nur ein bisschen länger! Verstehste? Weltfrieden? Dauert länger!«

Lennart findet, dass das folgende Gelächter in Länge und Qualität dem alten Gag doch ein wenig schmeichelt.

»Mach hinne, Sergej«, sagt jemand hinten aus der Schlange.

Lennart lächelt aus Höflichkeit noch eine Weile mit, tritt einen Schritt zurück und deutet auf die Tafel: »Ich hätte gerne … dieses Eis da.«

Schlagartig wird Sergej ernst: »Welches Eis?«

»Äh, das da, unten rechts …«

Mit gespielter Ratlosigkeit blickt Sergej zur Tafel, dann zu Lennart, dann wieder zur Tafel.

»Nogger?«, fragt er.

»Nein, kein …«

»Nogger Tschock?«

Lennart wippt auf seinen nackten Füßen ein wenig nach vorne, deutet verstohlen auf die Tafel und hüstelt: »Das bunte daneben.«

»Das da?«

»Genau! Das!«, freut sich Lennart. Schwere Geburt.

»Dann sag doch einfach!«, ruft Sergej fröhlich.

»Wie bitte?«

»Eis hat Namen. Sag den Namen!«

Stille.

»Wie heißt das Eis? Sprich aus!«

»Nun sag's schon«, ruft jemand hinter ihm, und erst die zuckenden Mundwinkel von Sergej verraten Lennart, dass er in einen Witz auf seine Kosten geraten ist.

»Flutschfinger«, nuschelt er resigniert.

Sergej hält sich die Hand hinter das Ohr: »Hä?«

»Flutschfinger!«, ruft Lennart, und dann, lauter: »FLUTSCH-FINGER!«

Es fühlt sich gut an. Wie früher.

~

»Hallo? Spring doch endlich!«

Ich hatte das Gefühl ganz vergessen, frei und schwingend in der Luft zu stehen. Auch wenn es nur ein Meter über dem Wasser ist. Die Oberfläche glitzert kristallin und weich zugleich. Meine Zehen krümmen sich über dem vorderen Rand des Brettes, sein teerschwarzer Belag fühlt sich an wie grobes Sandpapier. Vom Laufen zum Rand schwingt das Brett noch ein wenig nach. Ich warte, bis es ganz zum Stillstand gekommen ist. Hinter mir hat sich schon eine Schlange gebildet. Normalerweise geht das zack, zack, zack, aber ich halte den Betrieb auf.

»Jetzt spring halt mal!«

Je länger jemand auf dem Brett steht, umso mehr muss er sich konzentrieren und umso schwerer wird das, weil die Wartenden umso ungeduldiger werden, umso spektakulärer also muss am Ende der Sprung sein. Das gehört zum Ritual. Vielleicht nicht unbedingt beim Einmeterbrett, aber auf jeden Fall weiter oben. Wer vom Einer etwas Kunstvolles machen möchte, der muss schon Anlauf nehmen. Ich aber stehe einfach nur da, als würde ich die nicht eben grandiose Aussicht genießen.

»Wird's bald? Was hat die denn? Sonnenstich? Hallo!«

Ich lege die Arme lang ausgestreckt hinter den Rücken, so, dass sich nur die Zeigefinger berühren. Mein Bruder sitzt am Beckenrand, die Unterschenkel im Wasser, und blinzelt missmutig zu mir herüber.

»Lass es!«, ruft er.

Ich wippe einmal kurz und springe nach vorne ab, in einem sauberen Bogen.

~

Nach dem Schwimmen spaziert Isobel, wie immer nach dem Bahnenziehen, noch nass und mit ermüdeten Muskeln hinüber zu Sergej. Am Kiosk bestellt sie ein stilles Wasser mit Eiswürfeln. Sergej hält mit fragendem Blick eine Zitrone in die Höhe, Isobel deckt das Glas mit der Hand ab und schüttelt den Kopf. So machen sie das immer. Er bietet eine Zitronenscheibe an, sie lehnt ab. Dann erzählt er, wie jeden Tag, eine seiner lustigen Geschichten, denen Isobel nur selten bis zur Pointe folgen kann. Diesmal geht es offenbar um eine Kollekte in der Kirche und einen aufgebrachten Priester. Isobel nimmt das kühle Glas in beide Hände und schaut freundlich auf einen Punkt über seiner Schulter. Wenn Sergej in sein typisches Gelächter ausbricht, ist sie in der Regel entlassen.

Sie setzt sich auf den Plastikstuhl in der hinteren Ecke und legt einen Bierdeckel auf das Glas, gegen die Wespen. Sie mag diesen Tisch. Es ist, mit Ausnahme vielleicht der Sprungtürme, der einzige Platz, von dem aus man einen Blick hat über das Freibad hinaus. Ein Stück vertrockneter Weide, eine alte Badewanne als Tränke, dahinter die Senke mit dem jungen Buchenwäldchen. Dort draußen geht, denkt sie, die Landschaft einfach weiter. Weniger umhegt, unverzaubert. Isobel lüftet den Bierdeckel und nippt am Wasser. Sie mag es, wie seine Kälte spürbar bleibt, wenn es die Kehle hinabwandert. Diese Wirkung kennt sie sonst nur von scharfem Alkohol. Wie dem Birnenschnaps, den Gerda so gerne getrunken hat. Durfte ihr Sohn auch nichts von wissen. Gerda konnte ganz schön derb sein, sie war es bis zum Ende. Über diese Löcher in den Wänden der Umkleidekabinen hatte sie gesagt, sie müssten eigentlich größer sein, »ungefähr so«. Dann hatte sie mit der hohlen Hand gezeigt, wie groß ungefähr *genau* sie sein sollten, und anzüglich gegrinst dazu. Gerda traute sich was. Trotzdem hat sie ihrem Sohn nie erzählt, womit sie ihr Geld verdiente, als es mit der Rente so knapp wurde.

»Ist hier noch frei?«

Isobel schaut auf. Da steht der junge Mann, der sich vorhin beim Schwimmen so verausgabt hat. Sie nickt dem Stuhl zu, der Mann zieht ihn zurück, setzt sich und reicht Isobel sein albernes Eis.

»Würden Sie mal kurz halten? Ich bin da in was reingetreten.«

Er legt seinen rechten Fuß auf das linke Knie und zieht sich mit spitzen Fingern etwas Bleiches und Zermatschtes von der Sohle.

»Mögen Sie keine Pommes?«, fragt Isobel.

»Kommt drauf an«, sagt der Mann. »Ich mag sie nicht, wenn sie aus Kartoffeln geschnitzt und in Öl gebraten sind. Ich mag sie, wenn sie ganz billig aus Kartoffelmehl frittiert sind. Am liebsten mag ich sie, wenn sie an meiner Fußsohle kleben.«

»Wie eine Nacktschnecke?«

»Genau«, sagt der Mann überrascht, »wie eine Schnecke!«

Er wickelt die Pommesreste in eine Serviette und wirft sie in den Papierkorb.

»Ich nehme Ihnen übrigens gerne wieder das Eis ab. Wissen Sie, wie das heißt? Wissen Sie, was kreative Menschen sich als Namen ausgedacht und als zutreffend empfunden haben … hierfür?«

Er hält das bunte Eis hoch, das gerade von einer neugierigen Wespe umtorkelt wird. Isobel schüttelt den Kopf. »Kennen wir uns?«, fragt sie dann.

»Ich kenne Sie, Frau Trautheimer. Sie waren meine Lehrerin. Ich weiß nicht, ob Sie mich noch kennen. Ich bin der Lenny, und meistens …«

Isobel lacht leise: »Ich vergesse meine Schüler. Alle. Kaum unterrichte ich sie nicht mehr, fallen sie mir aus dem Gedächtnis. Finden Sie das schlimm?«

»Nein«, sagt Lenny zögernd. »Nein, gar nicht. Es werden eben auch zu viele gewesen sein. Wie soll man sich die alle merken?«

»Das ist es nicht. Ich vergesse sie bewusst. Ich will sie vergessen, und dann tue ich es auch. Ich finde, das ist eine Gnade.«

»Verstehe«, sagt Lenny.

»Wirklich?«, fragt Isobel und legt den Kopf schief. Normalerweise bedauern es die Leute, wenn sie diesen Gedanken äußert. Als müsste alles immer gespeichert bleiben, bis ans Ende aller Tage.

»Ja, wirklich«, beharrt Lenny und nickt auf eine Weise, dass sie ihm sein Verständnis sofort glaubt, das ist selten. Sie räuspert sich und rückt mit ihrem Stuhl ein wenig näher an den Tisch: »Ich bin alt, sehr alt. Wenn ich nach vorne schaue, sehe ich dort nicht mehr viel. Dafür öffnet sich, wenn ich zurückschaue, ein ganzes Leben. Das Leben ist kostbar, wenn Sie so wollen. Die Erinnerungen daran sind es nicht immer«, sagt sie und lehnt sich wieder zurück. Mit der Hand macht sie eine Bewegung, als finge sie das eben Gesagte aus der Luft, wie eine lästige Fliege. »Aber ich fürchte, dass ich Sie langweile …«

»Frau Trautheimer, das kenne ich nicht anders, Sie haben mich schon in der Schule gelangweilt!«

Isobel kichert kurz und beugt sich dann vor, als verrate sie ein Geheimnis: »Kinder werden nicht, was sie einmal werden wollen oder wir für sie vorgesehen haben. Sie werden, wer sie *sind.* Jedes Kind ist fertig. Immer schon. All diese Klassenfotos mit den Schultüten, all diese Anfänge. All diese Gesichter wirken wie unbeschriebene Blätter, dabei sind sie mit unsichtbarer Tinte schon längst bis zum Rand vollgekritzelt. Und die Rückseiten auch! Es ist nicht nur falsch, diese Momente künstlich festhalten zu wollen. Es ist, glaube ich, sogar unmöglich. Jedes geglückte Foto von einem glücklichen Kind trägt wie, wie … wie ein Wasserzeichen den Stempel des Schmerzes darüber, dass das Fotografierte nicht mehr existiert und nie mehr war als, als … als ein Zwinkern in der Zeit. Mich macht das trauriger, als ich es sein möchte. Verstehen Sie?«

Lenny zieht das restliche Eis mit den Zähnen vom hölzernen Stiel und deutet damit auf Isobel: »Ich verstehe«, sagt er.

»Ach«, sagt sie und macht wieder ihre wegwerfende Handbewegung, »was erzähle ich denn für schrullige Schnurren!«

»Nein«, beharrt Lenny ernst, »ich verstehe *vollkommen!*«

Isobel ist noch ein wenig beschwipst von ihrem Rededrang, als sich in ihrem Kopf plötzlich eine Tür öffnet, nur einen Spalt weit. Licht fällt in ihr Gedächtnis wie eine Münze aus heiterem Himmel: »Lenny. Du bist der Lenny mit der Polaroid!«

~

Die Kinder veranstalten ein fröhliches Theater. So fröhlich, dass, wie Josefine bemerkt, um den Sandkasten herum der typische Bannkreis entstanden ist. Wer ins Freibad kommt, prüft erst einmal mit Feldherrenblick die Lage und schaut, wo wohl der günstigste Platz ist für diesen Tag. Unter den neuen Sonnensegeln, nah am Kiosk, beim Volleyballfeld, nahe am Bodenschachspiel oder noch bei der unteren Baumreihe, wo es zwar müffelt, weil der Kiontke dort immer das gemähte Gras verrotten lässt, man dafür aber am ehesten ungestört ist. Zumindest unbeobachtet, was ebenfalls von Vorteil sein kann. Je nachdem, womit man diesen Freiraum namens Freibad auszufüllen gedenkt. Mit Dösen, Naschen, Sport oder irgendwelchen anderen Spielchen. Solange es noch irgendwie zu vermeiden ist, stellen nicht einmal Eltern mit Kindern ihre Kühltaschen in der Nähe der Bärengruppe ab.

Gerade steht ein Junge auf dem Piratenschiff und brüllt: »Attacke!« Er brüllt aus Leibeskräften, sein Gesicht ist schon ganz rot. Er hat keine Schmerzen, er ist einfach ein Pirat und glücklich. Ein sehr kleiner und sehr dicker Junge sitzt im Sand und schaut dem Kapitän einfach nur zu. Mit seinem Doppelkinn und seinem finsteren Blick sieht er aus wie ein sowjetischer Generalsekretär, genau so. Die jüngsten Kinder, Zwillinge, reden gerade, die windelgepolsterten Hintern synchron in die Luft gereckt, ernst auf ein unglückliches Insekt ein; vermutlich ein Feuerkäfer, der sein Todesurteil empfängt. Der kleine Ali zupft drüben am Hagebuttenstrauch Ästchen und Blätter ab, aber ganz bedächtig als träfe er eine erlesene Auswahl. Ein Mädchen mit roter Schleife im Haar macht backe, backe Kuchen und klopft das imaginäre Gebäck gleich wieder platt. Ihre Freundin trommelt dazu auf einen Eimer und singt: »Wie schön, dass du geboren bist!« Die Schackeline weist jetzt mit erhobenem Zeigefinger den kleinen Kapitän zurecht und droht, »zur Melanie« zu gehen, aber der Junge schreit nur noch lauter, »Attackäää!«, und jetzt kommen ihm beinahe die Augen aus dem Kopf. Der sowjetische Generalsekretär wippt unruhig hin und her. Daneben spielen zwei andere Jungs Fußball oder *spielen* vielmehr, sie spielten Fußball. Ihr Spiel besteht darin, dass sie sich theatralisch fallen lassen und unter Schmerzen auf dem Rasen wälzen. Lena umtänzelt die gefoulten Profis und entlockt ihrer gelben Tröte so schrille Töne, als würde mit Fingernägeln über eine Schiefertafel gekratzt. Es ist, merkt Josefine, wirklich ein infernalisches Tohuwabohu. Melanie lässt es gewähren. Sie ist wirklich eine Meisterin im Gewährenlassen.

»Magst du eigentlich Kinder?«

Melanie senkt ihre selbstgebastelte Reflektorkrause: »Der Timo will keine, Fall erledigt. Und selbst?«

»Nein, ich meine diese Kinder hier. Ob du gerne mit ihnen deine Zeit verbringst?«

»Schätzchen, ich verbringe mit denen doch nicht meine Zeit! Das ist meine Arbeit. Eine andere Arbeit als bei Rossmann an der Kasse oder bei Brinkmann im Büro, das schon. Drei Kreuze, dass ich das nicht mehr machen muss. Aber Arbeit ist Arbeit. Was denkst du denn?«

»Das denke ich auch. Die sind halt nur ganz schön …«

»Laut? Lebhaft sind die!«

Melanie hält wieder die Krause an den Hals und schließt die Augen: »Und aufgeregt, weil sie heute ihr Seepferdchen machen. Seit Wochen lasse ich sie die Baderegeln pauken. Heute wird es praktisch, da gilt's. Ist doch klar, dass die dann lauter sind als normal, also lebhafter. Also echt.«

Josefine rollt sich wieder auf den Bauch und stützt das Kinn auf die Hände.

»Biste mal so gut und hast ein Auge auf die Ratten?«, fragt Melanie schläfrig. »Dann kann ich mir mal fünf Minuten auf Mallorca abzwacken un ein bissje Sonne tanken.«

Josefine ist so gut. Sie beobachtet den kleinen Piraten da oben auf seinem Schiff, den besonders. Hochroter Kopf vom Herumbrüllen, aber glücklich. Er will, will, will beachtet werden. Es rührt Josefine, dieses Bedürfnis so ursprünglich und unverstellt zu sehen. Aber Arbeit ist es auch, das kann sie sich gut vorstellen.

Seltsam ist der Junge, der vorhin Sand gegessen hat. Ali. Er brüllt nicht, tollt nicht, tanzt nicht, rauft nicht, trötet nicht. Sitzt jetzt wieder ganz alleine im Sandkasten, abseits, schweigend, und schaufelt irgendwas. Josefine setzt sich auf, um ihn besser beobachten zu können. Er hat schwarze Haare und schwarze Augen. Im

Schneidersitz hockt er in einer Kuhle und legt rings um sich her kleine Wälle an. Handrücken, Handfläche, Handrücken, Handfläche, dann mit der hohlen Hand einen Graben. Keine Burg, keine Straßen, keine Tunnel. Kein backe, backe Kuchen.

Als Lena, auf der Flucht vor dem Generalsekretär, seinem Werk zu nahe kommt, stürzt es an dieser Stelle ein. Ali reagiert nicht, schaut nicht einmal auf, er baut es mit regloser Miene einfach wieder auf, schiebt den Sand von sich weg und klopft ihn fest. Wälle und Gräben. Was das wohl wird, wenn's fertig ist? Augenscheinlich fragt sich das auch der kleine Pirat. Er ist von seinem Schiff gestiegen und spaziert, die Hände auf dem Rücken, um die Wälle herum. Jetzt beugt er sich herab und fragt den Baumeister etwas, das Josefine nicht verstehen kann, weil Lena so laut trompetet. Der Pirat beugt sich tiefer und wiederholt seine Frage. Vielleicht will er mitspielen? Der Junge in seiner Kuhle aber beachtet ihn nicht weiter, schiebt nur seelenruhig den Sand von sich weg. Handrücken, Handfläche.

Da wird es dem Piraten zu bunt. Er stößt einen Fluch aus und stampft mit zwei, drei beherzten Schritten einen großen Teil der Mauer platt. Und rennt, erschrocken über seine Tat, zurück in den Schutz der Gruppe beim Schiff.

Josefine schaut sich nach Melanie um, die seelenruhig an einem mallorquinischen Strand in ihrem Kopf in der Sonne liegt. Sollte sie hier eingreifen, womöglich sogar erziehend? Mischt man sich da überhaupt ein?

Aber der kleine Baumeister bleibt völlig ruhig. Er schaut dem Übeltäter nicht einmal hinterher. Nur die Schultern lässt er hängen, oder bildet Josefine sich das ein? Mit professionellem Ernst begutachtet er den Schaden, und der ist enorm. Hinüber ist, schätzt Josefine, die Wühlarbeit einer guten Stunde. Jetzt formt er seine rechte Hand zu einer Schaufel, nimmt frischen Sand auf, legt den Kopf in den Nacken – und lässt ihn sich langsam in den Mund rieseln. Als wäre es Zucker.

»Melanie!«, ruft die Schackeline, die immer alles im Blick hat. »Der Ali macht's schon wieder!«

Melanie ächzt und blinzelt in die Sonne, aber Josefine ist schon bei dem Kind.

»Spuck das aus!«, sagt sie, und dann noch einmal, betont milde: »Ali, spuck das aus. Das ist schmutzig, hörst du?«

»Kein Stress!«, ruft Melanie träge aus ihrem Klappstuhl. »Dreck macht Speck! Wenn unser kleiner Kamerad hier mal wieder ausflippen will, dann muss man ihn lassen.«

~

Ich versuche, mir das Wasser wegzudenken. Das ist leichter vom Dreier als vom Einer, weil man aus dieser Höhe schon das ganze Becken im Blick hat. Nur was man ganz im Blick hat, kann man auch ganz verschwinden lassen. Ich darf mich nicht vom Flimmern und Flirren der Oberfläche irritieren lassen, dieses transparente Tuch, wie es sich ruhelos wellt und wieder glättet, ein Gewusel kabbeliger Wellchen, ein hauchfeines Glitzern, und sein chaotisches Gekräusel die komplexe Summe jeder einzelnen Bewegung, und sei sie auch noch so schwach, jedes einzelnen Körpers hier gerade im Wasser. Weg damit, und schon blicke ich direkt auf den Grund, und beim Blick auf den Grund bekomme ich eine Ahnung vom Siebener, weil es ungefähr sieben Meter sind bis ganz hinunter auf die Fliesen am Boden. Meine Zehen stehen schon über, die Fußballen berühren den Sprungbrettrand. Über sie werde ich nach vorne abrollen, ganz einfach. Ich muss mir meine Füße als Scharnier vorstellen.

»Gerade musst du dich hinstellen, gerade!«

Mein Bruder steht hinter mir und ruft Ratschläge, die ich nicht brauche. Ich hebe die Arme ein wenig, leichter Wind streicht mir unter den Achseln hindurch. Ich lege die Arme wieder eng an den Körper und verhake diesmal hinter dem Rücken die Zeigefinger. Das Brett wippt noch ein wenig. Ich warte, bis es zur Ruhe gekommen ist, schaue geradeaus, ohne den Kiosk und die Freitreppe am Eingang dort drüben wirklich zu sehen, und drücke den Rücken durch, dass die Wirbel knacken.

»Genau so!«

Und schon kippt das Blau des Himmels nach hinten weg und schiebt sich von unten das blaue Sprungtuch des Beckens in mein Gesichtsfeld. Ich halte mich gerade wie ein fallender Baum. Zwei Wimpernschläge vor dem Aufprall hebe ich den Kopf, nur wenige Zentimeter, damit nicht mein Gesicht oder die Fläche meiner Stirn, sondern mein Kopf an der Rundung, wo die Haare ansetzen, ins Wasser taucht. Dann schließe ich die Augen – und öffne sie gleich wieder im Zentrum einer weichen Explosion, über mir eine Luftblasenschleppe, unter mir, noch immer weit entfernt, die Fliesen am Boden. So verharre ich für einen Moment, mit durchgedrücktem Kreuz in schwereloser Stille.

Dann löse ich den Zeigefingerhaken, folge dem Auftrieb und grabe mich zurück an die Oberfläche, die dann doch sehr freundlich zu mir gewesen ist.

»Nicht schlecht, Küken«, sagt mein Bruder. »Bravo!«

Er sitzt am Beckenrand, die Unterschenkel im Wasser. Ich schwimme auf ihn zu und kann sein Gesicht nicht sehen, weil er die Sonne direkt im Rücken hat, nehme aber an, dass er mir wirklich gratulieren will. Damit hat er nicht gerechnet, dass ich das so sauber hinbekomme.

Ich auch nicht.

»Das reicht aber jetzt, oder?«, fragt er und reicht mir die Hand.

Ich schiebe sie zur Seite und stemme mich selbst aus dem Wasser. Die Haut auf meiner Stirn brennt nur ein kleines bisschen, der Schmerz auf den Schultern ist stärker, wie Sonnenbrand.

Nein, Bruderherz, das reicht noch nicht. Noch lange nicht.

~

Lennart konnte nie genug bekommen, daran erinnert er sich. Geschwommen ist er früher zwar auch, aber eher aus Pflichtgefühl. Weil es das ist, was man im Schwimmbad tun sollte. In seiner Erinnerung aber hat er die meiste Zeit in der Luft verbracht, im Sprung. Was schon deshalb nicht stimmen kann, weil er bestimmt mehr Zeit mit dem Warten darauf verbracht hat, endlich an die Reihe zu kommen mit dem Springen. Wenn er zurückdenkt an seine Freibadtage, sieht er sich trotzdem immer im freien Fall. Mit diesem Glücksgefühl einer kurzen Schwerelosigkeit im Bauch, knapp unter dem Solarplexus. Heute schaut er lieber zu, denn der Sprungturm ist für Zuschauer gebaut. Ein kundiger Architekt hat die amphitheatralischen Stufen angelegt, damit der Turm zur Bühne wird. Wer springt, springt mindestens zur Hälfte auch für die Zuschauenden. Und wer zuschaut, springt immer auch ein bisschen mit. Triumphiert mit, wenn der Rückwärtssalto gelingt, und leidet mit, wenn jemand auf den Bauch klatscht. Zugleich ist das Ensemble aus Einer, Dreier, Fünfer und Siebener so etwas wie ein geeichter Gradmesser für Wagemut.

Das Einmeterbrett ist ein wippender Startblock, nicht der Rede wert. Mut brauchen hier höchstens Kinder. Nicht, weil das Brett so hoch, sondern weil das Wasser so tief ist.

Der Dreier ist der Klassiker. Nicht so hoch, dass man sich ernsthaft verletzen könnte. Aber hoch genug, um auf dem Weg nach unten lustige Faxen zu machen. Vom Dreier gibt's den Kitzel vor dem Sprung, die Schwerelosigkeit während des Sprungs – und das erlösende Eintauchen danach. Gerade springt ein ganzes Rudel von Jungs, wie nur rudelige Jungs springen können. Kopfüber, Salto, Arschbombe, mit Drehungen, grotesken Verrenkungen in der Luft. Das feuchte Tuch der viel zu langen Badehosen, das Spiel der Muskeln unter brauner Haut, die glatten Bäuche. Es ist alles, merkt Lennart jetzt, eine reine Selbstfeier adoleszenter Körperlichkeit. Max hat da stets mitgefeiert, das war genau sein Ding, er hatte vor seiner typischen Rückwärtsrolle immer volle fünf Sekunden länger in jesusgleicher Konzentrationspose verharrt, als eigentlich nötig gewesen wäre. Drei Jungs versuchen jetzt nacheinander, ein betont teilnahmslos am Beckenrand promenierendes Mädchen nasszuspritzen. Es wird wirklich nass, lässt sich aber nichts anmerken. Der vierte Junge versucht es mit einem »Wutzchen«, das war immer Lennarts Lieblingssprung. Bis knapp über der Wasseroberfläche sieht alles nach einem selbstmörderischen Bauchplatscher aus, erst kurz vor dem Aufprall kreuzt man die Arme vor der Brust, zieht den Kopf zwischen die Schultern und die Beine vor den Bauch. Der Aufprall ist heftig, aber nicht schmerzhaft. Vor allem sieht es spektakulär aus, irgendwie gangsterhaft, wie eine Finte in letzter Sekunde. Das Mädchen ist sowieso schon verschwunden. Das war auch schon früher so, erinnert sich Lennart. Diese ganze gockelige Springerei ist auf Effekt bedacht, wie ein frisiertes Moped. Und nichts vertreibt ein lärmendes Rudel pubertierender Hüpfer schneller als ein Springer, der es *wirklich* kann. Gegen sauber ausgeführte Rittberger, Schrauben und doppelte Salti wirkt selbst das waghalsigste Wutzchen plump.

Unter all den Jungs eine Halbwüchsige mit altmodischem Badeanzug, die fällt ihm sofort auf. Sie ist so entschlossen die Leiter hochgeklettert, dass sie zu wissen scheint, was sie tut. Oder wenigstens weiß, was sie will. Kein Gedruckse, reine Konzentration. Belustigt erkennt er das Mädchen, das vorhin sein unbeholfenes Umzugsmanöver beobachtet hat. Auf dem Dreier hätte er die nicht erwartet.

Das Mädchen ist bleich, beinahe weiß, und hat extrem kurze Haare. Extrem kurze Haare, findet Lennart, sind das Interessanteste. Weil das etwas Entschiedenes oder Radikales hat, von dessen Ursache der Betrachter nichts ahnt. Es ist gar nicht mal besonders ästhetisch oder hübsch. Hat aber diese seltene Qualität, nach der Ausschau zu halten Lennart einmal gelernt hat. Nie gelernt hat er allerdings, diese künftigen Modelle dann auch anzusprechen. Egal, wie er es anstellte, er kam sich dabei schmierig vor. Für Bruce ist das kein Problem. Bruce würde zum Beckenrand schlendern und das Mädchen ansprechen, sobald es gesprungen ist. Sie könnte dann wie all die anderen ihr Glück nicht fassen, dass sich hier, im Schwimmbad, auf dem Sunset Boulevard oder in der Mall, ihr kühnster Traum von der großen Welt verwirklichen soll. Und nach einer Serie in der *Vogue,* nach einem Auftrag für Armani und einigen Werbefotos für Parfüm oder Seife oder Lippenstift wäre von dem »gewissen Etwas« bald nichts mehr übrig. Lennart hätte es ihr wegfotografiert.

Vom Zuschauen hat er doch Lust bekommen, es auch mal wieder zu versuchen. Einer und Dreier lässt er aus, da kann er sowieso nichts. Aber vom Fünfer runter, das konnte er schon immer. War seine Spezialität.

Auf dem Weg zum Turm knotet er sich beiläufig das Bändel seiner Shorts enger und sieht, dass jetzt das Mädchen das Brett betritt. Er verlangsamt seinen Schritt und späht hinauf, mal sehen, mal sehen.

Langsam nähert sie sich dem Ende des Brettes, das sich unter ihrem Gewicht kaum senkt, und bleibt stehen. Lennart auch. Was wird das? Das Mädchen hält den Rücken gerade und nimmt die Arme hinter den Rücken. Sie wippt kurz, wie um die prinzipielle Wippfähigkeit des Bretts zu testen – und lässt sich dann, den Körper unter unverminderter Spannung, nach vorne fallen. Wie eine Schaufensterpuppe, der man einen Schubs gegeben hat.

Glatt, lautlos und ohne einen Spritzer taucht sie ins Wasser ein.

Lennart staunt. Ein Seemann, lange nicht gesehen.

~

Auf dem Weg zur Toilette hat Isobel sich verlaufen. Statt vor dem Sanitätskomplex steht sie vor einem niedrigen Jägerzaun. Dahinter ein ungepflegtes Gärtchen. Was ist das? Wie ist sie hier nun wieder hingekommen? In jüngster Zeit geschieht es, dass sie bisweilen den Weg nicht findet und irgendwo wieder zu sich kommt und dass dieser Ort ihr dann erfrischend fremd erscheint. So wie jetzt dieser Jägerzaun, wer braucht denn noch so was? Das war doch schon vor einem halben Jahrhundert nicht mehr modern, das musste sie damals schon dem Rüdiger erklären, der hatte den Jägerzaun für ein nettes Zitat gehalten und irgendwie auch im Freibad unterbringen wollen. Wo war das nur gewesen? Das Gras ist ungewöhnlich trocken hier, unter ihren nackten Füßen, und sie macht einen Schritt beiseite auf Waschbetonplatten. Wenn Rasen mit ein wenig Einbildungskraft aussieht wie aus einer einmotorigen Cessna der Regenwald dicht und dunkel und wild, sind diese Waschbetonplatten das urbane Gegenteil, denkt Isobel, ein strenges Raster wie, wie, wie auf Millimeterpapier, und jeder ihrer Schritte ist ein Zentimeter auf einer Skizze, offenbar ein Plan. Jemand hat einen Plan, sehr gut, das Raster aus weißen Quadraten und schwarzen Gittern dehnt sich in alle Richtungen bis zum Horizont, und über sich hört sie auf einmal ein Rauschen wie von einem Windzug und sieht, wie ein Mann sich über das Papier beugt, zwischen den Zähnen eine Pfeife. Wer ist das? Durch einen Hüpfer zur Seite kann sie seinem gespitzten Bleistift gerade noch ausweichen. Jetzt steht sie am Rand des Papiers und kann den Tisch überblicken. Da liegt ein schwarzglänzender Vulkanstein als Briefbeschwerer, daneben ein Umschlag, geöffnete Post von der Werkstatt, und daneben der Zündschlüssel für den NSU. Daher also der Brief von der Werkstatt, ständig Ärger mit dem Kreiskolbenmotor. Auf der Schwäbischen Alb wird er endgültig seinen Geist aufgeben, die Steigungen dort werden ihn in die Überhitzung treiben, und sie werden deshalb die Eröffnung der Olympischen Spiele in München verpassen. Isobel hatte sich einen Citroën DS gewünscht, aber Rüdiger kann die Franzosen nicht leiden, weil er da in Kriegsgefangenschaft war, und … aber ja! Natürlich ist das Rüdiger! Warum hat sie ihn nicht gleich erkannt an seinem Arm, der eben wie ein Baukran über sie hinwegschwenkte? Isobel überquert das nackte Holz des Schreibtisches, fünf Zentimeter sind fünfzehn Meter, setzt sich auf den Rand des Aschenbechers. Beim Sitzen merkt sie erst wieder, wie sehr sie pinkeln muss. So was aber auch. Sie sieht auf und betrachtet ihren Mann von unten. Seine Lesebrille ist verschmiert, sie kann die Poren auf seiner Nase sehen. Neben ihr liegt eine seiner Wimpern, sichelförmig und lang wie ein Krummsäbel. Sie selbst müsste eigentlich auch zu Hause sein, vermutlich in der Küche. Oder ist sie noch in der Schule? Am Freibad hat er immer vormittags gearbeitet, nicht im Büro. Das war sein Privatvergnügen, das hat er sich »nicht nehmen lassen«. Wie er sich ohnehin selten etwas nehmen ließ. Er hatte es sich nicht nehmen lassen, aus der Großstadt hier in die Provinz zu ziehen, der Aufträge wegen. Er hatte es sich nicht nehmen lassen, den dummen NSU zu kaufen, des Wankelmotors wegen. Er hatte es sich nicht nehmen lassen, sie zu heiraten. Isobel muss sich ducken, weil die Pfeife herangerauscht kommt, mächtig wie eine Baggerschaufel, und tock, tock, tock, klopft Rüdiger die kalte Asche in den Porzellanbecher, um sich sogleich die nächste Pfeife mit frischem Grobschnitt zu stopfen. Hat er jetzt schon diesen Krebs? Unter der Zunge? Nein, das kommt viel später. Jetzt entwirft er das Freibad, mit Dreikantlineal, Zeichendreieck, Zirkel und einem ganzen Set gespitzter Bleistifte. Immer hat er gespitzt. Dafür hatte er sogar eine kleine Maschine mit einer winzigen Handkurbel. Begonnen hat er mit dem Becken, Wettkampfmaße, und dann den Sprungturm an den Rand gesetzt. Die ganze Sprungturmkombination aus Beton und Edelstahlgeländer ist noch einmal auf einem eigenen Blatt präzise dargestellt, aus allen Perspektiven. Dazu gehört auch das Becken mit einer Wassertiefe von viereinhalb Metern, damit auch ein Sprung aus großer Höhe abgefedert werden kann. »Schon aus einer Höhe von sieben Metern«, erklärt er, »können fast fünfzig Stundenkilometer erreicht werden. Deshalb mache ich das Becken viereinhalb Meter tief.« Isobel läuft quer über den Entwurf und stutzt. Der Siebener sieht irgendwie höher aus, als er sein sollte. Zur Sicherheit zählt sie die Millimeter ab. Es sind keine sieben, es sind siebeneinhalb Meter! Hat er da einen Fehler gemacht? Rüdiger lacht und hustet dabei, über das Papier rollte eine Welle aus Pfeifentabak auf sie zu: »Der Siebener heißt nur so, in Wahrheit misst er siebeneinhalb Meter, er liegt auf halbem Weg vom Fünfer zum Zehner, das hat schon seine Richtigkeit«, denn ihre Richtigkeit mussten bei ihm die Dinge stets haben, und Isobel liebte ihn dafür, aber jetzt muss sie wirklich dringend auf die Toilette. Wie kann jemand, der so winzig ist, dermaßen dringend *müssen?* Der riesige Rüdiger kippt zur Seite, sie hört das Knirschen seines Bleistiftspitzers. Vorsichtig tritt sie wieder auf das Papier des großen Entwurfs, die Umrisse des Bades sind schon deutlich zu erkennen, der Abrieb des Radiergummis erscheint ihr wie Geröll. Dies ist das Kassenhaus und das die Terrasse. Der Kiosk ist noch ein weißer Fleck, der kommt erst noch. Dort erstreckt sich schon die Freitreppe, falsche Richtung. Sie eilt die Umkleidekabinen entlang, deren Wände viel zu dünn sein werden, und läuft beinahe gegen die Wand des Schuppens. Um die Ecke hat Rüdiger puschelige Hecken eingezeichnet, aber da sind überhaupt keine Hecken, da sind, dort ist, hier steht ein niedriger Jägerzaun und dahinter der geduckte Bungalow des Bademeisters.

Beim Kiontke war sie schon oft eingeladen. Die Wohnung kennt sie gut und den Garten auch, für dessen Tristesse hat sie ihn schon oft getadelt. Ohne Erfolg. Ein Liegestuhl, sein Plastik vergilbt im Regen. Ein zusammengeklappter Sonnenschirm. Ein Kasten mit leeren Bierflaschen. Wenn hier noch Hecken wären, könnte sie dahinter in die Hocke gehen. Sie sieht, dass der Schlüssel zur Haustür von außen steckt.

Da kommt ihr eine verrückte Idee.

~

Irgendwie fühlt es sich angenehm an, wenn die Haut nass ist und auf der Klobrille rutscht. Aber jetzt muss ich etwas essen. Irgendwas. Sofort! Die Stufen auf der Freitreppe sind so heiß, dass ich gleich mehrere auf einmal nehme. Die Schlange ist zum Glück nicht so lang, es ist vermutlich gerade wirklich zu heiß. Aber die Tische am Kiosk sind alle besetzt, auch die in der Sonne.

»Ich glaub's nicht! Ist das die …?«

»Oh, ja, krass!«

»Hä? Was?«

Okay, die habe ich zu spät gesehen. Jetzt gibt es kein Zurück, aber das passt ja heute. Kein Zurück. Hassan und Trixi. Und ein rothaariger Junge mit einer roten Badehose, den ich nicht kenne.

Trixi steht halb auf, der Plastikstuhl schabt über den Boden. Sie ist ganz pummelig geworden, seit ich sie zuletzt gesehen habe. »Hey, setz dich her!«

Ich schaue mich um, es ist kein Stuhl mehr frei. Also bleibe ich dumm neben dem Tisch stehen und winke, die Hand auf Hüfthöhe: »Hey! Alles klar?«

Hassan wird rot, oder bilde ich mir das nur ein?

»Bei uns schon!«, sagt er und stellt seine Fanta ab. »Und bei dir so?«

»Lass sie!«, zischt Trixi, und an der Schärfe, die sie sich da erlaubt, merke ich sofort, dass sie wirklich was mit Hassan hat. Krass. Ich nehme sie kühl in den Blick, und das tut seine Wirkung: »Wie ist es auf der … in der … also dort, wo du …«, stottert sie.

»Auf der Schule für die Bekloppten«, beendet Hassan den Satz, und ich muss fast lachen. Ich war wegen dieser Sache mit dem Ritzen für ein paar Monate in der Klinik, und danach habe ich die Schule gewechselt, weil Mama fand, ich brauche eine neue Umgebung, aber das ist eine ganz normale Schule, was soll das denn? Hassan kennt mich, und er erkennt auch meinen Gesichtsausdruck, nehme ich an, denn er schiebt ein genuscheltes »Scherz, sorry« hinterher.

»Kann mich mal jemand aufklären?«, nörgelt der Junge in der roten Badehose. Trixi rollt vielsagend mit den Augen, und jetzt fällt es ihm ein: »Ach, *die* …!«, und dann beugt er sich wieder über sein Smartphone. »Hier gibt's wirklich kein WLAN«, murmelt er und kann anscheinend nichts mit seiner neuen Erkenntnis anfangen. Also mit mir.

»Äh, ja, okay«, sage ich und wende mich zum Gehen. Trixi ist noch immer nicht ganz aufgestanden und hat sich noch nicht wieder hingesetzt, sie hängt halb in der Luft und sagt: »Geht das denn?«

»Was jetzt?«

Sie macht eine rudernde Bewegung, mit der sie offenbar *alles* meint, den Kiosk, die Gebäude, die Liegewiese, die Bäume: »Ich meine, hierherzukommen, ins Freibad, wo doch ... weil doch ...«

Jetzt wird Hassan das Gestotter zu bunt, er berührt Trixi am Arm: »Ey, lass sie doch! Ist bestimmt nicht leicht, normal, Mann.«

Aber Trixi muss noch was loswerden: »Wir haben viel darüber gesprochen, weißt du«, stößt sie hervor. »In Ethik, die ganze Klasse, und der Brief – hast du den eigentlich bekommen?«

Der Junge mit der roten Badehose blickt von seinem Handy auf: »Ich hab auch unterschrieben!«

»Doch, ja«, sage ich und denke an diesen Brief von der Schule, den ich sofort ins Altpapier geworfen habe.

»Das war echt nett. Ich muss jetzt weiter.«

»Noch was vor?«, fragt Hassan lächelnd.

»Sprungtraining«, sage ich.

Trixi verschränkt beleidigt die Arme vor der Brust. Sie glaubt, ich will sie verarschen. Hassan runzelt die Stirn.

»Was gibt's denn da zu trainieren?«, fragt der Junge in der roten Badehose.

»Das Fallen«, sage ich und stelle mich zurück in die Schlange.

Ich höre, wie sie hinter meinem Rücken reden. Wenn es wirklich passiert, ist das gar nicht so schlimm wie in der Redewendung. Vor mir kaufen drei Kinder Wassereis und zählen die Münzen einzeln ab. Der Verkäufer trägt eine riesige schwarze Brille, die mich an meine Ärztin erinnert, die hat auch so ein Trumm im Gesicht. Das passt vielleicht in eine Praxis, aber doch nicht ins Freibad. Jetzt gackern die Kinder über irgendeinen Witz, und ich trete an den Schalter.

»Was darfs sein?«, fragt der Verkäufer, und beinahe hätte ich »Irgendwas!« gesagt. Dann fällt mein Blick auf die salzigen Sachen neben der Kasse: »Erdnüsse?«

»Jaaa«, sagt er gedehnt und greift sich ans Kinn, dabei wiegt er seinen Oberkörper abschätzend hin und her, »das sind Erdnüsse, hast du gesehen richtig!«

Das ist so blöd, dass er mich damit zum Lächeln bringt: »Erdnüsse hätte ich gerne, bitte, danke!«

Er greift eine Packung und hält sie mir hin. Als ich danach greifen will, zieht er sie schnell zurück und fragt: »Was heißt Glatze auf Arabisch?«

»Wie bitte?«

Ich merke, wie ich rot werde. Mit der flachen Hand fahre ich mir über die Stoppeln.

Der Typ fragt mich fast flüsternd: »Kannst du Witz?«

»Äh, ja?«

»Was heißt Glatze auf Arabisch?«

Ich zucke mit den Schultern.

»Dawarmahaarda!«

Sein Glucksen ist so ansteckend, dass ich unwillkürlich mitkichern muss und es mir auch nichts ausmacht, dass die Leute um mich herum auch lachen, und zwar über mich. Der Verkäufer unterläuft sein eigenes Gelächter, zwinkert mir zu und sagt anerkennend: »Kann Witz!«

~

Der Ali bekommt einen Schluck Wasser aus der Thermoskanne und muss doch nicht »spucken«, wie's aussieht. Mit pädagogischem Nachdruck entwindet Melanie der Lena die Schaufel und reicht ihr als Ersatz eine gelbe Plastiktröte. Das heikle Manöver glückt, und Melanie wirft den Plastikbecher in den Bollerwagen.

»Danke, dass du das erledigt hast«, sagt Josefine. »So ist es mir lieber. Ich kann mir nicht vorstellen, dass dieser Sand gesund ist.«

Melanie winkt ab: »Der Ali geht mir langsam uff die Nerven!«

»Was hat er denn?«, will Josefine wissen.

»Keine Ahnung«, sagt Melanie mürrisch, »wahrscheinlisch Autist. Ist dir mal uffgefalle, dass es von Autisten nur so wimmelt, neuerdings? Im Fernsehen? Es gibt überhaupt keine normalen Leut mehr. Alle hamse Asbacher oder Asberger, alle hamse eine *milde* Form von Autismus, total praktisch. Und dann müssen die Normalen sich drauf einstellen, weil diese Leute so schwierig, aber auch sooo besonders sind. Die Mama von der Schackeline meinte neulich zu mir, dass sie glaubt, ihre Tochter hat auch so was. Wie hattse gesagt? Genau, eine Inselbegabung! Und das nur, weil sie halt immer so viel guckt. Dabei ist das doch total normal!«

»Und was sagen die Eltern von Ali?«

»Der hat keine Eltern. Jedenfalls ned hier. Der hat ganz andere Probleme, glaub ich …«

»Ist der etwa ganz alleine?«

»Jo, der is mit der neuesten Lieferung angekommen, jetzt im Frühjahr. Angeblich mit seim Cousin, aber der hat sich gleich abgesetzt, den hab ich noch nie gesehn …«

»Ach«, macht Josefine.

»Ja, *ach*. Hab ich auch gesagt, als sie mir den ins Nest gehockt haben. Der Ali lebt bei den Karmeliterinnen, da ist doch neuerdings der soziale Dienst drin.«

Josefine schaut hinüber in den Sandkasten, wo der Junge seine Bauarbeiten wieder aufgenommen hat. »Armer Kerl.«

»Ja, oder?«, sagt Melanie. »Frech isser gar ned. Ganz ein lieber Kerl, eigentlisch, da kenne ich Schlimmere …«

Vom Wasser, mit dem Melanie ihm den Mund ausgewaschen hat, ist einiges verschüttet. Ali formt aus dem Matsch kleine Türmchen, die er in regelmäßigen Abständen auf seinen Wall setzt. In die Türme steckt er die trockenen Zweige, die er zuvor an der Hecke abgebrochen hat. So, dass sie nach außen ragen. Hier und da kragen die Wälle ein wenig vor, dort wirken sie beinahe kantig. Er arbeitet gewissenhaft, vollkommen versunken. Und, das sieht Josefine jetzt, im Kreis.

»Macht er das im Kindergarten auch?«, fragt sie leise.

»Was genau?«

»Na ja, was auch immer er da macht mit dem Sand.«

»Immer das Gleiche. Ich sag's jo, der ist ein Autist. Fängt sofort an, irgendwas zu bauen. Und wenn man es ihm wegnimmt, steckt er's sich in die Gosch!«

»Armer Kerl«, wiederholt Josefine.

Inzwischen gräbt er doch einen Tunnel. Setzt tief an und schiebt seinen ganzen Arm wühlend vorwärts, langsam, damit die Mauer darüber nicht zerbröselt. Josefine steht auf und schlendert zum Sandkasten, das möchte sie sich mal genauer anschauen. Sie sieht, wie Alis kleine Finger auf der anderen Seite herauskommen. Vorsichtig zieht er sie wieder zurück und steckt zwei Rindenstücke an den äußeren Eingang, wie zwei Flügel eines Tores.

»Du hast ja eine schöne Burg gebaut«, sagt sie, aber der Junge beachtet sie gar nicht. Konzentriert sticht er kleine Hagebuttenblätter oben auf die Türme, dazu weitere Zweige. Dann setzt er sich aufrecht hin, kerzengerade, legt die Hände in den Schoß und atmet tief aus.

Und jetzt erst sieht Josefine, was er da gebaut hat, auch wenn es die Version eines Sechsjährigen ist, sie erkennt es genau, weil sie mal an einer Monografie über osmanische Festungskomplexe des 17. Jahrhunderts mitgeschrieben hat.

»Melanie. Das ist eine verdammte *Zitadelle!*«

»Sag ich doch. Ist das normal?«

~

Mit Respekt muss Lennart feststellen, dass auch der Fünfer exakt so hoch und imposant ist wie eh und je, wenn man erst mal oben ist. Linkisch steht er in der hinteren Ecke der Plattform. Er vermeidet, sich gegen das Geländer zu lehnen, hält aber mit einer Hand daran fest. Geländern traut er generell nicht, wie er überhaupt alles vermeidet, bei dem »eigentlich nichts Schlimmes« passieren kann. Achterbahn, Autobahn, Kettenkarussell, Klettern, auch gesichert, sogar Trampolin. Lennart gefällt die tödliche Lücke nicht, die das Wörtchen »eigentlich« lässt.

Wobei das hier natürlich ein TÜV-geprüftes Premiumqualitätsgeländer ist, denkt Lennart. Er lockert ein wenig seinen Griff, atmet durch, schaut sich um. Hier oben befindet man sich etwa auf gleicher Höhe mit den Gästen, die auf der Terrasse vor dem Kiosk sitzen. An der Kasse vorbei kann er bis auf den Parkplatz sehen. Hinter dem Turm erstreckt sich die Liegewiese. Lennart sieht Tupfer aus Badetüchern in allen Farben, knutschende Paare, lesende Paare. Leute, die einander die Rücken mit Sonnenmilch einreiben, und andere, die Volleyball spielen. Im nierenförmigen Sandkasten am Kinderbecken sieht er das Piratenschiff, von dem der Kiontke gesprochen hat, bevölkert von einem Haufen Kinder. Die Gestalt im Liegestuhl daneben wird dann wohl Melanie sein.

Als Lennart sich wieder umdreht, ist die Plattform gerade leer. Na, sagt er sich, dann wollen wir mal! Er lässt das Geländer ganz los und tastet sich mit kleinen Schritten an die Kante heran. Ein Blick in die Tiefe genügt. Fünf Meter unter dem Grau des Betons nur Blau. Lennart weiß, und zwar sofort und endgültig, dass er nicht springen wird, dass diese Springerei schon immer albern war und er selbst nicht mehr albern genug ist, es doch noch einmal zu versuchen. Wenn ihm vorhin das Schwimmen schon so zugesetzt hat, sollte er auf einen Sturz aus dieser Höhe vielleicht eher verzichten. Alles hat seine Zeit, denkt er und greift wieder nach dem Geländer.

Als er gerade die Leiter wieder hinabklettern will, kommt jemand herauf. Lennart weicht zur Seite aus, um ihn durchzulassen. Der Junge in roter Badehose, der vorhin das Wutzchen gemacht hat, schaut Lennart ins Gesicht und sieht sofort die Angst darin.

»Der Ausgang ist da vorne«, sagt Wutzchen grinsend.

»Ich nehme lieber den Hinterausgang«, sagt Lennart und deutet auf die Leiter. Er sieht die Pickel auf der Stirn des Jungen und fragt sich, wie die nass um seinen Kopf geklatschten roten Haare wohl als *Frisur* aussehen.

»Warum nicht den Notausgang?«, fragt Wutzchen mit einem schiefen Lächeln und deutet nach oben.

Lennart merkt, dass er sich gegen die Leiter zum Siebenmeterturm gelehnt hat. Mit einer Kette ist daran ein weißes Schild aus Emaille angebracht: »Betreten verboten!«

»Sieht nicht so aus, als würde der heute noch mal aufgemacht«, sagt er.

»Sie sind nicht aus der Gegend, oder?«, fragt Wutzchen. »Der wird überhaupt nicht mehr aufgemacht.«

»Was ist denn passiert?«

»Da hat sich einer umgebracht, so vor zwei, drei Jahren. Ist runtergesprungen im Herbst.«

»Und?«

»Und dann war er tot«, sagt Wutzchen. »Ist in der Nacht halt so unterm Zaun durch, unten am Wäldchen. Da gibt es so eine Stelle. Kennt jeder, die Stelle. Na ja, und dann ist er halt so auf den Siebener geklettert. Hat im Dunkeln ein Bier getrunken und einen durchgezogen. Sein Feuerzeug lag noch oben, Tabak und Gras. Und dann ist er halt gesprungen.«

»Na und?«, fragt Lennart.

Der Junge schaut ihn überrascht an: »Na ja, sag ich doch. Ist runtergesprungen.«

»Und weiter?«

»Nichts weiter, Mann. Es war Herbst. Da ist kein Wasser mehr im Becken.«

~

Ali sitzt noch immer kerzengerade in der Kuhle und folgt Josefine mit den Augen, wie sie sein Bauwerk umrundet. Melanie steht mit verschränkten Armen daneben. Das ist die Zitadelle von Akkon, erkennt Josefine. Ein Ding, das trutzt und schützt.

»Hast du dich mal gefragt, was der Kleine so erlebt haben könnte?«

Melanie ächzt: »Komm mir nicht so!«

»Wieso? Hast du jetzt was gegen Flüchtlinge?«, fragt Josefine. Das kam schärfer, als sie es gemeint hatte.

»Ich? Nein, du kennst mich doch! Ich war immer SPD, früher. Wenn ich mal falsch parke oder eine Abrechnung nicht stimmt beim Finanzamt, dann hat der Staat mich sofort am Arsch. Wenn aber der Mohammed mit Gras dealt oder der Mehmet jemanden absticht, dann heißt es: Oh, der hatte es bestimmt schwer!«

»Hier ist noch nie jemand abgestochen worden, Mel. Und Marihuana habe ich im Ort auch noch keines kaufen können, leider.«

»Brauchst du was?«, fragt Melanie mit gesenkter Stimme. »Sag's nur!«

»Deinem Ludger täte das mal ganz gut«, sagt Josefine.

»Ach Gott!«, sagt Melanie gereizt: »Lass meinen Onkel doch aus dem Spiel!«

Ludger ist nicht der Onkel von Melanie, lässt sich als Freund ihrer Tante aber gerne so nennen. Feister Typ, Gärtner und privater Abrissunternehmer, hoher Blutdruck, beim Schützenfest immer Streit gesucht, vor allem mit »Maximalpigmentierten«, wie er die gerne nannte, und das witzig fand, obwohl er nach den vielen kostenlosen Visiten im Sun-O-Matic selbst wie ein tunesischer Sonnenschirmvermieter aussah. Ist am frühen Morgen immer der Letzte, den sie raustragen müssen aus dem Festzelt. Seit vergangenem Jahr hockt er mit zwei Kumpels im Stadtrat. Gleiches Kaliber. Man sieht ihnen förmlich an, dass sie die Anzüge noch nicht gewohnt sind, ihrer Geltung noch nicht ganz trauen können. Wie sie zusehends Geschmack daran finden. Und dabei immer feister werden.

»So ganz unrecht hat der Ludger aber nicht«, sagt Melanie störrisch und wedelt eine Biene weg.

»Womit?«

»Mit der Gewalttätigkeitsbereitschaft!«

»Mit der Gewalttätigkeit?«

»Mit der Gewalt!«

»Ach, Mel, bitte, nicht du auch noch!«

»Weißt du, was unser Ali hier mit den Legosteinscher gemacht hat? Hast du eine Ahnung, was der gebaut hat? Hinner me'm Rücken?«

»Ein Minarett?«, fragt Josefine spöttisch. »Keine Ahnung.«

»Eine Maschinenpistole!«

»Mel. Der Junge ist sechs Jahre alt …«

»Eben! Diese Brüder sind einfach anders drauf. Und die Schwestern übrigens auch. Deshalb hab ich mir vor einer Woche dieses … warte, ich zeig's dir!«

Melanie wühlt in ihrem Rucksack. Verteilt nacheinander ihren Autoschlüssel, einen Schminkspiegel, eine E-Zigarette, drei Lippenstifte, ein BIC-Feuerzeug, eine zerknüllte Zigarettenschachtel, zwei Tampons und einen ganzen Salat aus Kabeln auf ihrem Schoß. Mit nachdenklichem Gesicht steckt sie den Arm bis zum Ellbogen hinein und fördert mit listigem Lächeln endlich eine schwarze Dose zutage, die fast in ihrer Faust verschwindet.

»Was ist das?«

»Das, was draufsteht. Reizgas«, sagt Melanie und liest vor, was auf der Dose steht: »Setzt jeden Angreifer außer Gefecht.«

»Angreifer? Hier? Im Schwimmbad?«

»Überall! Willste mal sehen?«, fragt Melanie und hält Josefine die Dose hin.

»Mel, lass mal lieber!«, sagt Josefine und schaut sich nervös um. Das ist irgendwie nicht in Ordnung. Das gefällt ihr gar nicht. Schon kommt die aufmerksame Schackeline angewackelt. Um zu sehen, was die Melanie da Interessantes hat. Josefine scheucht sie mit einer nervösen Handbewegung weg.

»Echt jetzt. *Lass* das!«, zischt sie Melanie an.

Melanie rollt mit den Augen: »Schon gut, schon gut.«

Sie beugt sich zur Seite, um die Dose mit dem Reizgas wieder in ihrer Tasche verschwinden zu lassen. Dabei stützt sie sich mit der flachen Hand im Gras ab – und zieht sie gleich wieder zurück, als hätte sie auf eine heiße Herdplatte gefasst.

»Fuck«, zischt sie, »fuckfuckfuck!«

»Was ist passiert?«

Schwerfällig rollt Melanie auf ihren Hintern und hebt die Hand vors Gesicht.

»Fuck. Biene«, schnauft sie, »da, guck!«

Josefine kneift die Augen zusammen. Ein feiner Stachel steckt in der Haut, dazu noch undefinierbares Gekröse.

»Auweia. Du bist aber nicht allergisch, oder?«

»Nicht dass ich wüsste«, sagt Melanie und zieht zwischen den Zähnen scharf die Luft ein.

Der Generalsekretär der Kommunistischen Partei der Sowjetunion ist herbeigeeilt und schaut düsterer denn je. Von seiner Unterlippe hängt ein Speichelfaden, so fasziniert ist er. »Aua, oder?«

»Es geht schon wieder«, sagt Melanie. »Der Stachel muss raus.« Mit Daumen und Zeigefinger macht sie den Pinzettengriff und sagt, die Zunge zwischen den Lippen: »Eine Pinzette wäre jetzt gut …«

»Stimmt, bevor du's noch schlimmer machst«, bestätigt Josefine. »Da hängt doch noch der ganze Kladderadatsch dran. Warte, ich hol mal schnell den Kiontke!«

»Nee, lass mal, ich hab's schon …«, sagt Melanie.

Und greift zu.

~

Kiontke thront auf seinem überdachten Hochsitz. Wobei es nur so aussieht wie ein Thronen und in Wahrheit nicht einmal ein Präsidieren ist. Auch kein echtes Hocken und Gucken. Eher ein Dösen. So holt er sich tagsüber in kleinen Portionen den Schlaf zurück, der ihm nachts abgeht. Mit halb geschlossenen Augen hinter der vollverspiegelten Pilotensonnenbrille. Wenn was passiert, wird er das schon mitbekommen. Aber es passiert eh nichts. Nie passiert etwas.

Und er bekommt sowieso alles mit, was nicht passiert. Er weiß, wie sein Orchester klingt. Vom Sprungbecken her das Federn des Brettes, das geschmeidige Zischen gelungener Kopfsprünge oder das dumpfe Klatschen der Arschbomben. Anerkennende Rufe, gebellte Warnungen. Vom Schwimmerbecken her ein weiches Plätschern, nicht viel mehr. Vielleicht das Glucksen des überlaufenden Wassers, bevor es in den Rinnen verschwindet, das Patschen nasser Füße beim Rennen. Vom Nichtschwimmerbecken her die Kakophonie spitzer Schreie in allen Frequenzen, die er alle voneinander unterscheiden kann. Am Gebrüll seiner speziellen Pappenheimer kann er sogar schon vorher erkennen, ob und wann genau er einschreiten muss. Manchmal öffnet er die Augen ein wenig und sucht die Oberfläche des Wassers ab, so wie er am Steuer seines Lastwagens komplexe Situationen im Verkehr auf einen einzigen Blick erfassen konnte.

Beim Brinkmann hat er gelernt, nicht *ganz* einzuschlafen. Höchstens herunterzufahren bis zum kritischen Punkt des Wegdriftens, um von diesem Punkt sozusagen abzuprallen und wieder einigermaßen *da* zu sein. In seinem Volvo hockte er auf ähnlicher Höhe wie hier im Freibad und hatte ebenfalls alles im Blick. Kiontke hatte mit dem Fahren immer aufhören wollen, »wenn mal was passiert«. Es passierte aber nichts. Es passierte nie etwas.

Und als dann doch mal etwas passierte, passierte es nicht ihm. Passiert ist nämlich, dass sie einen bulgarischen Kollegen mit zum Wichsen heruntergelassenen Hosen erwischt haben. Aber nicht einfach so. Der Kollege war erst ungebremst in einen Tieflader gerauscht, der in einen Kleinwagen gedrückt wurde, der in Flammen aufging, und dann war sein LKW die Böschung hinuntergestürzt, und als die Feuerwehr anrückte, um den Mann aus seinem zerdrückten Führerhaus zu schneiden, da hatten sie ihn mit heruntergelassenen Hosen erwischt, das anregende Heftchen noch im Fußraum. Eine Lage, aus der nicht einmal Sergej sich mit einem seiner Witze noch hätte herauswinden können.

Kiontke hatte damit nichts zu tun. Bis auf den Umstand, dass der Stau von kurz vor Tarragona bis fast nach Valencia gereicht und Kiontke beschlossen hatte, ausnahmsweise mal früher eine Pause einzulegen. Erst auf dem dritten Rastplatz hatte er einen Stellplatz gefunden, bei Amposta, fast schon in der Ausfahrt. Sein Telefon klingelte, als er sich gerade das erste Estrella genehmigte. Kiontke angelte nach dem Apparat.

»Bin noch unterwegs. Was gibt's, ihr Arschgeigen?«

»Es ist vorbei.«

Kiontke stellte das Bier in den Fußraum. Das war nicht die Zentrale von Brinkmann. Das war eine Frauenstimme, die ihm vertraut vorkam.

»Wer ist da?«

»Heute am Nachmittag«, sagte die Frauenstimme gedämpft.

»Frau Trautheimer?«, fragte er verwirrt, »Sind Sie das?«

»Isobel, ja. Gerda ist friedlich eingeschlafen. Wann können Sie kommen?«

Seine Mutter. Er hatte keine Ahnung, was die alte Trautheimer damit zu tun hatte, weil er überhaupt wenig über seine Mutter wusste. Sie beide gingen schon lange getrennte Wege, so was kommt vor. Aber er wusste natürlich von dieser Lungengeschichte, von der Therapie. Er hatte von der ersten Operation gehört und nach der zweiten sogar einen Blumenstrauß geschickt, was man halt so macht. Er wusste vom Tilidin, zuerst, und später vom Buprenorphin.

Als er während der zweiten Chemo mit ihr telefonierte, hatte er ihre Stimme kaum mehr erkannt. Sie redete noch wirreres Zeug als sonst. Und er hatte sie mit Worten hingehalten, an die er selbst nicht glaubte. Wird schon. Bleib tapfer.

Er erinnerte sich an seinen letzten Besuch im Krankenhaus, vor allem an die Schrammen an den Wänden des Zimmers, als würden hier Patienten nicht selten in sehr großer Eile herausgefahren. Kein Sterbezimmer, hatte er damals gedacht. Und auch seine Mutter war ganz klar gewesen. Robust wie immer, kaum dass er zur Tür hineingekommen war.

»Wir sind pleite!«

»Mama, so ein Quatsch, wie kommst du denn darauf?«

»Na, wer soll das hier denn alles bezahlen? Darüber mal nachgedacht?«

»Ja. Das zahlt die Krankenkasse, in die du seit Jahrzehnten eingezahlt hast. Jetzt kommt halt was zurück. Macht doch Sinn. Als ich das letzte Mal nachgeschaut habe, hattest du sogar ein bisschen mehr auf dem Konto als im letzten Monat.«

»Du verarschst mich!«

»Mama, ehrlich! Mach dir keine Gedanken, ich habe alles im Griff.«

»Wir sind trotzdem pleite.«

Kiontke hatte geseufzt und, um nach irgendwas zu greifen, die Fernbedienung in die Hand genommen und damit herumgespielt, ohne das Gerät einzuschalten. Nach einer vollen Minute hatte er sie dann wieder hingelegt, sich auf die Oberschenkel geklatscht und gesagt: »Gut, dann will ich mal wieder. Soll ich dir morgen was mitbringen? Obst? Chips? Süßigkeiten?«

»Meine Kippen! Nein, halt. Einen Vorschlaghammer!«

»Ach so. Okay. Kein Problem, besorge ich dir. Und was dann?«

»Damit erschlägst du mich einfach.«

Da hatte der Kiontke lächeln müssen, das war so typisch für seine Mutter, und hatte ihre Hand genommen. Aus der Pranke, mit der sie ihm mehr als einmal »einen neuen Scheitel gezogen« hatte, war ein Bündel trockener Zweige geworden.

»Aber Mama, das gäbe doch eine Riesenschweinerei, und ich kann auch nur mein eigenes Blut sehen, bei deinem würde mir übel. Außerdem käme ich dann in den Knast, und den Heinrich könnte ich da nicht mit hinnehmen …«

»Nein! Der Heinrich darf nicht alleine sein! Pass mir auf den Heinrich auf!«

Kiontke späht rüber zum Bungalow. Der Heinrich ist in Sicherheit. Auch wenn er ihm entsetzlich auf die Nerven geht, so wie ihn zuerst der Charakter, dann das Siechtum seiner Mutter überfordert hatte. Weshalb er auf diesem spanischen Parkplatz, als die Wellen des Absehbaren irgendwie doch plötzlich über ihm zusammenschlugen, eine Unterströmung diffuser Erleichterung verspürt hatte.

»Wann können Sie kommen?«, wiederholte geduldig die Trautheimer.

Kiontke schob den Vorhang seiner Koje beiseite. Felsen im Mondlicht, Gestrüpp, die flirrende Fläche des silbernen Meeres. Und zwei Tonnen gefrorener Schweinehälften hinten auf dem Hänger.

Jetzt war etwas passiert. Jetzt war es an der Zeit, Schluss zu machen bei Brinkmann.

»Ich bin in Spanien«, brummte er, »muss noch nach Alicante.«

»*Wo* sind Sie?«

»In Spanien! Bei Tarragona irgendwo …«

»Ist das am Ebro?«

»Wie bitte?«

»Nichts, nichts. Nicht wichtig. Es reicht, wenn Sie am Montag zurück sind. Ist ja einiges zu erledigen, und ich kann das nicht übernehmen. Oder gibt es außer Ihnen noch irgendwelche …«

»Nein, nur mich. Hat sie …«, begann Kiontke.

»Noch etwas gesagt? Nein. Doch! Gerda wollte, dass ihr Sohn sich um den Heinrich kümmert. Das hat sie mehrmals wiederholt. Es waren sozusagen ihre letzten Worte. Der Günther soll sich um den Heinrich kümmern.«

Kiontke sah mit leerem Blick seiner schuldbeladenen Erleichterung hinterher, wie sie kieloben in die spanische Nacht trieb.

Jetzt hört er Schritte. Schnelle Schritte, wie sie nicht in die übliche Sinfonie des Freibads gehören. Auf ihn *zu*, das ist nicht gut.

»Bademeister? Herr Bademeister?«

Sofort ist er da, einigermaßen. Da stehen zwei Jugendliche, atemlos.

»Schnell! Zum Kinderbecken! Da ist was passiert!«

~

Isobel presst den Ellbogen gegen den silbernen Knopf, mit Druck schießt das Wasser aus der Dusche. Es fühlt sich an, als wäre jeder einzelne Strahl aus Draht. Sie neigt den Kopf, damit es zuerst den Nacken trifft, dann hebt sie ihn, der Scheitel, und zuletzt hält sie ihr Gesicht in den Schauer. Erst nach einer gewissen Zeit wird das sonnenwarme Wasser so kalt, wie Isobel es mag, aber erst nach dem Baden. So, wie sich das gehört. Wenn sie ins Wasser geht, will sie auch vom Wasser empfangen werden, dem *richtigen* Wasser – nicht von einem hygienischen Faustschlag aus der Dusche.

Nach dem Schwimmen mag sie eigentlich auch das Chlor auf ihrem Körper, dieses zartchemische Parfüm, mehr aber noch die drahtharten Wasserstrahlen, die ihr diesen Duft wieder von der Haut spülen. Und das Prasseln, wenn sie die Augen schließt, wie damals ein Wolkenbruch auf dem blechernen Dach des Peugeot, als, als, als es so stark regnet, ganz plötzlich, dass ihre Scheibenwischer nicht mehr mitkommen und die Straße verschwimmt, während rings umher die Welt untergeht, in himmelhohen Wasserfällen stürzt es von den Felsen wie aus den Wolken selbst. Gerda fährt vorsichtshalber auf den Standstreifen, denn hier sind die Alpen eng, da ist kein Parkplatz, und sie sagt, sagt, sagt – schon wird das Prasseln schwächer, lässt der Druck nach, wird der Draht zu Wolle, weil der Druckknopf wieder seine Ruhestellung erreicht, und deshalb drückt Isobel ihn erneut, damit es wieder prasselt, und dann prasselt es wieder wie damals der Wolkenbruch auf dem Dach des Peugeot, und auf dem Standstreifen sagt Gerda: »Das sitzen wir besser mal aus, was?«, während nebenan der Verkehr unbeeindruckt drängt und treibt, und ist ein LKW dabei, lassen seine feuchten Verwirbelungen den kleinen Peugeot erbeben und schwanken.

Isobel muss pinkeln, schon seit dem vorletzten Tunnel. Nervös schaut sie in den Rückspiegel, ihr ist das hier nicht geheuer. Gerda sieht ihren Blick und schaltet die Warnblinkanlage an. So sitzen sie eine Weile in dem ohrenbetäubenden Prasseln, das vom mechanischen Klacken der Scheibenwischer rhythmisiert wird, schweigend, sie waren in Meran oder Mailand, nach Hause ist es noch weit. Gerda zieht ihre Brille aus und putzt sie am Saum ihrer Bluse.

Isobel sagt: »Ich habe doch Putztücher, warte …«, aber Gerda putzt einfach weiter, obwohl das feine Kratzer macht, die man zuerst gar nicht sieht. Vielleicht hat Isobel zu leise gesprochen bei dem Geprassel? Ohne Brille sind Gerdas Augen ganz klein, und mit denen schaut sie geradeaus, wo die Scheibenwischer hilflos gegen den Regen anwedeln.

In der Handtasche zwischen ihren Beinen wühlt Isobel weiter nach den Tüchern, als Gerda ruft: »Mein Güntherchen macht das Tag um Tag, der fährt immer solche Straßen entlang, das ist sein ganzes Leben. Stell dir das mal vor.«

»Hat er dich denn mal wieder besucht?«, ruft Isobel zurück. Da, die Tücher!

»Der?«, Gerda gackert kurz auf. »Nä. Aber angerufen hat er, immerhin, aus Lettland oder Litauen, ich kann das nicht auseinanderhalten. Und weißt du, was er wissen wollte? Isobel? Er wollte wissen, ob du vom anderen Ufer bist!«

Isobel kichert eine klirrende, klare Kadenz: »Ich? Ich bin von gar keinem Ufer mehr. Hier, nun nimm schon dieses Tuch!«

Aber Gerda hat ihre Brille schon wieder aufgesetzt, und das Prasseln wird noch stärker. Isobel lässt die Hand sinken und betrachtet ihre Freundin unverwandt von der Seite. Tja. Da wundert sich nicht nur Gerdas Sohn, schätzt Isobel. Sie wundert sich sogar selbst, wenn sie es zulässt. Aber was soll's? Niemand, den sie jemals kannte, ist noch am Leben. Immer war sie das, was man eine »feine Dame« nennt. Wenn sie heute allein ist, liest sie Proust oder hört die späten Sinfonien von Sibelius. Wenn Gerda allein ist, guckt sie RTL, hört Helene Fischer und hilft am Telefon fremden Männern dabei, sexuellen Druck abzulassen. Sie macht daraus kein großes Geheimnis, jedenfalls nicht Isobel gegenüber. Nur ihr Sohn darf nichts wissen, niemals. Zeuge ist nur der Papagei.

Isobel wirft das Tuch zurück in ihre Tasche und lehnt die Stirn gegen die Scheibe. Gerda ist oft grob, plump, und schmutzig sowieso. Nichts, worüber Isobel früher mit ihren Freundinnen reden konnte, interessiert Gerda auch nur im Ansatz. Sie ist ein Planet für sich. Eine robuste alte Schachtel, eigentlich ein Kerl. Sie lacht zu laut und raucht zu viel. Aber sie hat eine Kraft, die Isobel bei sich selbst schwinden fühlt. Es ist alles schon verstrichen in ihrem Leben, nichts Neues trägt sich mehr zu. Vielleicht brauche ich zum Weitermachen jemanden, der mir dabei zuschaut, denkt sie. Sonst schaue ich mir eines Tages nur noch selbst zu, immer im Rückspiegel.

Gerda schaltet die Warnblinkanlage ab. Isobel merkt, dass das Prasseln nachgelassen hat. Gerda lässt den Motor an, beugt ihren massigen Körper nach vorne und schaut über die Schulter. Dann setzt sie den Blinker und fährt langsam los: »Mal sehen, ob wir uns da eingefädelt bekommen …«

Vorsichtig öffnet Isobel die Augen und steigt aus dem Duschbecken auf den überraschend weichen Rasen. Oben eilen keine Wolkenfetzen, der Himmel ist bübchenblau und friedlich. Die Wasserfälle sind versiegt.

~

Kiontke rennt.

Kiontke rennt nicht oft. Ausgebildet worden ist er seinerzeit für Hechtsprünge ins Becken, die Abwehr des panischen Halswürgegriffs eines Ertrinkenden, den Achselschleppgriff, die Mund-zu-Mund-Beatmung und die Herzmassage – aber nicht für den Spurt an Land. Flapp, flapp, flapp machen die Adiletten.

Beim Sprung von der letzten Sprosse seiner Leiter hat es im Knöchel geknackt, er ignoriert den Schmerz und rennt, so schnell ein so schwerer Mann eben rennen kann, die Längsseite des Beckens hinab.

Lass bitte nichts passiert sein, denkt er im Rhythmus seiner Schritte, lassbitte, nichtspass, iertsein.

Da ist etwas passiert.

Im Duschbecken rutscht er beinahe aus und verliert einen Schlappen, lässt ihn in der Brühe liegen, schleudert den anderen vom Fuß und nimmt den Hügel hinunter richtig Fahrt auf, die Beine kommen kaum hinterher. Wer ihm jetzt in die Quere käme, den würde er mit Wucht beiseiterammen. Kiontke walzt in gerader Linie auf das Piratenschiff zu, stehen da schon Leute zusammen?

Das Kinderbecken ist ein blassblaues Oval, in der Mitte nur knietief. Aus dem roten Pilz fällt alle fünf Minuten für fünf Minuten das Wasser herab wie ein transparenter Vorhang. Die Kinder sind ganz verrückt nach dem Ding. Aber jetzt ist das Becken leer. Alle stehen beim Spielplatz dahinter. Eine stahlblecherne Röhrenrutsche mit abgerundeten Ecken. Ein Kletternetz aus Tauen, das hölzerne Piratenschiff. Ist da etwa einer runtergefallen? Die Menge steht in weitem Halbkreis um den Sandkasten, er sieht gerötete Augen und vor den Mund geschlagene Hände.

Verdammt, denkt Kiontke, die Bärengruppe.

Die Leute hören ihn schon schnaufen und machen Platz. Nur ein Jugendlicher in roten Shorts weicht nicht zur Seite, ist zu sehr mit seinem Smartphone beschäftigt. Kiontke rempelt ihn weg und bleibt keuchend stehen. Der Schweiß rinnt ihm von der Stirn in die Augen, das brennt, und sein Herz hämmert.

Kein Kind, Gott sei Dank. Aber Melanie! Sie liegt neben dem flachen Babybecken auf dem Rücken, das Gesicht gerötet, und hat den Unterarm über die Stirn gelegt, die Hand ein Luftballon. Ihre Augen flattern panisch hin und her. Es pfeift, wenn sie Luft holt. Kiontke geht neben ihr in die Hocke, stützt die Hände auf die Knie, atmet schwer. Aus den Augenwinkeln erkennt er die Frau vom jungen Brinkmann, Josefine. Was macht die denn hier? Egal jetzt.

»Biene, oder?«, fragt er keuchend.

Melanie fiept etwas Unverständliches.

»Biene«, bestätigt Josefine.

Kiontke greift nach dem Klappstuhl, zieht ihn zu sich, legt Melanies Beine darauf.

»Ganz ruhig, das schaukeln wir schon«, sagt er und wischt sich mit dem Handrücken den Schweiß von der Stirn.

»Hrmpsch«, macht Melanie.

»Der Stachel steckte noch«, sagt Josefine, »und daran so ein Sack …«

»Das war das Gift«, sagt Kiontke, ohne aufzublicken. »Und da habt ihr dann draufgedrückt, und jetzt hat sie das alles im Blut. Nicht gut.«

»Mirskalt!«, ächzt Melanie.

»Kann ich was tun?«, fragt Josefine.

»Wäre gut, wenn jemand ein Auge auf die Kinder hat.«

Kiontke sieht zu viele Schienbeine, Waden, Füße. Ums Verrecken kann er das nicht leiden, das war schon auf der Autobahn so, wenn es mal wieder irgendwo geknallt hatte, die elenden Gaffer hätte er alle eigenhändig erwürgen können.

»So, Leute. Bienenstich!«, ruft er über die Schulter. »Das kennt ihr doch!«

»Mirswarm«, hechelt Melanie.

»Wird schon«, sagt er sanft, und dann brüllt er: »Wird's bald? Auseinander!«

Und jetzt wird's, denkt er, denn der Ton macht die Musik. Er fühlt Melanie den Puls, der ist recht flach, das gefällt ihm nicht. Und ihre Hand gleicht, wenn man sich die geschwollenen Finger wegdenkt, inzwischen einer Wassermelone. Wenn das so weitergeht, wird er sie beatmen müssen. Josefine ist aufgestanden und dirigiert mit ausgebreiteten Armen die Kinder außer Reichweite.

Kiontke fällt eine rote Badehose auf, rechts von ihm. Kann es sein, dass die eben noch näher gekommen ist? Er blickt auf und sieht, wie der Junge in faszinierter Versunkenheit sein Display betrachtet, das heißt, er gafft durch sein Display hindurch auf die leidende Melanie, und vermutlich, das ist die neueste Pest, nimmt er das hier sogar gerade auf.

»Okay«, sagt Kiontke und flüstert Melanie zu: »Eine Sekunde!«

Dann richtet er sich auf und entwindet dem Jungen sein Smartphone. Das ging ganz leicht, weil der damit nicht gerechnet hat. Konnte es auf seinem Display wohl nicht kommen sehen.

»Hey!«, ruft der Junge.

Kiontke wischt über den Bildschirm und wählt die 112, ohne den Burschen aus den Augen zu lassen.

»Ey, Alter! Das ist mein Handy! Das *dürfen* Sie gar nicht!«

Kiontke legt den Zeigefinger auf die Lippen. Und dann: »Lutz, bist du das? Komm rüber, wir haben einen Notfall. Anaphylaktischer Schock. Ja. Alles unter Kontrolle. Bis gleich!«

Der Junge mit der roten Hose hat die Hände in die Hüften gestemmt. »Krass. Kann ich jetzt vielleicht mein Handy wiederhaben?«

»Klar doch«, sagt Kiontke und wirft es ins Becken. »Da liegt es, hol's dir!«

~

Irgendwann kommt immer der Punkt, denkt Renate, an dem mehr Leute das Bad verlassen als reinwollen. Normalerweise ist das am späteren Nachmittag der Fall, jetzt noch nicht. Immerhin hat sich die Schlange aufgelöst. Wer reinwollte, denkt sie, ist drin. Wer jetzt noch kommt, das sind Nachzügler, denen sie eine Halbtageskarte verkaufen kann. Manchmal, nach Feierabend, geht sie selbst gerne ins Bad, aber nur ins Nichtschwimmerbecken. Der Kiontke liegt ihr seit Jahren in den Ohren: »Du musst das lernen, Renate, und ich kann's dir beibringen!«, aber ihr wäre das irgendwie peinlich, sich halbnackt im Badeanzug herumkommandieren zu lassen, so weit kommt's noch. Außerdem reicht es ihr völlig, ein wenig im Nichtschwimmer rumzuplanschen. Am liebsten, wenn der Kiontke abends im Stadtrat hockt oder Besorgungen machen muss, wenn sie das Becken ganz für sich alleine hat.

Sie schaltet das Radio wieder ein, Wetterbericht, heftige Gewitter im Süden, die kommenden Tage soll es sich deutlich abkühlen, und der Moderator empfiehlt mit gönnerhafter Stimme einen Besuch im Freibad, »solange es noch geht«. Ob sie sich jetzt eine Zigarette anzünden kann?

An der Tür zu ihrem Kabuff plötzlich ein Scharren, kein Klopfen. Sergej. Renate macht sich lang auf ihrem Stuhl, damit sie nicht aufstehen muss, und drückt mit zwei Fingern die Klinke nach unten.

»Sie hatten bestellt das Menü alla Karte, hier bitte schön, mit freundlichem Gruß aus der Küche!«, sagt Sergej und reicht ihr ein Schälchen mit Pommes und Currywurst, wie jeden Nachmittag, dazu eine Dose Cola Zero.

»Du bist ein Engel, Sergej«, sagt Renate und hört durch die geöffnete Tür aufgeregte Stimmen. »Gibt's Stress?«

»Angriff von Killerbiene. Muss schnell Kiosk verriegeln!«, sagt Sergej und verschwindet wieder.

Also nichts Schlimmes, denkt Renate und zieht die Tür zu. Dann macht sie sich über die Pommes her. Sergej hat's raus, er benutzt diesen blassen Brei, der in Form gefroren in die Fritteuse kommt, keine richtigen Kartoffeln. Und die Currywurst erst! Sie leckt sich die Finger einzeln ab und lässt die Dose aufzischen. Da ist der halbe Durst schon weg, wenn sie nur dieses Zischen hört. Jetzt aber wirklich eine Zigarette, hat sie sich verdient. Sie klopft eine Marlboro Light aus der Schachtel und zündet sie mit ihrem Düsenfeuerzeug an. Hoffentlich kommt jetzt keiner, denkt sie, die Leute werden immer intoleranter. Vorsichtshalber späht sie aus dem Fenster – und sieht den Notarzt auf den Parkplatz rollen, lautlos, ohne Blaulicht und Theater. Sofort drückt sie die Kippe wieder aus.

Doch was Schlimmes passiert.

~

In ihren rot-weißen Anzügen wirken die Sanitäter im Freibad wie Astronauten auf einem fremden Planeten. Ihr Laufschritt wirkt bei aller Eile, als bewegten sie sich in Zeitlupe, so schwer ist die

Ausrüstung und so hinderlich bei dieser Hitze. Mit ausgebreiteten Armen und sonorer Stimme bahnt der Kiontke den Helfern eine Gasse und hilft Melanie vorsichtig wieder auf die Beine. Rotz hängt ihr in zwei Glocken unter der Nase, sie hat die Arme um die Schultern geschlungen und zittert. Die Sanitäter haken sie unter.

»Kommt schon, Freunde«, ruft der Kiontke und klatscht in die Hände, »die Vorstellung ist vorbei. Weitermachen!« Dann wendet er sich an Josefine: »Bin gleich wieder da. Kannst du noch kurz auf die Kinder aufpassen?«

»Klar«, sagt Josefine und merkt erst ein paar Augenblicke später, dass sie soeben Erzieherin geworden ist. »Habt ihr gehört?«, sagt sie, »der Melanie geht es bald wieder gut! Die ist nur von einer bösen Biene gestochen worden, das kennt ihr doch?«

Der sowjetische Generalsekretär nickt gravitätisch, der Pirat steckt vier Finger in den Mund. Und die Schackeline führt aus, dass Bienen unmöglich böse sein können, weil die nämlich nützlich sind und nur dann sauer werden, wenn sie Angst haben. Nur Ali hat den ganzen Tumult einfach im Schutz seiner Zitadelle ausgesessen.

»Tja«, erklärt Josefine ratlos, »ich bringe euch jetzt wohl besser in den Kindergarten zurück.«

»Aber wir haben doch heute Seepferdchen«, protestiert der Generalsekretär. Und Schackeline gibt zu bedenken: »Außerdem dürfen Sie gar nicht mit uns über die Straße. Sie sind nämlich gar nicht unsere Melanie.«

»Stimmt«, sagt Josefine. »Wartet!«

Sie greift nach Melanies Handy und sucht die Nummer vom Kindergarten.

»Zwergenhaus, hier ist die Anke?«

Josefine erklärt kurz die Lage, Melanie, Biene, viel weiter kommt sie nicht, denn nun erklärt Anke kurz *ihre* Lage, Kollegin krank,

Wochenende vor der Tür. Die meisten Eltern seien berufstätig, es hätte keinen Sinn, die zu alarmieren. Spätestens in zwei Stunden könne sie selbst die Kinder abholen. Ob Josefine sich zutrauen würde, ausnahmsweise, die Bärengruppe unter Kontrolle zu haben? Außerdem sei der Kiontke doch bestimmt auch in Reichweite, der könne doch gut mit Kindern. Die Kleinen wären ja soooo enttäuscht, wenn das Seepferdchen ins Wasser fallen würde! Sie spricht, Berufskrankheit erfahrener Erzieherinnen, mit Josefine wie mit einem Kind. Und das kann Josefine – Kindchen hin, Kindchen her – überhaupt nicht leiden.

»Wie kann das eigentlich sein, Anke, dass die Melanie hier mit zehn Kindern ganz alleine ist?«

Josefine hört förmlich, wie diese Anke ein paar Gänge runterschaltet. »Heißt das, mit Mel ist etwas passiert?«

»Das wollte ich gerade erzählen. Die einzige Betreuerin hier ist gerade vom Notarzt abtransportiert worden.«

Jetzt hört Josefine nur noch ein Atmen in der Leitung. Anke hat offenbar in den Leerlauf geschaltet.

»Ja, gut, also …«, stottert Anke, »also, ich schicke sofort unseren Praktikanten rüber, obwohl, geht auch nicht, nein, ich komme rasch selbst! Das kann aber zehn Minuten dauern. Oder eine Viertelstunde, höchstens! Ginge das?«

»Moment«, sagt Josefine, »ich schalte mal laut!« Und dann wiederholt die Anke, dass sie in spätestens einer halben Stunde im Freibad ist, ob denn die Bärengruppe so lange mit der freundlichen Tante …

»Was meint ihr?«, fragt Josefine in die Runde, »Trauen wir uns das zu?«

Der sowjetische Generalsekretär schüttelt finster den Kopf, aber Josefine entscheidet am Politbüro vorbei.

»Schon okay, Anke, so lange bekomme ich die Stellung gehalten. Und die Schwimmprüfung kriegen wir mit dem Kiontke auch noch gewuppt, oder?«

Anke will noch etwas erwidern, aber Josefine hat schon aufgelegt. Sie dreht sich zur Bärengruppe um und klatscht in die Hände: »Kommt schon, Freunde, weitermachen! Und später satteln wir die Seepferdchen!«

~

»Scheiße, ist das hoch. Komm, wir gehen wieder runter!«

Ich stehe auf dem Fünfer und halte mich am Geländer fest, sinnlos, weil der Turm ja nicht schwankt. Auch wenn es sich so anfühlt, wenn ich in den Himmel gucke, wo gerade eine einsame Wolke vorbeitreibt wie ein Ruderboot. Peinlich, mein Bruder. Vor uns warten noch vier – nein, jetzt nur noch drei – Leute darauf, dass sie drankommen. Wenn die meinen Bruder jammern hören, was sollen die denn denken? Egal, Hauptsache, sie denken es nicht über mich. Wobei er selbst ja auch nicht wirklich denkt, dass das hier besonders hoch ist. Der tut nur so, um mir Angst einzujagen.

Sprünge vom Fünfer dauern länger, merke ich, als Sprünge vom Einer oder Dreier. Nicht nur in der Luft, schon vor dem Sprung. Unten gehen die ab, vom Einer einfach plopp, plopp, plopp, als nähme man nur eine Stufe. Vom Dreier bedarf es etwas mehr Bedenkzeit, plopp … plopp … plopp. Hier oben, auf dem Fünfer, liegen immer mindestens fünf Atemzüge vor dem Sprung. Ich habe mitgezählt, wie oft die Brustkörbe sich heben und senken. Sammlung. Und ab!

Gerade geht die Frau vor mir zum Rand und dreht sich um, als ginge es hinter ihr nicht fünf Meter in die Tiefe. Sie lächelt mir zu, dann schließt sie die Augen. Ich kann erkennen, wie sie die Bauchmuskeln anspannt. Und dann springt sie nach hinten weg, nach hinten und gleichzeitig nach oben. Irre. Es gibt Leute, die beherrschen nur eine Figur, einen Sprung, aber den richtig. Ich hangele mich, ohne das Geländer loszulassen, nach vorne zum Rand – aber da ist sie längst im Wasser und weg, ich sehe nur noch einen Sprudelpool aus weißen Blasen.

Endlich bin ich an der Reihe. Ich lasse das Geländer los und schiebe mich, Fußbreit um Fußbreit, in die Mitte.

»Echt jetzt«, sagt mein Bruder, »spring wenigstens keinen Seemann. Das hier ist eine andere Nummer als der Dreier, wirklich!«

Okay. Das hier ist eine andere Nummer als der Dreier. Stimmt. Hier wippt auch kein Brett. Der Fünfer ist eine Klippe. Vom Dreier konnte ich mich einfach nach vorne kippen lassen. Scharniertrick. Wenn ich das hier versuche, werde ich mich überschlagen und mit dem Kreuz aufkommen.

»Also?«

Also muss ich mich im richtigen Winkel abstoßen. Nicht zu flach, sonst überschlage ich mich auch. Auf keinen Fall zu steil, sonst komme ich mit der Brust auf. Das kann beides richtig weh tun, von hier oben. Fünf Meter sind auch hoch genug, unterwegs in Panik zu geraten. Dann beginnt das Geruder mit den Armen, das Strampeln mit den Beinen, dann geht alles furchtbar schief.

Hinter meinem Rücken finden sich die Zeigefinger, aber das ist zu wenig. Ich verschränke beide Hände fest ineinander und stelle mir vor, dass die jetzt so einrasten. Klack.

Ein und aus atme ich. Der Bungalow des Bademeisters hat ein kiesbedecktes Flachdach, dort liegt ein grüner Ball. Wo wir vorhin mit dem Fahrrad abgebogen sind, auf dem Feldweg, hat der Schröder seinen Trecker abgestellt. Ein und aus atme ich.

»Bitte. Tu's nicht.«

Aber da kippe ich schon wasserwärts, locker aus den Fußgelenken nach vorne ins Leere, mit gerecktem Kinn. Da ist ein Kitzeln gleich unter den Rippen, und weiche Wellen rollen mir die Wirbelsäule herauf, wie elektrische Entladungen. Ein Vogel würde jetzt seine Flügel ausbreiten. Ich merke, wie ich schon den Scheitelpunkt überwunden habe, spüre die Physik selbst, gar nicht abstrakt, und ihre Gesetze drücken meinen Oberkörper nach unten, die Beine bleiben gerade, die Arme auf dem Rücken. Ich senke den Kopf und erkenne deutlich den Winkel, in dem ich eintauchen werde.

Er ist perfekt.

III

Bruce ist erleichtert, dass Lennart angerufen hat. Und Lennart ist erleichtert, dass Bruce einen gelassenen Eindruck macht. Seine Stimme klingt so klar, als säße er hier neben ihm auf den steinernen Stufen am Sprungturm, und nicht einen ganzen Atlantik entfernt. Im Hintergrund hört Lennart den leiernden Gesang von Sirenen, entferntes Hupen. Einmal glaubt er, ein Schnurren zu vernehmen. Wenn das stimmt, sitzt Bruce gerade in seinem Büro, die Angorakatze auf dem Schoß, Hirohito oder Nagako, eine von beiden nimmt er immer mit, wenn er nach New York muss.

Die Vernissage hat ohne den Künstler stattgefunden. Der Künstler hockt im Schneidersitz im Freibad und hört zu, wie sein Agent die Wogen glättet, die er verursacht hat. Die Idiotin von der *Village Voice* habe seine Abwesenheit bei einem so wichtigen Ereignis als »striking« und »distinctive« empfunden, sagt Bruce.

»What luck!«, sagt Lennart.

Nach Mitternacht sei der Kunstkritiker von der *New York Times* aufgekreuzt, wichtiger Mann, im Schlepptau einen noch wichtigeren Mann: »Wolfgang Tillmans was there, imagine!«, sagt Bruce, »he just loved your portraits!«

Und das ist falsch, denkt Lennart. Es ist falsch, diese Bilder zu lieben. Und es war falsch, sie zu machen, diese Kinder in ihrem Zustand abzulichten. So wie es falsch ist, einen unreifen Apfel vom

Ast zu pflücken, über den sich noch am Baum die Hornissen hergemacht haben. Dinge gibt es, die muss man in Frieden lassen, denkt Lennart und versucht, das Bruce zu erklären. Was nicht leicht ist, weil ihm dieser Gedanke selbst gerade erst gekommen ist.

Bruce schweigt und seufzt. »You're in a crisis, my friend. Take your time.«

Die Katze schnurrt, ein Motor heult auf. Und jetzt erst wird Lennart klar, dass es genau das ist, was er hat. Eine Krise.

Er dreht sich auf den Bauch und sieht zu, wie das Wasser aus seinen langen Haaren tropft und dunkle Flecken auf dem grobporigen Beton hinterlässt. Es verdunstet so schnell, dass Lennart dabei zusehen kann, und riecht würzig nach Staub und Mineralien. Während Bruce ihm erklärt, dass versehrte Gesichter, auch die von Kindern, fotografiert zu werden verdienen, »from a master like yourself«, beobachtet Lennart drei Ameisen, die seinen Wasserflecken ausweichen.

Er sei mit diesen Bildern an eine Grenze gekommen, wirft Lennart ein, und habe diese Grenze wider besseres Wissen überschritten, Meister hin oder her, und jetzt entdeckt er eine ganze Ameisenkarawane. Sie führt aus einer schmalen Fuge zwischen den Platten, an deren Rändern der sandige Auswurf ihrer winzigen Erdhubarbeiten zu erkennen ist, an seiner Tasche vorbei und senkrecht die oberste Stufe hinauf ins Irgendwo der Blumenkübel oberhalb der Treppe am Sprungturm.

Die Welt »out there« sei ein grausamer Ort, stellt Bruce fest, als wäre er selbst dort gewesen in den Hoffnungsvernichtungslagern vor den Festungen des Wohlstands. Vielleicht sollte ich kein Geld nehmen für diese Bilder, schlägt Lennart vor. Und ganz sicher sollte ich mich dafür nicht feiern lassen, fügt er in Gedanken hinzu.

Wo die einander entgegenkommenden Ameisen sich begegnen, tasten sie sich kurz mit ihren Fühlern ab, es ist wie ein informelles Abklatschen, bevor sie ihre mysteriösen Wege fortsetzen. Kommunikation ist alles.

Das Böse, referiert Bruce, schere sich nicht um moralische Ansprüche. Es lauere überall, und wir Menschen neigten dazu, die Augen davor zu verschließen. Manchmal langweile es uns sogar, wir stumpften ab, mehr noch, irgendwann nerve es uns sogar: »Remember Iraq? Neither do I!«

Weil er ihn auf den ersten Blick für eine Ameise gehalten hat, die sich seltsamerweise *nicht* bewegt, erregt ein kleiner Punkt im Schatten der Sporttasche seine Aufmerksamkeit. Lennart senkt sein Kinn auf den Handrücken, die Nase nun dicht über dem Beton, und nimmt das Tierchen genauer in Augenschein. Eine Spinne.

Früher oder später, fährt Bruce fort – er ist jetzt aufgestanden, Lennart hört die Holzdielen knarzen –, gerate jeder talentierte Generalist ins Territorium der Kunst. Das sei es, was er ihm, »Lenny«, seit Monaten zu erklären versuche: »Think of Letizia Battaglia«, und Lennart denkt an grobkörnige Schwarzweißfotos aus dem Palermo der späten Siebzigerjahre, an Opfer der Mafia mit den Gesichtern im Rinnstein. »Or think of Tillmans!«, und Lennart hört das Zischen der Kaffeemaschine von Nuova Simonelli in der fensterlosen Küche.

Wie spät ist es in New York? Früh am Morgen. An Lennarts Zeigefinger vorbei flitzt eine weitere Ameise, Pionierin, die sich von ihren Kolleginnen abgesetzt hat. Mit zitternden Fühlern stößt sie ins Unbekannte vor, krabbelt in die ungefähre Richtung der Spinne. Nein, bemerkt Lenny, sie läuft direkt auf sie zu. Er spitzt die Lippen und pustet, um die Ameise aus dem Konzept zu bringen. Oder die Spinne. Ohne Erfolg.

»Lenny? Are you alright?«

Er robbt ein Stück nach vorne, gebannt von diesem mikroskopischen Schauspiel, kneift die Augen zusammen. Hält die Luft an.

Und dann geht alles ganz schnell. Als die Ameise noch etwa einen Fingerbreit von der Spinne entfernt ist, klemmt die plötzlich zwei ihrer Beine nach vorne. Zittert. Und winkt. Wie eine Ameise mit ihren Fühlern, genau so.

Kann das sein? Das kann nicht sein!

»Lenny?«

Die Kundschafterin erreicht die Spinne. Und tut, worauf sie als Arbeiterin programmiert ist. Sie tastet flüchtig ab, was sie für eine Kollegin abseits der sicheren Straßen halten muss. Klatscht ab, was sie für deren Fühler hält – und ist blitzschnell von acht Beinchen umgriffen, acht Beinchen und einem giftigen Kuss. Lennart sieht ein verschlungenes Zucken, einen kurzen Kampf auf Stecknadelkopfgröße.

Und dann zieht sich die Spinne wieder in den Schatten zurück, ihre gelähmte Beute im Schlepptau, und verschwindet in einem Spalt zwischen den Betonplatten.

»Lenny?«

~

»Was soll das? Ich will laufen, Lutz!«

»Schon klar, Mel. Aber ich will dich nicht laufen lassen!«

In seinem außentaschenreichen Overall steht Lutz der Schweiß in Perlen auf der Stirn. Mit sanfter Autorität und noch sanfterem Druck verfrachtet er Melanie auf eine Liege und schiebt die dann, »Hau … ruck!«, mit seinem Kollegen auf die Schienen im Notarztwagen. Dann schlägt er die Türen zu und wischt sich mit dem Handrücken über die hohe Stirn: »Wird schon wieder, die Gute, keine Sorge!«

»Ich mach mir keine Sorgen.«

Lutz lächelt und boxt Kiontke gegen die Schulter.

Kiontke boxt zurück: »Lässt du dir die Haare wachsen, Kamerad? Hinten lang und vorne gar nix mehr, das sieht … wirklich flott aus!«

»Du mich auch«, sagt Lutz. »Und selbst?«

»Bisher war's ein ruhiger Tag.«

»Nee«, sagt Lutz. »Du weißt schon, was ich meine. Wie geht's dir so?«

»Kann nicht klagen!«, sagt Kiontke knapp und legt vor dem Bauch die Hände aneinander, sodass sich die Fingerspitzen berühren. »Es läuft. Wenn der Stadtrat sich endlich mit den Dänen einigt, bekommen wir sogar eine Kletterwand aus Plexiglas. Und eine Röhrenrutsche, fünfzig Meter, dazu ein paar dieser künstlichen Felsen wie drüben im Miramar. Mit einem Becken zum Schwimmen ist es ja nicht mehr getan. Heute braucht's einfach Attraktionen! Wie im Zirkus. Dann sieht's hier bald aus wie in Las Vegas oder in diesem Wunderbad in Brandenburg, was weiß ich. Fehlen nur noch Plastikpalmen.«

»Und der Siebener?«

Kiontke greift sich ans Ohrläppchen: »Kommt weg. Ludger hat schon ein Angebot gemacht. Wenn der Schmidt von der Kreissparkasse sich mal ein paar Zentimeter bewegt, können wir ihn schon diesen Winter abreißen …«

»Hmm«, macht Lutz und wartet.

»Wann kommst du denn mal wieder?«, fragt Kiontke. »Mit Annette und den Jungs? Oder nur mit den Jungs? Die habe ich auch schon lange nicht mehr gesehen.«

»Die Jungs sind aus'm Haus, Kiontke«, sagt Lutz trocken. »Und Annette auch.«

»Ach?«

»Seit genau sechs Monaten, sie ist bei ihrer Schwester in Essen. Das wüsstest du auch alles, wenn du dich hin und wieder mal beim Ochsen sehen lassen würdest«, sagt Lutz und seufzt. Dann nimmt er einen letzten Anlauf: »Schau, wir kennen uns schon ewig. Eine Therapie ist keine …«

»Mir. Geht's. Gut«, sagt Kiontke und klopft dem Lutz auf die Schulter. »Es geht mir gut. Gut geht es mir, klar?«

Der Kollege am Steuer des Notarztwagens beugt sich aus dem Fenster: »Schlagen wir hier Wurzeln, oder was?«

»Komme!«, ruft Lutz und tritt näher an Kiontke heran. »Hör zu, da war dieser Unfall auf der Bundesstraße …«

»Der junge Brinkmann, schlimme Sache.«

»Da war ich im Urlaub, Gott sei Dank. Nein, ich meine eine andere Sache, ist schon 'ne Weile her. Das wollte ich dir schon lange mal erzählen …«

»Na, dann schieß los!«

Lutz nimmt Kiontke ein wenig beiseite, er redet leise und eindringlich: »Also, Kiontke, das Übliche, ja? Motorrad. Normalerweise ist das ein schlimmes Gemetzel. Damit komme ich klar. Darauf bin ich vorbereitet. Das war ein Auswärtiger, so ein junger Kerl. Ist in der Kurve weggerutscht. Normalerweise filetiert dich die Leitplanke. Dem Typ aber ist nichts passiert! Keine Schramme! Der ist glatt drunter durchgerutscht! Stand unter Schock, klar, war aber ansprechbar. Dann muss man mit den Leuten reden, ja. Also erzähle ich ihm einen Witz nach dem anderen, egal, und …«

Jetzt hupt der Kollege, und Lutz brüllt: »Gleich! Herrgott! Also, Kiontke, nach fünf Minuten dämmert dem Jungen, dass er noch lebt. Und was für ein irrsinniges Glück er gehabt hat. Da hat er geweint und gelacht, gleichzeitig! Und ich habe mitgelacht. Er sagt: *Scheiße, war das knapp!*, und schüttelt ungläubig den Kopf. Und in dem Moment verdreht er die Augen und kippt um. Weg. Exitus. Von jetzt auf gleich. Genick gebrochen, vorher schon. Es war das verdammte Kopfschütteln, das ihm den Rest gegeben hat.«

»Lutz, ich …«

»Jetzt hör mir mal kurz zu, Kiontke. Ich bin Notfallsanitäter. Ich hab schon jede Scheiße gesehen. Diesen Typen aber, wie er sein Glück nicht fassen konnte und daran gestorben ist, das habe ich nicht gepackt. Es hat mich drei Jahre und meine Ehe gekostet, bevor ich überhaupt darüber reden konnte. Auch nach der Therapie brauche ich noch vier Bier zum Einschlafen. Aber *dir* geht's gut, ja? Läuft? Das kannst du deinem Papagei erzählen!«

»Der interessiert sich nur fürs Ficken«, sagt Kiontke zerstreut und bietet ein Lächeln an.

Lutz greift es nicht auf. Er öffnet nur die Beifahrertür und sagt: »Ich mein ja nur. Haste Scheiße am Schuh, haste …«

»Schon klar«, sagt Kiontke und will sich zum Gehen wenden. »Danke, Lutz.«

»Ich mein ja nur«, wiederholt Lutz, einen Fuß schon auf dem Trittbrett, »ich mein, dass es nicht gut ist, über manche Sachen nur den Kopf zu schütteln, manche Sachen kann man einfach nicht abschütteln. Das mein ich.«

Kiontke nickt. »Ist klar.«

~

Die Zwillinge sitzen vor dem Springer und rufen: »Spring, Pferdchen, spring!«, und die Lena trötet dazu in ihre gelbe Plastiktrompete.

Schackeline plappert auf die Bauern ein, sie sollen jetzt sehr mutig sein. Josefine versucht, dem sowjetischen Generalsekretär zu erklären, was eine Dame alles kann, denn das ist allerhand. Sie steht auf dem Schachbrett, E4, und der kleine Kommunist sitzt auf dem Turm, H8, der sieht wirklich aus wie ein kleiner Hocker.

Genau so, denkt sie, hat sie auch mal auf dem Turm gehockt. Das war, als ihr Vater ihr auf diesem Feld hier Schach beigebracht hat. Die Figuren sind längst ausgetauscht, aber das Feld ist noch das gleiche. Hier konnte sie sich mit ihm messen. Ihr Vater war versessen auf Schach, und diese Versessenheit hatte sich im Ruhestand noch gesteigert. Wenn sie ihn zu Hause besuchte, endete jeder Abend mit mindestens einer Partie und zwei Flaschen vom guten Spätburgunder aus Vézelay, »wo Bernhard von Clairvaux zum Kreuzzug aufgerufen« hat, wie ihr Vater dann spätestens bei der zweiten Flasche zu verkünden pflegte. Wenn Josefine ihm Remis bieten oder ihn sogar besiegen konnte, entkorkte ihr Vater zur Feier des Tages manchmal auch noch eine dritte Flasche. Dann saßen sie zusammen, manchmal bis spät in die Nacht, und hörten Klavierkonzerte von Bach, irgendeine aktuelle Aufnahme gab es immer, und immer machte ein neuer Virtuose irgendwas anders als seine Vorgänger, und immer versuchte ihr Vater, sie auf diese Nuancen aufmerksam zu machen. Und wenn es Josefine wieder einmal gelungen war, ihrem Vater verständlich zu machen, dass sie Barock hasste und immer hassen würde, sang er Schubert-Lieder zur Versöhnung. Die mochte Josefine gerne. So war das.

Als sie ihn später wegen Zürich und der Aussicht auf eine Professur in der Schweiz – da war sie *so nah* dran, zumindest glaubte sie das damals – nicht mehr so häufig besuchen konnte, schenkte sie ihm einen Schachcomputer von Mephisto. Das Ding war wirklich teuflisch und für ihren Vater, was für Alice im Wunderland das Kaninchenloch gewesen sein muss. Wenn er einmal davorsaß, »nur fünf Minuten«, dann verschwand er komplett im Spiel. In absoluter Versunkenheit konnte er ganze Abende mit den Problemen verbringen, die der Rechner ihm bereitete. Er kaufte Schachbücher. Versuchte, mitzuhalten. Und wurde immer besser im

Duell mit der künstlichen Intelligenz. So gut, dass es Josefine irgendwann kein Vergnügen mehr bereitete, sich mit ihm zu messen. Nicht, weil er so clever spielte, dass sie sich wieder wie eine sechsjährige Anfängerin fühlte. Sondern wegen einer neuartigen Verbissenheit, die sie bis dahin von ihm nicht kannte.

Nach ihrem Leben und ihrer Arbeit erkundigte er sich am Telefon bald nur noch halb automatisch, als wollte er mit beidem im Grunde nichts mehr zu tun haben: »Was macht Max? Und wie läuft es mit der Monografie zu Ugo Rondinono? Rondinone? Na ja, der ist sowieso überbewertet, meine Meinung. Hast du mitbekommen, wie der Carlsen den Nepomnjaschtschi niedergemetzelt hat?«

Er schickte auch keine Bücher mehr mit der Post, sondern per E-Mail die Links zu irgendwelchen Filmchen, in denen Leute berühmte Partien nachspielen wie Schlachten, Anderssen gegen Kieseritzky oder Kasparow gegen einen Schachcomputer namens Deep Blue. Josefine schaute sich nichts davon an. Sie steckte sowieso zu tief in der Arbeit, damals, mit der Dozentur in St. Gallen. Also versuchte sie sich Freude darüber einzureden, dass ihr Vater eine späte Leidenschaft entdeckt hatte.

Und dann, an Weihnachten vor vier Jahren, da war Max gerade aus Berlin und sie aus Zürich zurück, beide auf ihre Weise für immer, besiegte sie ihren Vater in vier Spielen hintereinander. Darüber wunderten sie sich beide so sehr, dass Bernhard von Clairvaux es ganz versäumte, zum Kreuzzug aufzurufen.

Und das war wohl das erste Zeichen, dass etwas nicht stimmte.

An Ostern vor drei Jahren saß er wieder vor seinem Schachcomputer und beklagte sich, dass »das dumme Ding« nun schon anderthalb Stunden an einem einzigen Zug herumrechnete. Josefine hatte sich über das Spiel gebeugt und festgestellt, dass der Stecker herausgerutscht war.

Einen Monat später waren sie beim Arzt gewesen.

In der Woche darauf war Josefine wieder in ihr Jugendzimmer gezogen. Offiziell, um ihrem Vater ein wenig zur Hand zu gehen. Inoffiziell auch deshalb, weil sie es zu Hause bei Max einfach nicht länger aushielt. Max tischte sie, wie allen anderen, nur die offizielle Begründung auf. Er gab sich damit zufrieden, und das war's dann gewesen. Ihre Ehe war wie ein Kühlschrank geworden, dessen Gefrierfach nicht ganz richtig schließt. Keine große Sache, nicht weiter wichtig. Das Eis dahinter aber wächst, wenn das Fach nicht vernünftig schließt, drückt von innen gegen die Klappe und erweitert den Spalt. Unmerklich, mehr und mehr. Und eines Tages merkte Josefine, dass der ganze Kühlschrank vergletschert war. Er summte noch und verbrauchte Strom und tat, was er tun sollte. Aber er war hinüber.

»Der Ali will auch mitspielen!«, sagt Schackeline ernst, und Josefine ist dankbar für diese Unterbrechung ihrer Spiralgedanken, die sie nur wieder hineinführen würden in den Trübsinn.

»Dann lass ihn doch!«, sagt sie.

Schackeline senkt die Stimme und sagt vertraulich: »Ja, aber die Lena will die Figuren nicht hergeben!«

Josefine stellt fest, dass der Ali schon die meisten Figuren eingesammelt und einige davon bereits aufgestellt hat. An den richtigen Stellen.

»Lena, rück den Läufer raus!«, ruft sie.

~

»Hat der Lutz was gesagt?«, fragt Renate, ohne aufzublicken.

»Die wird schon wieder«, knurrt der Kiontke und schiebt die Drehtür an.

»Das meinte ich nicht.«

Kiontke bleibt stehen: »Was meintest du denn?«

Renate schaut von ihrem Rätsel auf, ihr Blick ist ganz weich. Das kann er nicht leiden. Da weiß er schon, was kommt.

»Wegen dieser Sache damals«, sagt sie. »Wegen dir, Kiontke.«

»Wegen mir?«

Renate legt den Stift weg. »Die Leute machen sich halt Sorgen. Ich dachte, wenn dich einer verstehen kann, dann der Lutz. Mit dem könntest du doch mal reden.«

»Dachtest du?«

»Dachte ich«, sagt Renate schulterzuckend und wendet sich wieder dem Heft zu.

Kiontke hätte jetzt gerne ein Bier, sofort. Oder wenigstens seine Ruhe.

»Wie wäre es mit einem ruhigen Bier heute Abend?«, hört er sich sagen.

»Im Ochsen?«, fragt Renate, ohne aufzublicken.

»Meinetwegen«, sagt Kiontke.

»Meinetwegen auch«, sagt Renate.

Er überquert die Terrasse in einem Zustand gespannter Verwirrung, als hätte er bereits ein Bier intus. Kann es sein, dass er sich gerade selbst übertölpelt hat?

Vor dem Kiosk greift er sich einen verwaisten Plastikstuhl und setzt sich an die Balustrade, ganz vorne, wo er das Bad überblicken kann. Tief atmet er aus, lehnt sich zurück – und beugt sich sofort wieder nach vorne. Von hier oben kann er, über das Becken und die Duschen hinweg, Josefine mit den Bärenkindern beim Schachbrett sehen. Die hätte er fast vergessen, nicht gut.

Gleich, gleich wird er sie erlösen.

Jetzt, jetzt noch nicht.

Jetzt hätte er, obwohl das sowohl verboten als auch gegen seine Prinzipien ist, wirklich gerne ein schnelles Bier, ein *ganz* schnelles

Bier. Blitzbier. Sergej hat sich ebenfalls einen Stuhl geholt und macht Anstalten, sich neben Kiontke zu setzen.

Jetzt nicht, denkt Kiontke. Jetzt kein Witz.

»Ahhh«, macht Sergej, setzt sich und streckt die Beine von sich.

Kiontke hält die Luft an.

»Kennst du Witz, wo …«

»Ich hätte jetzt gern ein Bier«, unterbricht Kiontke ihn müde.

»Trinkst Bier um diese Zeit?«

»Warmes Bier. Hilft bei Erkältung.«

»Unser Bier aber kalt!«

»Ich bin auch nicht erkältet«, sagt Kiontke und seufzt.

Das ist ihr alter Bierwitz. So alt, dass sie beide darüber schon im Ochsen nicht mehr lachen konnten.

Eine Weile sitzen sie nur und schweigen. Die Sonne ist gewandert, der Himmel ist noch immer von aufreizender Wolkenlosigkeit. Er sieht aus wie frisch gewaschen.

Irgendwann sagt Kiontke: »Manchmal wünschte ich, ich hätte den Zaun geflickt.«

Sergej nimmt seine sozialistische Brille ab und hält sie gegen das Licht. Er räuspert sich, setzt die Brille umständlich wieder auf und sagt kein Wort.

Also fährt der Kiontke fort: »Mitten in der Nacht wünsche ich mir das. Dann wache ich auf, liege da und denke: Verdammt, warum hast du diesen Scheißzaun nicht repariert? Dabei war der gar nicht kaputt, weißt du. Da war kein Loch, ich hab mich dumm und dämlich gesucht danach. Und dann frage ich mich, ob ich ihn nicht unter Strom hätte setzen müssen. Wie der Schröder das mit seinen Weidezäunen macht. So was denke ich manchmal.«

Wieder nimmt Sergej seine Brille ab, hinter deren gewaltigen Gläsern sich sogar ein Kriegsverbrecher verbergen könnte, haucht sie an, putzt sie am Zipfel seines gesteiften Kittels und behält sie in der Hand. Mit zwei Fingern massiert er seine Nasenwurzel und wendet sich Kiontke zu, den Blick gesenkt.

»Kennst du?«, fragt er leise. »Kommen drei Freunde an einem Zaun vorbei, wo sich mit Bein verfangen hat ein Schaf. Steckt fest, das Schaf. Sagt der erste Freund: ›Ich wünschte, das wäre Nikica Marinovic …‹«

»Wer?«

»Egal. Schönste Frau. Sagt zweiter Freund: ›Ich wünschte, das wäre … Scarlett Johansson‹, ja? Kennst du? Sagt dritter Mann: ›Mir würde schon reichen, es wäre dunkel!‹«

Sergej hechelt kurz und klopft auf Kiontkes Knie.

»Und dann wache ich nachts auf«, fährt Kiontke fort, »und wünschte, ich hätte das Wasser nicht so früh abgelassen. Was auch dummes Zeug ist. Nach der Saison kommt das Wasser raus, sonst sprengt es mir die Kacheln weg. Das ist immer so, überall. Das weiß man doch. Und dann liege ich wach und frage mich, warum halt eben doch noch Wasser im Becken war, ungefähr so hoch …«, sagt der Kiontke und hält die Hand kurz auf Kniehöhe, »und das weiß ich nicht. Ich weiß es einfach nicht. Das ist halt keine Badewanne hier. Es gibt keinen Stöpsel, wo das ruckzuck abläuft. Ich hab hier mehr als zwei Millionen Liter. Das dauert. Also stand da noch diese Pfütze, weißt du, wo ein Ozean hätte sein sollen. Nicht im Schwimmerbecken, das lag längst trocken. Aber im Sprungbecken. Und wenn ich mir jetzt vorstelle, Sergej, dass ich da oben auf dem Siebener stehe, etwas trinke und von diesem Kraut rauche, das man in dem Alter halt so gerne raucht. Und dann schaue ich da runter ins Becken. Ob ich es wagen kann, ja? Mal was ganz Verrücktes. Und von unten blinzelt mir der Sternenhimmel entgegen. Weil der sich nämlich spiegelt im Becken. Früher habe ich selbst manchmal dort gesessen im Dunkeln, es ist ein ganz verzauberter Ort. Und weißt du was?«

Sergej schüttelt den Kopf und setzt die Brille wieder auf.

»Du kannst von dort oben in einer solchen Nacht echt nicht ahnen, dass das Wasser keine fünf Meter tief ist, sondern nur fünfzig Zentimeter.«

Sergej nickt und sagt ernst: »Letzter Schultag, Fotograf macht Bilder von Schülern. Lehrerin überredet Kinder, Abzug zu kaufen. Sie sagt: ›In zwanzig Jahren, ihr werdet die Fotos sehen und sagen: Das ist Mustafa, der ist Arzt! Das ist Radovan, der ist Polizist! Und das ist Ismeta, die ist Anwältin heute!‹ Flüstert Kind von hinten: ›Das ist Lehrerin, die ist tot.‹«

Sergej hechelt nervös, Kiontke boxt ihm zart in die Seite.

»Als ich am nächsten Morgen meine Runde gemacht habe, Sergej, da war das Becken komplett rot. Das Becken muss doch blau sein. Aber es war rot. Der ganze Boden. Überall dort, wo das Wasser noch stand. So ein helles Rot. Und in der Mitte saß dieser Junge. Der lag nicht. Das war vielleicht das Schlimmste, dass der da *hockte*. Der hockte da, als würde er über irgendwas nachdenken, weil es ihm beide Beine bis hoch zu den Beckenknochen zertrümmert hat. Ich weiß noch, wie ich die Leiter runter und auf ihn zugewatet bin, durch dieses Rot. Er war nicht umgekippt. Nur sein Kopf, der hing runter. Hatte sich gelb in den Schoß gekotzt. Blau, Gelb, Rot.«

Sergej rutscht in seinem Stuhl herum, als säße er unbequem. »Wie Fahne von verdammtes Rumänien …«, sagt er mit erstickter Stimme.

Kiontke sitzt still, und in seinen Augen glitzert es. Er verschränkt die Arme vor der Brust und nickt, zuerst bedächtig, dann immer bestimmter. »So ist es, Sergej«, sagt er irgendwann. »Wie Fahne von verdammtes Rumänien, genau so. Manchmal wache ich nachts auf und wünsche, ich wäre bloß damals aufgewacht. Ich wünsche, ich hätte ihn beim Blick aus dem Fenster da oben auf diesem verfluchten Turm entdeckt und daran hindern können, zu springen, irgendwie. Und manchmal wache ich nachts auf und wünsche, ich würde gar nicht mehr aufwachen.«

Sergej nickt und stiert vor sich hin.

»Wie viele Deutsche brauchst du«, fragt er abwesend, »um Glühbirne reinzuschrauben?«

»Ich weiß es nicht, Sergej. Wie viele denn? Sag es mir.«

»Einen.«

Kiontke kichert und legt ihm dankbar die Hand auf die Schulter. »Der war gut. Der war *wirklich* gut.«

~

Ihre Dame ist bedroht, und das nun schon im dritten Zug in Folge. Josefine gefällt es gar nicht, im Zentrum so gebunden zu sein. Sie weiß schon, wie sie in wenigen Zügen seinem König ein hübsches Schach bieten wird. Aber sie kommt nicht dazu, solange ihre Dame bedroht ist. Einen Verlust kann sie sich nicht leisten, sie braucht die Figur fürs Endspiel. Das sollte der Knirps aber nicht wissen. Betont beiläufig greift sie der Plastikfigur in die Krone und weicht erneut aus. Damit hat Ali gerechnet und bringt seinen Läufer wieder in Stellung.

Josefine hat zwar geahnt, dass der Kleine was kann. Trotzdem hat sie sich von seiner konventionellen Eröffnung täuschen lassen. Vielleicht war sie am Anfang auch zu milde, schließlich spielt sie gegen ein Kind. Ein Kindergartenkind, verdammt. Gut, dass ihr Vater das nicht mitbekommt.

Unterdessen hat der Knirps so dermaßen furchtlos aufgetrumpft, dass Josefine kaum einmal die Oberhand gewinnen konnte und mehrfach regelrecht in Bedrängnis geraten ist. Im Moment aber konzentriert er sich allzu sehr auf ihre Dame. Um sie unter Druck zu setzen, hat er sogar seinen Springer auf ihre rechte Flanke geführt. Damit hat er zwar sein Mittelfeld nicht ganz preisgegeben, aber die Deckung des zentralen Bauern entscheidend geschwächt. Darauf hat sie gehofft. Wenn sie sich nicht völlig verkalkuliert hat, sollte sie jetzt im Zentrum vorstoßen können. Sie wird nicht die Dame, aber ihren Läufer als Opfer anbieten. Da wird er nicht widerstehen können. Und dann kann er etwas erleben, der Kleine.

»Jetzt habe ich dich, Freundchen«, sagt sie.

Ali lächelt nur, und Josefine staunt. Sie hat ihn noch gar nicht lächeln sehen. Er wirkt überhaupt nicht hämisch, nur erfreut. Und das verunsichert sie jetzt doch. War das am Ende doch ein Fehler mit dem Springer?

Plötzlich taucht der Kiontke hinter dem Jungen auf, legt ihm die schweren Hände auf die Schultern und strahlt Josefine an: »So, du bist erlöst! Tut mir leid, dass es so lange gedauert hat.«

»Noch nicht!«, sagt Josefine und hebt die Hand. Drei Züge, höchstens vier, dann müsste sie ihn schachmatt gesetzt haben. Der Junge entzieht sich dem Griff des Bademeisters und geht auf seiner Grundlinie hin und her. Wirklich, sein undurchdringliches Lächeln macht Josefine wahnsinnig.

Der Kiontke klatscht in die Hände und ruft: »Seepferdchen, Kinder! Wer von euch kann schon tauchen?«

Sofort schnellen beinahe alle Arme eifrig nach oben. Nur der Generalsekretär verschränkt sie missmutig vor dem Bauch und schaut zu Boden. Und Ali tut so, als ginge ihn das schnatternde Gejubel gar nichts an. Er greift mit beiden Händen nach seinem Turm und lächelt Josefine an, als wollte er sagen: »Soll ich?«, und jetzt lächelt auch Josefine ermunternd: »Nur zu, nur zu!«

Er lässt den Turm los, schiebt seinen Springer mit der Fußspitze von E7 auf D8 und schaut in den Himmel, als hätte er dort etwas Interessantes entdeckt.

Josefine atmet scharf ein. Das war's. Nicht zu fassen, ihre Dame ist verloren. Das war sie wohl schon die ganze Zeit, sie hat es nur nicht sehen wollen.

»Braucht ihr zwei noch länger?«, erkundigt sich der Kiontke.

»Kommt darauf an«, sagt Josefine, tritt in die Mitte des Feldes und streckt die Hand aus: »Remis?«

Damit hat der Junge nicht gerechnet. Sein Blick fliegt zwischen Josefine und dem Kiontke hin und her. Das ist eigentlich nicht fair, denkt Josefine. Er *weiß* es, denkt sie. Er weiß, dass er diese Partie gewonnen hat. Und sie weiß, dass sie bei nächster Gelegenheit den alten Mephisto ihres Vaters im Kindergarten vorbeibringen wird – oder gleich zu den Karmeliterinnen, persönlich.

»Nimm's nicht so schwer, man kann nicht immer gewinnen!«, sagt der Kiontke und tätschelt tröstend den Kopf des Jungen.

Ali streckt zögernd die Hand aus und sagt sein erstes Wort überhaupt: »Remis.«

Er spricht es mit sanft gerolltem R, einer Betonung auf dem E und stimmhaftem S am Ende. So klingt es wie ein arabisches Wort.

~

Isobel kommt vom Klo und steht im Wohnzimmer. Auf dem Tisch zwei leere Bierdosen, auf dem Teppich eine aufgeschlagene Illustrierte. Hier müsste man wirklich mal lüften, denkt sie, widersteht aber dem Impuls, die Fenster zu öffnen. Der Kiontke würde Augen machen, wenn er sie hier beim Putzen erwischte! Als sie im Flur zum Ausgang auf eine knarzende Diele tritt, knarzt es auch nebenan in der Küche. Isobel hält inne. Jetzt sind da schnalzende Geräusche, ein verhaltenes Trippeln. Wieder ein Knarzen, dann: »Gack?«

Sie kehrt um und öffnet die Tür zur Küche. Vor dem Fenster zum Garten ist die Jalousie heruntergelassen. In der Ecke brummt zufrieden der Kühlschrank, die Spülmaschine steht offen. Isobel setzt sich an den Küchentisch, rückt die Wachstuchdecke gerade. Ach, der Kiontke. Gerda hat nie darüber sprechen wollen, warum der Kontakt zu ihrem Sohn abgerissen ist. Aber gelitten hat sie darunter, das war klar. Dass sie sich immer alle so haben müssen, statt sich einfach gern zu haben. Sie war aber auch keine einfache Person, die Gerda. Das muss man schon sagen. Trotzdem, denkt Isobel. Das Problem ist nicht, dass manche Menschen kompliziert sind. Das Problem ist, dass die meisten Menschen so einfach sind, so schlicht, und sei es auf eine nette Weise. Man glaubt, es mit Masken zu tun zu haben, aber diese Maske ist dann schon ihr eigentliches Gesicht.

Im Wohnzimmer entdeckt sie Gerdas alten Sessel, auf dem Tisch daneben ihr altes Telefon. Sie setzt sich auf das Polster, ganz vorne am Rand, und fährt mit der flachen Hand über die Lehne. Genau diese Anordnung der Dinge kennt Isobel aus der Wohnung, in der sie Gerda so oft besucht hat. Sie nannte das ihren »Arbeitsplatz«. Schon seltsam, das alles hier jetzt beim Kiontke herumstehen zu sehen. Als wäre das einfach nur ein Sessel und das Telefon einfach nur ein Telefon. Wenn der wüsste, welcher Arbeit seine Mutter in diesem Ambiente nachgegangen ist.

Isobel hat es nicht gestört, als Gerda ihr einmal beim Sekt von ihrem – wie nannte sie es? – kleinen »Zuverdienst« erzählt hatte. Es hat sie nicht einmal gewundert. Höchstens, dass man damit wirklich Geld verdienen konnte. »Früher mehr, heute weniger«, hatte Gerda gesagt und Isobel das Headset gezeigt, das sie zu diesem Zweck aufsetzte: »So habe ich die Hände zum Stricken frei!«

Einmal nur war Isobel dabei gewesen, als Gerda am Wohnzimmertisch ihrer Mietwohnung im Neubaugebiet hockte, Erdgeschoss, und nicht strickte, sondern nebenbei in der *Frau im Spiegel* blätterte, leise, damit man die Seiten nicht knistern hörte, während sie mit ungewöhnlich heller Stimme in ihr Headset hauchte: »Ich? Du, ich bin eher der zierliche Typ ... Ganz klein, wie Äpfelchen, würde ich sagen. Magst du das so? Ich mag ... echt? Was würdest du denn *noch* mit ihnen machen, hm? Wirklich? Du böser, böser Junge!«

Das war nicht schön, was Isobel da hörte. Aber auch nicht sonderlich schlimm. Nur manchmal doch sehr, sehr derb und direkt. Was Menschen einander eben sagen, bei gewissen Gelegenheiten. Sogar der Rüdiger hatte ihr dabei immer Sachen ins Ohr geflüstert, gute Güte. Gerda hatte ihr dann Blicke zugeworfen, über die Isobel so sehr lachte, dass Gerda die Hand auf den Hörer legen musste. Dann war sie lieber in die Küche gegangen, Tee kochen, wo sie immer noch jedes Wort aus dem Wohnzimmer hören und Heinrich ein wenig Gesellschaft leisten konnte. Heinrich konnte sehr gut zuhören, jahraus, jahrein, immer die gleichen Ferkeleien.

Isobel steht auf und schlägt das blaue Tuch vom Käfig.

»Gack?«

Heinrich bewegt sich seitwärts auf seiner Stange und nickt dazu mit dem Kopf, vielleicht freudig erregt, vielleicht auch nicht. So genau kann man das bei einem Graupapagei nicht sagen. Man kann auch nie genau sagen, wie alt so ein Tier ist. Nur, dass es sehr alt werden kann. Wie eine Schildkröte. Oder ein Wal. Manche Menschen kränkt es, dass die Natur einer anderen Spezies ein größeres Guthaben an Leben schenkt. Als stünde das dem Tier nicht zu. Isobel ist da ganz generös.

Der Papagei dreht den Kopf und blickt Isobel aus einem einzigen Auge ruhig an. Es ist kreisrund und gelb, mit schwarzer Pupille. Isobel wirft einen Blick auf die Zeitung, mit der der Käfig ausgelegt ist.

»Alles hast du wieder vollgekackt!«

»Berühr mich!«, krächzt Heinrich. »Ja! Steck den Finger rein!«

Isobel greift zwischen den Stäben hindurch, um den Haken vom Türchen zu lösen. Der Papagei spreizt sein Gefieder und unternimmt einen lustlosen Versuch, nach ihren Fingern zu hacken.

»Brav, Heinrich, brav …«, murmelt Isobel konzentriert.

»Böser Junge. Böser, böser Junge!«

»Genau.«

»Küss mich! Küss mich *daaa!*«

Isobel hat die Tür entriegelt, aber nicht geöffnet. Vorsichtig dreht sie den Käfig zum Fenster. Mit seinen Krallen greift Heinrich um und dreht sich auf seiner Stange, sodass er weiter Isobel anschauen kann. Wieder wiegt er den Kopf und stößt einige aufgekratzte Pfiffe aus.

»Pssst, pssst«, macht Isobel, »ich bin jetzt ein böses Mädchen.«

»Gack! Gorck?«

Isobel öffnet einen Fensterflügel. Er ist schwergängig, förmlich festgebacken in seinem Rahmen. Hier ist wirklich schon lange nicht mehr gelüftet worden. Dabei ist es draußen so schön, dass man Vögel freilassen möchte.

»Hohe Zeit«, sagt Isobel zu Heinrich.

»Fick mich, ja, jetzt!«

~

Fünf Meter sind eine gute Tiefe.

Lennart sitzt in einer Ecke am Grund des Sprungbeckens, die Beine angewinkelt vor der Brust, die porzellanglatten Kacheln im Rücken und ein gutmütiger Wasserdruck auf seinen Ohren. Gegen den Auftrieb wedelt er in kreiselnden Bewegungen beide

Arme aufwärts, wie zu einem exotischen Gebet. Seine Haare schweben ihm schwerelos um den Kopf. Hier unten hat er sich schon früher gerne aufgehalten, wenn auch nie länger als eine halbe Minute am Stück. Dann musste er sich abstoßen zur Oberfläche und nach Luft schnappen, bevor er sich wieder sinken lassen konnte. Auf diese Weise sind viele halbe Minuten zusammengekommen. Alles in allem wird er mindestens eine Stunde seines Lebens an diesem Ort verbracht haben. Ganz unten.

Er hebt den Kopf zum schaukelnden Spiegel der Oberfläche. Alle paar Sekunden dehnt er sich in einer kurzen Ausbeulung nach innen, begleitet vom Geräusch einer weichen Explosion, *Dschungk*, die sofort zerspringt und in rieselnde Myriaden von Blasen zersplittert. Sie fliehen sofort nach oben, begleitet von strampelnden Beinen. Aus diesem Winkel hat er immer gerne zugeschaut, schon früher ohne Taucherbrille. Er mochte den milchigen Filter, den der Aufenthalt im Chlorwasser über seine Augen legte. Dann sah er die Welt manchmal bis zum Abend wie durch einen Weichzeichner. Nicht selten konnte er auch bis zum Abend kaum mehr hören, weil sich Wasser in seine Ohren verirrt hatte und nicht mehr rauswollte, sosehr er auch mit geneigtem Kopf auf der Stelle hüpfte. Dann musste er warten, bis es verdunstet war.

Da ist ein Ziehen in seiner Lunge, wie Sehnsucht, aber noch nicht schmerzhaft. Ein paar weitere Sekunden sollten drin sein. Wieder tut es einen Schlag, *Dschungk*, das muss der Dreier sein. Eine Gestalt ist kopfüber eingetaucht, strebt diesmal aber nicht wieder nach oben. Undeutlich erkennt er Schwimmbewegungen nach unten, zum Grund. Eine Frau in einem schwarzen Badeanzug taucht auf ihn zu. Er wedelt mit den Armen gegen den Instinkt an, jetzt sofort aufzutauchen, das Ziehen in seiner Brust verwandelt sich in ein Brennen. Als die Frau nur noch eine Körperlänge vor ihm schwebt, ahmt sie sein Schaufeln nach, dreht sich halb um die eigene Achse.

Und setzt sich neben ihm auf den Boden.

~

Wie aus dem Nichts ist die atemlose Anke am Kassenkabuff aufgetaucht, Renate hat sich richtig erschrocken. Dann hat sie die Kindergärtnerin erst einmal beruhigt: »Komm mal runter, der Kiontke ist schon am Machen, alles in Ordnung!«

Renate hat die Anke sogar zur Freitreppe begleitet, von wo aus sie den Eingang noch im Blick hat, zugleich aber den Kiontke mit den Kindern sichten kann. Am Beckenrand hat er sie um sich versammelt und verteilt gerade die Aufnäher mit dem orangefarbenen Seepferdchen auf weißem Grund. Der Kiontke gibt sie ihnen nicht einfach, er geht in die Hocke und überreicht jedem Einzelnen die Auszeichnung. Das findet Renate irgendwie rührend. Auch dieser kleine Wüstensohn bekommt sein Seepferdchen. Ob der überhaupt schwimmen kann, da hat Renate so ihre Zweifel. Die Kinder schnattern aufgeregt durcheinander, umringen Anke und zeigen ihr stolz ihre Trophäen. Die klatscht in die Hände: »Umziehen!«

Der Kiontke kommt die Freitreppe herauf und lehnt sich neben Renate an die Balustrade, reckt das Kinn in Richtung des Eingangs: »Kommt keiner mehr? Wollen wir heute mal früher Schluss machen?«

Renate verdreht die Augen: »Sehr witzig. Du weißt doch, dass wir noch drei Stunden geöffnet haben!«

»Dann«, sagt der Kiontke und hebt grinsend den Zeigefinger, »nimmst du deinen Job nicht ernst genug!«

So was hat Renate gern, den Ton kennt sie noch aus der Kreissparkasse, da leitet sie aber sowas von sofort den Gegenangriff ein.

»Und selbst? Alle Seepferdchen verteilt?«

»Jepp.«

»Auch an den kleinen Araber?«

»Den Ali meinst du? Klar. Da hast du aber ganz genau hingeschaut, was?«

»Du ja offenbar nicht!«

»Wieso?«

»Ich meine, dass er doch eigentlich schwimmen können müsste, oder?«

»Wie man's nimmt«, sagt der Kiontke und wiegt seinen schweren Kopf hin und her.

»Du nimmst es offenbar eher leicht«, sagt Renate und schiebt, weil das jetzt selbst für ihre Verhältnisse ein wenig zu schnippisch klang, hastig hinterher: »Also, streng genommen, wenn man diese Auszeichnung ernst nimmt …«

»Streng genommen hat er sich wacker gehalten, finde ich«, sagt der Kiontke und reicht Renate einen der Aufnäher. »Was ist das?«

Sie greift nach dem Lappen, wendet ihn hin und her: »Na ja …«

»Ein dummes Seepferdchen, genau. Streng genommen ist es vielleicht die allererste Prüfung, die wir in unserem Leben machen. Noch strenger genommen kann's aber auch eine Ermunterung sein. Du siehst, ich nehme das sehr ernst. Ich finde, diese Prüfung zu bestehen ist eine so wichtige Sache, dass man sie einfach nicht allzu streng nehmen darf.«

»So siehst du das?«

»So sehe ich das«, bestätigt der Kiontke und zupft ihr das Stückchen Stoff wieder aus der Hand. »Willst du dir nicht auch mal so ein schönes Seepferdchen verdienen, Renate? Oder, wer weiß, gleich einen Freischwimmer machen?«

Freischwimmer, findet Renate, ist ein schönes Wort. Sie stellt sich einen dieser Pools vor, die sie mal in einem Film gesehen hat, bei denen die Wasseroberfläche scheinbar nahtlos in das Meer oder den Himmel übergeht, jedenfalls Blau in Blau und ohne erkennbare Grenze dazwischen, und sie stößt sich vom Boden ab und schwimmt einfach. Dabei trägt sie einen Bikini, jawohl, den sie sich nachmittags in einer Boutique am Strand gekauft und auf den sie gleich danach dieses Abzeichen draufgebügelt hat, da, wo halt genug Platz ist. Und jetzt stellt sie sich vor, wie es wäre, im Meer zu schwimmen, ruhig getragen von der Dünung, wo man gar keinen Grund mehr sieht, aber das ist ihr unheimlich. Dafür gefällt ihr die Vorstellung, im heißen Sand am Strand zu liegen und sich den Rücken eincremen zu lassen, mit verträumtem Blick auf das Wasser, in dem sie schwimmen gehen könnte, wenn sie denn wollte, denn sie wäre eine Freischwimmerin.

Renate atmet tief aus: »Mal sehen, Kiontke, wenn du's nicht so streng nimmst. Wär schon schön. Bleibt's bei unserem Bier im Ochsen?«

»Bleibt dabei«, sagt der Kiontke.

~

Josefine sieht Lenny an die Wasseroberfläche strampeln und überlegt, ob er sie überhaupt erkannt hat, da kommt er auch schon wieder. Aber jetzt muss sie auch dringend Luft holen, also tauchen sie gemeinsam auf.

»Joe«, sagt Lennart und ringt um Atem.

»Lenny«, sagt Josefine.

Er schüttelt den Kopf, um die Haare aus dem Gesicht zu werfen, aber die sind zu nass und kleben ihm um Kopf und Schultern wie Algen.

»Wir müssen aufhören, uns hier zu treffen«, sagt er und versucht sich an einem verführerischen Blick. Das sieht ziemlich absurd aus, weil ihm überall die Haare im Gesicht hängen, und Josefine muss unwillkürlich prusten. Das hatte sie nicht erwartet.

»Du siehst entsetzlich aus«, sagt sie, »alt und verbraucht.«

»An dir ist die Zeit auch nicht gerade spurlos vorübergegangen!«

Dschungk, sie sind den Springern im Weg. Gemeinsam verlassen sie das Sprungbecken, tauchen unter der schwimmenden Schranke hindurch und halten sich dort am Rand fest. Es herrscht beachtlicher Wellengang, sie wippen auf und ab.

»Du bist tatsächlich gekommen«, stellt sie fest.

»Ich hatte sowieso in der Gegend zu tun«, sagt er.

Joe schaut Lenny einfach nur an und denkt, sie sollte ihn nicht einfach so anschauen, was soll der denn denken. Eher als an den Jungen, an den sie sich ohnehin kaum erinnert, erinnert er sie gerade an diesen Schauspieler, dessen Name ihr nicht einfallen will, jedenfalls mehr an diesen Schauspieler als an den Lenny, den sie kannte, obwohl sie ihn sofort erkannt hat, sogar in einer Tiefe von fünf Metern. An seinem alten Platz, als hätte er immer dort unten auf dem Grund gesessen. Als wären keine Jahrzehnte ins Land gegangen, als hätten sie beide nicht eigene, entgegengesetzte Leben gelebt. Wie Parallelen, die sich nie kreuzen. Außer in der Unendlichkeit.

Gleich neben ihnen gurgelt Wasser in den Ablauf, und beide müssen über das unerwartet obszöne Geräusch lächeln.

»Wie geht es dir, Joe?«, fragt Lenny.

»Ich weiß nicht. Könnte besser gehen, schätze ich …«

»Das mit Max tut mir sehr leid«, sagt er.

»Danke«, sagt Joe, eigentümlich berührt von der Ernsthaftigkeit seiner Anteilnahme. »Er hat immer gerne von dir erzählt, weißt du?«

Lenny nickt, als würde er das bezweifeln, ihr die kleine Flunkerei aber höflicherweise trotzdem abkaufen.

»Danke für die Nachricht«, sagt er. »Ich hätte es sonst nicht mitbekommen.«

»Schön, dass du es geschafft hast«, sagt Joe, und dann sagen sie beide für eine Weile nichts. Joe nestelt am Träger ihres Badeanzugs, Lenny schaut sich um. Der Schatten der Fichten ist jetzt eine dunkelblaue Bucht im ansonsten noch hellblauen Wasser.

»Ich sehe gar keine Uhr«, sagt Lenny. »Weißt du, wie viel …«

»Es ist noch Zeit«, sagt Joe schnell.

»Hältst du eine Rede?«

Joe schnaubt verächtlich und deklamiert mit salbungsvoll verstellter Stimme: »Liebe Familie Brinkmann, liebe Freundinnen und Freunde, liebe Weggefährten und Vertraute, liebe Gemeinde! Wir sind heute zusammengekommen, traurig, erschüttert, nachdenklich, um Abschied zu nehmen, blabla, und dann kommen Details, die der Pfaffe bei der Verwandtschaft abgefragt hat, und am Ende wird ein Psalm zitiert, vielleicht auch zwei … warum lachst du?«

»Ich lache nicht«, sagt Lenny. »Ich lächele nur, weil du in religiösen Fragen früher schon – wie sagt man? – unmusikalisch warst. Ich meinte auch nicht den Gottesdienst. Ich meine die Beerdigung, später.«

Joe runzelt die Stirn: »Ich weiß echt nicht, ob ich hingehe«, sagt sie, und dann taucht sie unter. Jetzt dämmert ihm, denkt sie, dass ihre Nachricht nicht kokett gemeint war. Sie weiß es *wirklich* nicht. Schon taucht sie wieder auf, streicht sich die Haare aus dem Gesicht und muss ein bisschen über sein verdutztes Gesicht lächeln.

»Was ist mit dir?«

»Ich? Also ich …«, stottert Lenny, »ja, ich denke schon. Natürlich. Klar. Weil, der Max und ich …«

Wortlos legt Joe eine Hand auf seine Stirn – und drückt ihn, bevor er Luft holen kann, mit ihrem ganzen Gewicht unter Wasser.

~

Es war perfekt.

Ich habe einen vollendeten Bogen in die Luft geschrieben, mit meinem Körper, und Haltung bewahrt. Ich habe sogar noch genug Zeit gehabt, die Luft rauschen zu hören, bevor ich den Kopf leicht heben musste, gerade rechtzeitig, um glatt und widerstandslos ins Wasser zu gleiten wie in ein weiches Futteral. Als ich die Augen aufgemacht habe, war ich schon kurz vor dem Boden. Genau so, wie mein Bruder gesagt hat. An der Stirn spüre ich gar nichts, aber die Schultern brennen ein wenig. Das wird beim Siebener sicher heftiger.

Ich nehme die letzten Sprossen zur Plattform des Fünfmeterturms und stelle fest, dass der ganz schön bevölkert ist. Das ist nicht gut. Wenn ich den Siebener entern will, brauche ich reine Luft. Da lungert und albert eine Gruppe aus Jungs herum, ausgerechnet. Das kann dauern. Oben rumstehen und Sprüche reißen, statt einfach nur zu springen. Ich halte mich ganz hinten, neben der Leiter zum Siebener, und den Kopf gesenkt. Hoffentlich machen die Pfeifen bald einen Abgang. Wo bleibt eigentlich mein Bruder? Der war doch gerade auf der Leiter noch direkt hinter mir …

»Cooler Sprung eben. Respekt!«

Hassan. Seit wann traut der sich denn hier hoch? Er löst sich aus der Gruppe und kommt auf mich zu, seine Haare stehen in alle

Richtungen ab und sehen sogar nass noch ölig aus: »Im Ernst, was war das denn für ein Sprung?«

»'n Seemann war das.«

»Irre, hab ich noch nie gesehen!«

»Sah voll behindert aus!«, ruft von hinten der rothaarige Junge mit der roten Badehose. Er wirkt jetzt noch schlechter gelaunt als vorhin am Kiosk.

»Mach den Mund zu, Digger!«, ruft Hassan und deutet mit dem Daumen und einem schiefen Grinsen über die Schulter: »Der scheißt sich von hier oben schon bei einer Arschbombe in die Badehose! Machst du das jetzt noch mal?«

Ich schüttele den Kopf. Hassan streckt die Faust aus und knufft mir damit sanft gegen die Schulter, und das gefällt mir. Das gefällt mir wirklich.

»Komm schon! Mir zuliebe!«

»Nicht von hier«, höre ich mich sagen.

Ich strecke mein linkes Bein ein wenig aus und stoße damit ganz sachte gegen das Geländer zum Siebenmeterturm. Ich sehe, wie seine Augenbrauen nach oben wandern, und jetzt bekommt sein Lächeln etwas Teuflisches.

»Echt jetzt?«, flüstert er und tritt einen Schritt näher. »Das Ding ist abgesperrt. Seit ...«

»Ich kann lesen«, sage ich und fahre mit den Fingern über die schwarzen Buchstaben des emaillierten »Betreten verboten«-Schildes, das an einer Kette vor die Leiter gehängt ist.

»Das will ich sehen!«, sagt er, und jetzt gefällt mir sein ungläubiger, aber auch irgendwie anerkennender Blick.

»Ich muss mich aber konzentrieren, verstehst du?«, sage ich und nicke in die Richtung seiner Freunde.

Hassan versteht. Er dreht sich um und klatscht in die Hände: »Jungs? Dann wollen wir mal!«

Es ist, als hätten sie auf diese Ansage gewartet. Johlend springen sie, einer nach dem anderen, in gefährlich kurzen Abständen. Zuletzt steht zögernd der Rothaarige mit der roten Badehose ganz vorne, sein Blick flackert von Hassan zu mir und wieder zurück: »Du zuerst, Bro!«

»Alter vor Schönheit!«, sagt Hassan, und da fasst sich der Rote endlich ein Herz und ist verschwunden.

Hassan dreht sich zu mir um und guckt mich wieder so an.

»Und du?«, frage ich.

»Springst du wirklich? Seemann vom Siebener?«

»Bin ich Trixi und nuschele, oder was?«

»Wow, okay. Aber lass dir nicht allzu viel Zeit, ja?«

»Warum nicht?«

»Weil ich nicht weiß, wie lange ich dir den Rücken frei halten kann«, sagt er und ruft, schon halb auf der Leiter: »Viel Glück!«

~

Lennart kommt wieder hoch, holt nicht sofort Luft und erfreut sich für eine lange Sekunde an Joes arglosem Blick. Dann erst prustet er ihr einen speichelwarmen Sprühregen mitten ins Gesicht.

Sie blinzelt nicht einmal.

»Okay, Ausgleich«, sagt sie und leckt sich über die Lippen, die selbst feucht noch so spröde sind, wie sie es immer waren.

Er sieht die Grübchen rechts und links ihrer Mundwinkel, die sich immer dann bildeten, wenn sie ein Lachen unterdrückte. Nie, wenn sie wirklich lachen musste. Neu sind zwei Kerben knapp unter den Grübchen, die wirken, als würden sie ihren Mund in Klammern setzen – und damit auch alles, was sie sagt. Über den sanften Höcker auf ihrer Nase freut er sich, weil sie sich darüber damals so geärgert hatte, obwohl es nur die denkbar dezenteste

Andeutung eines winzigen Höckerchens war: »Mit dem Ding im Gesicht sehe ich doch aus wie Barbra Streisand!« Später, hatte sie gerne verkündet, werde sie sich diesen Makel wegmachen lassen, »und wenn ich mir dafür die Nase brechen muss!« Aber heute ist später und Lenny ist hier, um sich darüber zu freuen, wie auch über die unscheinbare Narbe in der rechten Augenbraue, wo kein Haar mehr wächst, seit sie mit zwölf beim Ausritt ein Ast dort erwischt hat, worauf wochenlang alle Erwachsenen herumgeritten waren: »Das hätte übel ausgehen können!«, ist es aber nicht, es ist entzückend ausgegangen. Ein leichtes Silber fällt ihm auf, das ihr ins Haar geschossen ist, noch keine Strähnen, nur einzelne Haare. Gesichter gibt es, die werden mit dem Alter immer voller und weicher, bis sie völlig in sich selbst verschwinden. Und dann gibt es Gesichter, bei denen legt die Zeit all die Klippen und Klüfte frei, die unter ihrer jugendlichen Fülle verborgen waren.

Joe war nie rund, denkt er jetzt.

Sie war immer spitz.

Josefine runzelt die Stirn, und in diesem Moment, genau so, sieht Lennart sie plötzlich vollkommen. Er sieht die Frau, die sie war. Die Frau, die sie ist. Er sieht sogar die Frau, die sie sein wird. Er sieht sie einfach nur an und denkt, er sollte sie nicht so anschauen, was soll die denn denken? Schlimmstenfalls das, was sie damals schon dachte, als er ihr das Album gezeigt hat. Schnell schaut er weg, aber es ist zu spät.

»Du hättest mir damals das Album nicht zeigen sollen«, sagt sie.

»Welches Album?«

»Du weißt schon. Die Fotos, die du von mir gemacht hast.«

»Ich habe es dir geschenkt, Joe!«, sagt Lenny leise. »Hast du es noch?«

»Weiß nicht, keine Ahnung«, sagt sie.

»Du lügst«, stellt er vergnügt fest.

Sie reckt ihm das Kinn entgegen: »Jetzt frag schon!«

Er hebt eine Augenbraue.

»Was er hatte, das du nicht hattest.«

Lenny winkt ab und geht dabei ein bisschen unter: »Das weiß ich doch alles«, sagt er und hält sich wieder am Beckenrand fest. »Er sah gut aus. Ich nicht. Seine Familie war reich, meine Familie war … nicht so reich. Und so weiter, alles egal. Ihn hast du geliebt, mich nicht. Ende der Geschichte.«

Josefine atmet tief ein und wieder aus: »Du und ich, wir haben beide Bach gehasst. Mit dir konnte ich mich darüber unterhalten, dass jedes Foto ein Wunder ist, weil es die Zeit anhält. Das habe ich verstanden. Und ich habe von barocker Malerei erzählen können, weil die auch den Moment festzuhalten versucht. Und das hast du verstanden. Als es einmal blitzte, weißt du noch? Da hast du gesagt, jetzt macht der liebe Gott ein Foto für sein Archiv.«

Lennart lächelt: »So was Kitschiges soll ich gesagt haben?«

»Hier im Freibad. Genau. Ich brauchte aber niemanden, der solche Sachen sagt. Du hast mir in der Schule die Tür aufgehalten. Du hast mir aus dem Urlaub einen schönen Stein mitgebracht …«

Lennart wiegelt ab: »Na ja, was man halt so macht.«

»Ich mache mir meine Türen aber lieber selber auf. Und den Stein habe ich damals sofort weggeworfen. Den habe ich *wirklich* nicht mehr!«, sagt sie und funkelt ihn trotzig an. »Willst du sonst noch etwas wissen?«

»Ja«, sagt Lenny nachdenklich, »was ist passiert?«

»Was soll schon passiert sein?«

»Du weißt nicht, ob du auf seine Beerdigung gehen sollst«, stellt er fest.

Josefine seufzt und widersteht dem Drang, noch einmal unterzutauchen.

»Wir sind uns schon länger abhandengekommen«, sagt sie dann. »Wir waren seit Jahren eigentlich nicht mehr zusammen.«

»Das tut mir leid.«

Eine Weile schwimmen sie einander gegenüber, auf der Stelle, ohne sich weiter zu bewegen, treten sie das Wasser, streicheln sie mit fächernden Bewegungen die Oberfläche und schauen sich unverwandt an.

»Ich hab Hunger«, sagt Joe irgendwann.

»Am Kiosk gibt es exzellente Pommes!«

»Aus Kartoffeln oder aus diesem Brei?«

»Brei, glaube ich.«

»Auf geht's«, sagt sie.

»Ich kann jetzt unmöglich aus dem Wasser steigen«, sagt er.

~

Stiller ist es geworden im Bad. Das hört Isobel genau, auch wenn sie vieles nicht mehr so gut hört. Stille hört sie noch immer sehr gut.

Da sind noch Gelächter und Platschen, Rufe und Geplauder. Aber nicht mehr so dicht, eher vereinzelt. Wie Inseln aus Klang, mal hier, mal da. Ideal, um sich treiben zu lassen. Sie mag nicht mehr ins Wasser, und sie mag noch nicht nach Hause gehen. Das ist die Zeit, in der die Stechmücken aus dem Wald kommen.

Außerdem möchte sie wissen, wie es ausgeht. Sie hat das Gefühl, etwas nimmt ein Ende heute. Isobel steht auf, zieht ihr Handtuch in den Schatten des Baumes und setzt sich wieder hin. Den ganzen Tag schon folgt sie diesem Schatten. Seltsam, wie die Sonne über den Himmel schleicht. Wenn man hinschaut, bewegt sie sich nicht. Aber kaum hat man die Geduld verloren, steht sie schon woanders. Wirklich bei der Bewegung beobachten kann man das kosmische Mobile nur am Morgen und am Abend. Nichts ist so unerbittlich schnell wie eine untergehende Sonne.

In ihrer Tasche tastet Isobel nach ihren Medikamenten, da spürt sie ein zartes Sprühen auf ihrer Stirn. Lächelnd hebt sie das Gesicht zur Linde und schließt die Augen. Honigtau. Zuckersaft, der in mikroskopischen Tröpfchen aus den Wipfeln regnet. Rüdiger hat ihr mal erklärt, dass das die Ausscheidungen von Blattläusen sind, erinnert sich Isobel, und doch bleibt es reiner Zuckersaft, der niedergeht aus einer hellgrünen Wolke aus Blättern, und dort, und dort, und dort röchelt noch die Kaffeemaschine, als Isobel aus dem Garten kommt. Sie stellt den Eimer mit den Kartoffeln und Kohlrabi ab und schenkt sich ein. Der nachtropfende Kaffee zischt auf der Heizplatte. Mit der Hand verscheucht sie ein paar Fliegen. Als sie an der Tasse nippt, sind alle schon wieder gelandet. Für eine Weile sitzt sie unter der Linde im Freibad an ihrem Tisch auf dem Hof, in der Küche, im Freibad. Ihr Herz holpert, wie häufig in letzter Zeit, beruhigt sich aber wieder. Die Tabletten nimmt sie nicht mehr. Wozu auch? Isobel wischt sich den Schweiß von der Stirn und trinkt weiter, während das Radio ihr eine Kaltfront in Aussicht stellt und Lieder vorspielt, in denen Herzen brennen und Nächte glühen.

So ein Unfug, denkt sie beim Zuhören. Aber Rüdiger hatte diesen Sender gemocht. Rüdiger hatte diese Schlager und seinen Opel gemocht. In dieser Reihenfolge. Isobel nicht. Isobel hatte er geliebt. Und deshalb wechselt sie auch nicht den Sender. Das Radio steht außerdem zu weit oben auf dem Küchenschrank. Tock, tock, beklopft eine verirrte Biene die Fensterscheibe, ob sich nicht doch ein Ausgang findet. Isobel erhebt sich, öffnet das Fenster und scheucht das Insekt hinaus. Ein tanzender Punkt die Auffahrt hinunter bis zur Linde, die dort unten in voller Blüte leuchtet in strahlendem Grün. Seit sie und Rüdiger das Haus gekauft haben, seit bald einem halben Jahrhundert standen dort immer zwei Bäume, rechts und links der kiesbestreuten Auffahrt zum Hof. Die Kirsche vermutlich noch länger als die Linde, diese stolze Zwillingsschwester der Linde unten neben dem Bächlein, auf der Weide, um die Rüdiger ein Freibad gebaut hatte wie eine bergende Umfriedung.

So standen die Bäume, bis der Ludger sich die Kirsche mal anschaute, weil die seit fünf Jahren schon keine Früchte mehr trug. Und der Ludger guckte, tastete und schnupperte. Dann meinte er, »die Kameradin« sei nicht mehr zu retten.

Rüdiger war schon krank damals, da hatten sie noch gemeinsam beschlossen, beide Bäume fällen zu lassen. Die Kirsche, weil sie so kümmerlich, und die Linde, weil sie so kolossal geworden war. Morgens hatte Isobel gar kein Licht mehr in der Küche. Und der Rüdiger hatte sich immer geärgert, wenn ihr Honigtau mal wieder seinen Opel mit klebrigem Klarlack beregnete. Der Opel war kein NSU, aber Rüdiger pflegte ihn mit solcher Hingabe und Dankbarkeit, wie man sie nur soliden Dingen entgegenbringen kann. Dingen, auf die man sich verlassen kann.

Ein paar Monate später, als der Rüdiger schon an den Schläuchen lag, trug der Kirschbaum plötzlich doch wieder Früchte. Als wollte er sich anstrengen. Also strengte sich auch Isobel an, holte die Klappleiter aus dem Schuppen, erntete den Wespen so viele Kirschen wie möglich vor der Nase weg, kochte Marmelade, weckte sie ein. Die fünf Gläser klebriger Kirschmarmelade fuhr sie mit dem klebrigen Opel ins Krankenhaus, aber da konnte der Rüdiger schon nichts mehr bei sich behalten.

Eine Woche nach der Beerdigung kam Ludger und fällte die Kirsche. Er machte das allein, Motorsäge und Pritschenwagen, zwei Stunden, mehr brauchte es nicht. Isobel stand daneben, die Hände in den Taschen ihrer Schürze, und blickte in die Lücke, die der

Baum gelassen hatte. Da ging die Landschaft jenseits der Landstraße einfach weiter.

So geht das, dachte sie, während es knackte und knirschte. So geht das.

»Und nun?«, fragte Ludger, setzte die Schutzbrille ab und deutete mit dem Kinn hinüber zur Linde. »Weg damit?«

»Nächstes Jahr«, hörte Isobel sich sagen. »Einen Sommer geben wir ihr noch.«

Dann drehte sie sich um und ging hoch zum Haus, die Hände in den Taschen ihrer Schürze, dem Radio mit seinen glühenden Nächten entgegen, den Fliegen, dem Nichts.

Einen Winter gab sie ihr noch.

Der Sommer verging. Die Linde verlor ihre Blätter und gestikulierte mit ihren Ästen melodramatisch gegen die Böen der Herbststürme an. Die Kränze auf Rüdigers Grab verwelkten, aber die Astern blühten. Mit dem Opel fuhr Isobel dann das erste Mal mit der Gerda in den Urlaub, nach Büsum, ans Meer. Die Gerda war, wie Isobel heute weiß, damals auch schon krank. Immer sind alle auch schon krank.

Und auf alten Fotos sind alle immer schon tot.

Nach der Reise verkaufte Isobel den Opel an die Tochter vom alten Ochsenwirt, und die setzte ihn drei Monate später bei Glatteis an die Linde. Dem Mädchen ist nichts passiert. Und auch durch die Zweige der Linde ist nur ein entrüstetes kurzes Zittern gegangen.

~

Heute ist der Tag, an dem Josefine wieder zu Joe geworden ist und etwas Neues beginnt. Heute ist der Tag, an dem Lennart wieder zu Lenny geworden ist und etwas Altes endet. Beide haben sie beschlossen, diese wunderliche kleine Welle so lange zu reiten, bis sie verebbt. In fünf Minuten vielleicht. In einer Viertelstunde. Nie.

Ziellos schlendern sie nebeneinander her, als wäre das Freibad ein Park. Sie umkreisen das verwaiste Piratenschiff in seinem Ozean aus zerwühltem Sand. Sie beobachten zwei ältere Herren, die einander im schwindenden Licht eine blaue Frisbeescheibe zuwerfen. Hier und dort ist die Wiese vergilbt, liegen die Halme platt und warten darauf, sich in der Nacht wieder aufrichten zu können. Wespen inspizieren die vollen Mülleimer, verstreut liegen Butterbrotpapier, Zellophan und Zigarettenschachteln. Bei den Umkleidekabinen ist der Kiontke in einem angeregten Gespräch mit irgendwelchen Jugendlichen. Entgegen kommen ihnen Leute, die zum Ausgang streben, die Taschen schwer von feuchten Handtüchern und die Haut gerötet von der Sonne, die sich gerade auf die Wipfel der Fichten dort unten am Waldsaum gesetzt hat, als müsse sie sich ausruhen.

Ihre langen Schatten fließen manchmal ineinander. Lenny nimmt das zur Kenntnis und sieht doch nichts, was er fotografieren möchte. Das soll ruhig alles einfach nur sein, wie es gerade ist.

»Mel meint, du fotografierst nicht mehr. Stimmt das?«

»Vielleicht. Ich will nichts mehr fotografieren, das etwas bedeutet. Ich möchte nichts mehr machen, das von etwas handelt. Ich werde einige Dinge regeln müssen, und dann sehe ich weiter …«

»Wie süß«, flötet Joe, »du hast eine Midlife-Crisis! Kauf dir ein Motorrad!«

»Würde ich tun, wenn ich nicht schon eines hätte.«

»Tja …«, sagt Joe und lässt das Wort in der Luft stehen, bis es verweht. Lenny schaut ihm hinterher und entdeckt die alte Trautheimer mit angezogenen Knien und geschlossenen Augen unter der Linde.

»Und du bist glücklich auf deinem Ponyhof?«, erkundigt er sich.

»Es sind Pferde, keine Ponys, und sie fressen mir die Haare vom Kopf. Vollblutaraber sind teuer, aber auch sehr teuer. Verstehst du? Da kommt schon etwas rein. Papa wird älter, und ich mache das gerne. Und alles Glück der Erde …«

»… liegt auf dem Rücken der Pferde. Ich weiß, so heißt es.«

»Jedenfalls besser«, sagt Joe und zieht sich das Handtuch enger um die Schultern, »als in Zürich oder St. Gallen die immergleichen Proseminare in Kunstgeschichte zu geben vor Mädchen, wie ich eines war.«

»Und ich dachte immer, das wäre dein großer Traum gewesen …«

Josefine zuckt mit den Schultern: »Mich hat es gekränkt, als es nichts wurde mit der Professur. Immer nur Zeitverträge oder Vertretungen, das Gehangel nimmt kein Ende. Irgendwann habe ich kapiert, dass es diese akademischen Karrieren einfach nicht mehr gibt. Mein Fachgebiet sind helvetische Videoinstallationen der Siebzigerjahre. Schon mal gehört?«

»Ich, äh …«

»Genau. Dafür gibt es kein Geld, weil es dafür keinen Bedarf gibt. Es hat keinen Sinn, sich darüber zu beklagen. Ich würde behaupten, dass über helvetische Videokunst der Siebzigerjahre kein Mensch mehr zu sagen wüsste als ich. Helvetische Videokünstler eingeschlossen. Bloß, was nützt mir das, wenn es niemanden interessiert?«

»In der Antike hättest du dich als Priesterin an einer Quelle in Attika niederlassen können, weil nur du allein die Zeichen der örtlichen Nymphe hättest deuten können. Und die Bevölkerung würde dir Datteln und Wein bringen, wenigstens …«

Lenny bricht ab, um zu hören, was der Kiontke da gerade mit der Jugend von heute zu verhandeln hat. Dass es nichts Erfreuliches ist, erkennt er schon an seiner Haltung, die Beine breit, die Arme vor der Brust verschränkt.

»Das können Sie nicht machen!«, protestiert ein rothaariger Junge mit roter Badehose und sehr rotem Gesicht. »Hassan, ey! Sag doch auch mal was!«

»Der Kiontke ist der Boss«, sagt sein Freund kleinlaut.

»Mann, Hassan!«, faucht das Mädchen neben ihm. »Du bist so eine Lusche!«

»Voll!«, motzt der Rote und wendet sich wieder an den Kiontke: »Sie haben außerdem mein Handy kaputtgemacht! Können sich auf Post von meinem Vater gefasst machen, aber sowas von. Der klagt Sie in Grund und Boden! Das war ein nagelneues …«

»Schon klar«, sagt der Kiontke seelenruhig. »In einer halben Stunde ist der Laden dicht, und bis dahin habt ihr den Müll weggeräumt. Wo ihr geht und steht, da lasst ihr den ganzen Tag schon euren Scheiß fallen. Und der wird jetzt eben aufgehoben. So einfach ist das!«

»So einfach ist das überhaupt nicht!«, zischt das Mädchen. »Ich muss nach Hause! Meine Eltern machen Stress, wenn ich nicht pünktlich bin.«

»Was sollen wir machen?«, fragt Hassan ergeben und späht fahrig am Kiontke vorbei zum Sprungturm.

»Ihr geht jetzt rüber zur Renate und lasst euch Abfallzangen und Müllbeutel geben. Die Beute könnt ihr mir dann vors Büro legen, ich räume das dann weg. Bin ja kein Unmensch«, sagt er und gibt den Weg frei.

»Waren das Ihre aktuellen Pappenheimer?«, fragt Lenny im Weitergehen.

»Pappenheimer kommen und gehen«, seufzt der Kiontke.

Mit einem versonnenen Lächeln sieht Lenny den Jugendlichen hinterher. Dieser Hassan dreht sich immer wieder um. Mit der

Hand schirmt Lenny die Augen gegen das Licht der tiefer stehenden Sonne ab und folgt seinem Blick.

»Herr Kiontke«, sagt er langsam, und der schaut ihn fragend an. »Der Siebener, ja?«

»Was ist mit dem Siebener?«

»Sollte der nicht geschlossen sein?«

~

Sergej hat gerade noch zwei Flaschen Bier verkauft und die Fritteuse ausgeschaltet. Es ist reine Folter, den Edelstahlrahmen zu reinigen. Er zieht die Brille aus, weil er sie dafür nicht braucht und sie nicht dreckig werden soll, diese Fettflecken bekommt er nur mit Stahlwolle raus. Bevor er loslegt, blickt er auf und stutzt. Haben seine letzten beiden Gäste nicht eben erst draußen Platz genommen? Wo sind die denn jetzt hin?

Er legt die Stahlwolle beiseite, trocknet sich die Hände mit dem Tuch ab, wirft es sich über die Schulter und geht raus auf die Terrasse. Auf dem Tisch liegt eine Frisbeescheibe. Von zwei Plastikstühlen ist einer umgestürzt. Sergej richtet ihn wieder auf. Die beiden Männer stehen vorne an der Balustrade.

Er gesellt sich dazu und sieht, was los ist.

Ganz oben steht jemand. Ohne seine Brille kann er nicht genau erkennen, ob es zwei Silhouetten sind oder nur eine. Gebannt und mit zusammengekniffenen Augen stützt er sich auf die Balustrade. Er möchte nach Ilka rufen, die darf das nicht verpassen, aber die liegt krank zu Hause.

Und jetzt verpasst sie was, das wird sie ihm nicht glauben.

~

Eben hat Renate die Kasse abgeschlossen und den drei Halbstarken den Kram zum Müllaufsammeln aus dem Schuppen geholt, eine Tüte und drei Zangen. Mit diesem fummeligen Schlüssel schließt sie ihre Kasse ab, als sie draußen plötzlich Geschrei hört. Sie reckt den Kopf. Was ist da los?

»Alter, wie krass ist das denn?«, ruft der Rothaarige.

»Ist die jetzt komplett durchgedreht?«, quietscht das Mädchen.

Renate tritt vor die Tür und schiebt mit der Ferse die Fußmatte darunter, damit sie nicht zufällt. Drüben vor dem Kiosk steht der Sergej mit seinen letzten Gästen, auf der Wiese unten haben sich auch ein paar Leute versammelt.

»Was ist los?«, fragt sie verwirrt.

»Sie tut's«, sagt der Dunkelhaarige und deutet zum Sprungturm. »Sie zieht es wirklich durch. Heftig.«

Und jetzt sieht Renate es auch. Da steht eine Gestalt auf dem Siebener, beide Hände wie zu einem Segen ausgestreckt.

»Was soll das denn werden, wenn's fertig ist?«, sagt der Rote wie zu sich selbst.

»Das, mein Freund«, verkündet der Dunkelhaarige stolz, »wird ein Seemann.«

»Vom Siebener, oder was?«, sagt das Mädchen fasziniert. »Hoffentlich bricht sie sich nicht das Genick, ey!«

Wo ist denn der Kiontke, denkt Renate. Wenn der das sieht, der darf das gar nicht sehen, das ist genau die Scheiße, die nie hätte passieren dürfen.

Dann hört sie, wie hinter ihr die Tür zur Kassenkabine doch ins Schloss fällt, und denkt sofort an ihre Zigaretten dort drinnen.

Verdammte Scheiße.

~

Joe und Lenny sind ratlos zurückgeblieben, als der Kiontke mit gesenktem Kopf losgestürmt ist. Wie ein Nashorn, denkt Joe. Wie eine Lokomotive, denkt Lenny – und pfeift durch die Zähne. Oben auf dem Siebener erkennt er das Mädchen mit den raspelkurzen Haaren und dem altmodischen Badeanzug. Ganz gerade steht sie da. So steht niemand da, der mit den Füßen zuerst springt.

»Sieht fast so aus, als soll das wieder ein Seemann werden«, sagt er. »Das wäre allerdings hart, das ist eigentlich zu hoch.«

»Was ist ein Seemann?«, erkundigt sich Joe.

»Lange Geschichte«, sagt Lenny.

»Hoffentlich geht sie gut aus.«

»Das werden wir gleich sehen.«

Lenny wirft Joe einen flüchtigen Seitenblick zu, wie ihr Haar hinter dem Ohr klemmt. Das würde er jetzt wirklich gerne fotografieren. Nicht mit der Hasselblad, ohne Stativ, ohne eine definierte Belichtungszeit, mit gleichgültiger Brennweite. Nur mit seiner alten Polaroid.

»Denk nicht einmal daran«, sagt Joe und dreht den Kopf.

Sie sieht ihm in die Augen. Nicht traurig, nicht heiter, nicht ironisch, nicht ernst. Und Lenny hält ihren Blick. Wie alt sie geworden sind. Wie lange es schon her ist, dass sie einander verpasst haben. Lenny reicht Joe den kleinen Finger.

Joe nimmt die ganze Hand.

~

Isobel ist ganz klar, und mit klaren Augen und schief gelegtem Kopf späht sie von ihrem Platz unter der Linde hinüber zum Sprungturm, den der Rüdiger gezeichnet hat auf sein Millimeterpapier. Das ist interessant, findet sie, sehr interessant. Das kennt sie noch nicht. Das ist neu. Dort oben stehen zwei Menschen.

Aber das ist es nicht, was sie wundert. Dafür ist der Siebener schließlich da. Er will benutzt werden.

Interessant ist, dass eine der beiden Gestalten dort im Gegenlicht der sinkenden Sonne beinahe durchsichtig wirkt und flirrt. Isobel kennt ihre Gespenster. Sie begegnet ihnen bei jeder ihrer Absencen. Jetzt aber ist sie ganz klar. Und so deutlich hat sie die Gespenster anderer Leute noch nie gesehen. Das macht ihr ein warmes Gefühl. Denn was immer dort geschieht, es hat seine Richtigkeit.

Jemand wird etwas los.

Jemand bringt etwas zu Ende.

Isobel gähnt und hält sich die Hand vor den Mund. Da wogt eine kolossale Müdigkeit heran, die friedlich ist und freundlich. Also gibt sie sich ihr hin, legt sich auf den Rücken und wartet auf das Sprühen der Linde auf ihrer Haut. Und da ist es, die zärtlichste Berührung überhaupt, von Tropfen, so fein, dass sie nicht fallen, eher herabschweben. Aber da ist noch etwas, stellt sie verwundert fest.

Was ist das? Ist das ein Brausen?

Sie schließt die Augen und legt den Kopf schräg. Ganz eindeutig, da ist etwas. Ein Geräusch, voll und rund vor dem Hintergrund der Stille. Eine fragile Frequenz, ein stehender Ton in Dur.

Die Linde, denkt sie.

Die Linde.

Die Linde ist durchsummt von ganzen Bienenvölkern.

Isobel hat die Augen fest geschlossen und macht sie jetzt auch nicht mehr auf. Unvermischte Essenz aus echtem Gold und unvergänglichem Azur. Ihr ist, als schnurrte der ganze Baum vor Glück.

Auch das hat seine Richtigkeit, denkt sie.

Und stimmt in das Summen ein.

~

Wow. Jetzt weiß ich, warum ich noch nie hier oben war.

Flaues Gefühl im Magen und Butter in den Knien. Geländer fleckig oxidiert, der Beton voller Flechten und Moose. Beinahe wie etwas Natürliches, vielleicht ein Felsen am Mittelmeer. Kein Wunder. Nichts wirft Schatten auf einen Siebener. Es fühlt sich an wie das Dach der Welt.

Ich kann den Rathausturm sehen und einen Teil der Bundesstraße. Lautlos durchrumpelt ein Güterzug den Bahnhof. Drüben steht noch immer der Trecker vom Schröder, verwaist neben den Ähren. Und ein Wind weht. Hat heute überhaupt schon einmal der Wind geweht? Die Sonne geht, nun kommt er auf.

»Tu das nicht«, sagt mein Bruder.

Seine Stimme klingt, als wäre er ganz weit entfernt, dabei steht er direkt neben mir. Der kann mir jetzt aber mal gestohlen bleiben. Vorhin hätte ich ihn gebraucht, auf dem Fünfer. Aber jetzt nicht mehr. Jetzt. Nicht. Mehr.

Am rechten Geländer taste ich mich langsam nach vorne. Je weiter ich komme, umso mehr gibt die betonierte Fläche der Plattform den Blick auf das Bad frei. Was bedeutet, dass auch ich gesehen werden kann hier oben.

»Küken«, sagt mein Bruder, »tu das nicht!«

Ich spüre, wie er mir folgt, im gleichen tastenden Tempo. Ihm ist diese Höhe auch nicht geheuer. Kein Wunder. Fühlt sich beinahe doppelt so hoch an wie der Fünfer. Das habe ich unterschätzt. Ich setze langsam einen Fuß vor den anderen.

Noch drei Meter.

»Oh, guck mal, ein Vogel!«

Netter Versuch, aber ich ignoriere den Quatsch. Mich bringt der nicht mehr aus dem Konzept. Mein Bruder hat die Seite gewechselt und folgt mir nun am linken Geländer nach vorne. Beide bewegen wir uns so unsicher wie Patienten in der Reha, die das

Laufen erst wieder lernen müssen. Die Leute gucken schon. Hoffentlich guckt der Hassan auch.

Noch zwei Meter.

»Komm, jetzt lass den Scheiß«, fleht mein Bruder. In seiner Stimme ist ein eigenartiges Flirren, als wäre ein Sender nicht richtig eingestellt.

Ein Meter.

Gut. Ich kann schon das Becken sehen. Das Wasser wirkt tiefer, als es ist. Weil man durch die ruhige Oberfläche bis auf den Grund gucken kann. Ich sage mir das immer wieder, weil es mich beruhigt.

Jetzt habe ich die Kante erreicht. Meine Zehen stehen wieder leicht über, wie sich das gehört. Noch umkrampft meine Hand das Geländer, das hier vorne bereits eine Kurve nach unten macht.

Ich lasse los und …

»Bist du wahnsinnig? Lass die Hand am Geländer!«

… breite die Arme aus und stehe frei über dem Bad, wie dieser Jesus von Rio de Janeiro. Ich hebe den Kopf und schaue geradeaus. Sehe bewaldete Hügel mit gelben Feldern dazwischen, ein paar Windräder und einen Vogelschwarm. Meine Brust weitet sich, und das flaue Gefühl in meinem Bauch hat jetzt auch Flügel bekommen.

Es ist, als blickte ich bis hinüber zum Rand der Welt.

~

Flapp … und schon hat der Kiontke wieder seine Adiletten verloren, diese Scheißdinger sind nicht fürs Rennen gemacht, nur fürs Latschen oder Rumstehen.

Barfuß stolpert er die Freitreppe hoch und spürt nicht mal den Schmerz im Knie, so aufgebracht ist er, so wütend. Sein Herz hämmert in der Brust, ein Einzylinder im roten Bereich. Das gibt ein Donnerwetter. Kein Problem für den Kiontke.

Krachend springt die Tür auf, die Glasscheibe klirrt. Schnaufend beugt er sich über die Drehknöpfe und Regler der Lautsprecheranlage, aber die teuflischen Tasten erscheinen ihm plötzlich viel zu klein, viel zu fummelig. Wahllos stochert er darauf herum, immer fahriger, blindwütig. Dann holt er aus und schlägt auf die Konsole ein, einmal, zweimal, dreimal, bis das Plastik splittert und seine Faust blutet. Er wirbelt herum und reißt das Megaphon von der Wand, schon ist er wieder aus dem Büro raus.

Im Rennen nestelt er an dem Gerät herum, wieder so kleine Knöpfe. Es quietscht und fiept und schrillt, sein heiseres Schnaufen geht wie eine rostige Klinge quer durch das Areal.

Vor der Freitreppe hält er an, rudert mit den Armen, schwankt, ringt nach Luft, wischt sich den Schweiß von der Stirn, die ist ganz nass, und das Blut von seiner Hand tropft auf das weiße Hemd, was er nicht merkt, weil auf dem gesperrten Siebener, verbotenen Siebener, verdammten Siebener, weil dort oben, dort vorne an der Kante in einer Höhe von siebeneinhalb Metern jemand steht, ein Mädchen steht, bereit zum Sprung, zum Sturz, zum Fall. Ein Mensch, der da nicht springen, nicht stürzen, nicht fallen *darf*.

Er hebt das Megaphon zum Mund, noch immer schnaufend, und sein keuchender Atem weht, Windstoß um Windstoß füllt er das ganze Freibad. Er wird verhindern, was er nicht verhindern konnte. Es wird nichts passieren, weil nichts passieren darf.

Das Mädchen breitet die Arme aus.

Und plötzlich scheint es dem Kiontke, als hätten Teile eines Mobiles sich um eine unsichtbare Achse sanft im Kreis gedreht, all die Jahre, den ganzen Tag, um genau jetzt, in diesem Moment, zur Ruhe zu kommen. Ein Stillstand, der auf eigentümliche Weise ein Bild und einen Sinn ergibt, den der Kiontke nicht ergründen kann.

Er begreift nicht einmal, was Heinrich hier verloren hat. Der Papagei ist auf der Balustrade gelandet und spaziert mit nickendem Köpfchen hin und her, als würde er tanzen.

»Ich komme! Ich komme!«

Kiontke lässt das Megaphon sinken und den Dingen ihren Lauf.

~

Ich werde mich nicht nach unten kippen lassen.

Ich werde mich nicht nach vorne abstoßen.

Ich werde die Hände fest ineinander verschränken, alle Finger, die Schultern durchgedrückt, der Rücken kerzengerade, und mich aus den Kniegelenken schräg nach *oben* wegfedern.

»Bitte nicht!«

Ich werde Haltung bewahren und der Parabel folgen. Der Wind wird mir in den Ohren rauschen, und ich werde mit knapp fünfzig Stundenkilometern auf die Oberfläche treffen. Nicht zu flach, nicht zu steil. Lotrecht.

»Bitte …«

Ich werde im allerletzten Wimpernschlag die Nackenmuskeln anspannen, wie ich sie noch nie angespannt habe. Und den Kopf heben, wie ich ihn noch nie gehoben habe. Stolz.

»… nicht.«

Ich springe nicht wirklich ins Wasser.

Ich biete ihm die Stirn.

Jetzt?

Jetzt.